顾子行 著

Guzixing Works

他来时到火烧原

（完结篇）

长江出版社

图书在版编目（CIP）数据

他来时烈火燎原. 完结篇 / 顾子行著. —武汉：长江出版社，2024.5
ISBN 978-7-5492-9441-1

Ⅰ. ①他… Ⅱ. ①顾… Ⅲ. ①长篇小说 - 中国 - 当代
Ⅳ. ①I247.5

中国国家版本馆CIP数据核字(2024)第087291号

他来时烈火燎原（完结篇）/ 顾子行 著
TALAISHILIEHUOLIAOYUANWANJIEPIAN

出　　版	长江出版社
	（武汉市解放大道1863号　邮政编码：430010）
策　　划	力潮文创-虎芽少女工作室
市场发行	长江出版社发行部
网　　址	http://www.cjpress.cn
责任编辑	罗紫晨
特约编辑	唐沐白　段　丽
封面设计	苏　荼
印　　刷	北京盛通印刷股份有限公司
版　　次	2024年5月第1版
印　　次	2024年6月第1次印刷
开　　本	880mm×1230mm 1/32
印　　张	8.75
字　　数	295千字
书　　号	ISBN 978-7-5492-9441-1
定　　价	38.80元

版权所有，翻版必究。如有质量问题，请联系本社退换。
电话：027-82926557（总编室）　027-82926806（市场营销部）

CONTENTS

TA LAI SHI LIE HUO LIAO YUAN

第十四章·权利　001
第十五章·巧合　020
第十六章·风月　039
第十七章·燎原　057
第十八章·告白　076
第十九章·还债　093
第二十章·孤独　107
第二十一章·温柔　128
第二十二章·如果　146
第二十三章·领证　164
第二十四章·死别　194
第二十五章·警号　211
第二十六章·相见　233
番外一·等待　250
番外二·解药　263

目录

第十四章·权利

即便你披荆斩棘，我也想让你拥有软弱的权利。

离开市局后，陆征立刻驱车去了韩为光的筒子楼。

这栋楼的建造年代久远，住户不多，恰巧现在又是午睡时间，整栋楼陷在一种诡异的安静里。

云渺和陆征快步走到门口，看到架子上的芍药花还在，略松了口气，凶手应该还没来得及处理这里。

陆征蹲下来，采集了花盆里的土壤，在一旁的水池清洗了一下手，才扭头对云渺说："走吧，吃饭去。"

"不先去送检吗？"云渺皱眉问。

陆征在她眉心弹了一下，笑道："真准备改行做刑警了？"

他刚洗过手，手上冰凉冰凉的，云渺把水珠抹掉，说："我想早点知道答案。"

陆征在她肩膀上拍了拍，说："会知道的，不急于一时。"

云渺吐了口气，道："陆征，这么多年了，我第一次感觉自己离那个人这么近。"

陆征眼里的光晦暗不明，好一会儿，开口问："会不会害怕？"

云渺摇了摇头，说："我也不知道，每次我洗脸的时候常常有那种感觉，他好像就在水里，我一睁眼，他就不见了。"

陆征将她扯进怀里抱了抱。

云渺的眼睛贴在他的胸口，她的声音有些低："我也想了很多遍，如果抓到他，我要怎么做……"

只要有持枪证，在美国就可能买到各种各样的枪支，云渺拆装过几十种枪。她还学了射击,那些不同种类的枪,火力和射程她都知道。

陆征的喉头滚了滚,说:"以后别想这些了。"

云渺回抱住他,应了声:"好。"

长廊里有风拂过,他们的声音很快散在了风里。

为了节约时间,陆征去对面的餐馆打包了一些饭菜带回去。他的本意是让云渺在车上先吃,谁知她竟拿着袋子,板板正正地坐了一路。午后的阳光落在她的眉宇间,格外明亮。

红灯亮了,车子停下,陆征转过头来,说:"渺渺,我饿了,能不能喂我吃一口饭?"

"你这是撒娇吗?"

陆征低低地笑了:"不行吗?"

"行啊。"说完,云渺把手里的袋子打开。塑料盖子一揭开,香气便在车子里弥漫开来,她自觉地把车窗放了下来。

陆征笑了笑说:"先替我尝尝哪个好吃。"

"你不是从来不挑食吗?"

"不挑食但是挑口味。"

云渺提了筷子,每样尝过一遍,最好吃的是鱼,她夹了块鱼肉,把上面的刺全部挑了,送到他唇边。

某人吃完鱼,恬不知耻地说道:"渺渺,是我的错觉吗?怎么你喂的鱼都是甜的,偷偷放糖了?"

"我哪有?"

陆征轻笑出声,午饭在车上开始,也在车上结束。

车子进了警队,两人径直去了技术科。

检验员江雨接过陆征送来的两份泥土样本,说:"下午就能出结果。"

陆征点头道:"行,报告出来直接送到我桌上。"

这时,云渺的手机响了一下——是云征系统发来的消息。

那条价值不菲的项链,在新加坡进行了拍卖,而且上了当地的头条新闻。卖家是当地的一家珠宝商,这条项链的起拍价是一亿新元,最终被某富商以一亿四千万新元拍下,折合人民币约六亿元。

云渺把手机递给了陆征,他低头,指尖将照片放大,拍卖的项链确实是丽烟的那条。

云渺蹙着眉问:"这项链是怎么去的新加坡?是她自己卖的?还是有

人拿了她的项链到新加坡拍卖？"

如果是第一种情况，丽烟应该还活着；如果是第二种情况，丽烟可能已经遇害了……

陆征也不能给出一个答案，六亿人民币，够她在世界任何一个角落衣食无忧，也足以让贪财的人对她起杀心…

丽烟的案子，还有很多细节要查，陆征打电话联系了霍晔。

"警官，你们还要查什么？我很忙的，一分钟就是几万美金。"他还是之前那副玩世不恭的态度。

"不想浪费时间也行，我开警车去接你。"陆征说。

"行吧，你们过来。"

"地址。"陆征说。

"让你们上次那个女警加我微信，我发给她。"

陆征的语气冷冰冰的："有重大嫌疑的，可以先抓捕再审讯，想找你应该不难。"

霍晔一听急了，连忙说："警官……我就开个玩笑，你们可得赶紧来证明我的清白。"

半个小时后，他们到了霍晔家——市中心的独栋别墅，闹中取静的地段。霍烨刚从露天泳池里上来，穿着短裤、拖鞋，只在背上披了块毛巾，壁垒分明的胸肌露了一片在外面。云渺觉得霍晔虽然人傻，身材还是不错的，肌肉看起来十分结实。

陆征的眉毛动了动，说："衣服穿好。"

霍晔叼了根烟在唇边，毫不在意地说："警官，这是我的家，我穿什么衣服，是我的自由吧，这你也要管？"

陆征的视线在他脸上扫了一圈，说："一般是不管的，但查嫖娼案的时候，我们通常都会要求相关人员把衣服穿好。"

云渺被陆征的话引得笑出了声。

霍晔不太情愿地把毛巾系紧，让保姆送了些茶水过来，自己则在一旁的沙发椅上坐下，懒懒地开口道："行了，问吧。"

陆征直截了当地问："5月17日晚上6点到第二天凌晨，你在哪里？"

"前半夜在华天，那天你们不也去了吗？你们走之后，我和朋友去了丽晶酒店。"

陆征问："女的？"

霍晔看了眼云渺，伸手比画道："这点你放心，我只对美女感兴趣。"

陆征记笔录很快，问："没再出去过？"

霍晔撇嘴道："陆警官，你怀疑我啊？美人在怀，大晚上的我还能跑哪儿去……"

云渺的嘴角抽了抽，她还是第一次见人把自己的渣演绎得这么淋漓尽致。

陆征懒得跟他扯，说："提供对方的姓名和联系方式。"

霍晔不情不愿地报完，眉头紧蹙，语气有点散漫："警官，你们该不会怀疑是我害了丽烟吧？我为了什么呀？"

陆征边写边问："丽烟有你家的钥匙吗？"

霍晔"啧"了一声，说："当然没有，不是结婚的对象，我是不可能带回家的。"

云渺的目光暗了片刻，这么说，丽烟落在海边的那身衣服就不是在他家换的，而是在别的地方换的。

陆征又问："除了你，她还有别的男朋友吗？"

霍晔皱眉道："警官，你什么意思啊？我花那么多钱戴绿帽子？我冤大头？"

"不要岔开话题，回答。"陆征说。

霍晔舔了舔唇道："没有，不过在我之前，她有过对象，我不介意这些，我又不是好人，也不要求别人。"

"丽烟告诉你她怀孕后，你什么反应？"

"我答应给她一笔钱，孩子随她怎么处理，但如果生，绝对不可能姓霍，她自己应该知道怎么做。"

云渺问："这是什么时候的事？"

霍晔见云渺终于说话，朝她眨眨眼说："在那之前的几天吧。"

丽烟应该是想留下孩子，不然她不会去母婴店。女明星未婚先孕，生父不明，要遭受很大的舆论压力，这个决定不好做。

"你答应给她多少钱？"云渺问。

霍晔比了一根手指，笑了。

"一个亿？"云渺问。

"不是，是一千万。我们有言在先，不能怀孕，她违反了规则，这不能怪我。"

他们调取了丽晶酒店的视频，霍晔没有说谎。那晚和他一起去酒店的就是那天在华天跳舞的女孩。

云渺自言自语道："她没去霍晔家，那她会去哪里？"一定是哪个环节遗漏了细节。

何思妍查了一下公安系统里的数据，16号和17号晚上，丽烟没有在任何一家酒店留宿。可明明18号早上，她发微博时还活着。

陆征打电话叫来了丽烟的经纪人李威和生活助理。丽烟是闽南人，在N市几乎没有什么朋友，她以前演的都是些十八线的女配角，剧组一散伙，感情也都散了，根本没人会联系她。

她最近认识的就是《城市血魔》剧组里的人。丽烟性格孤僻，虽然和那些演员和工作人员认识，但平常交流很少，即便如此，他们还是排查了所有的相关人员。丽烟失踪的两个晚上，没有到任何人家留宿。

陆征问："丽烟的前男友，你认识吗？"

李威摇头道："这是她的隐私，我们一般不会过问。"

云渺看了他一眼。

陆征又联系了丽烟的父母，他们从始至终都在闽南，没有过来。丽烟的前男友，他们也不知道是谁。那些社交平台上也没有任何痕迹。

奇怪的是，大家都知道丽烟有过对象，却不知道对方是谁，非常神秘。

云渺问李威："你知道她怀孕后，你没有让她处理掉？"

李威说："她说要生下来。"

"你不反对？"

李威笑了笑说："我们做这一行的，也算是服务业，尊重艺人的隐私是首要前提，她如果不想发展，我也会另谋出路。"

"她有和你提过要去哪里生孩子吗？"云渺问。

"没有。"

"你做她经纪人多久了？"云渺问。

李威想了想说："从她入行开始一直跟的我，有五年了吧。"

陆征忽然问："五年，你就没想过跳槽？我记得她除了这部《城市血魔》没有别的作品。"

李威叹了口气，道："中间我也想换，但哪有那么容易呢？而且，有些演员就是大器晚成，可能前面十几年都不红，某天突然演个小配角就红了。一上来就红的艺人，也轮不到我们签，谁知道她刚红，就发生了这样的事……"

云渺随口问:"你现在有找别的艺人吗?"

"还在谈,成不成还不一定,不行只能改行做别的。"

"丽烟认识霍晔,是你牵线的吗?"

李威的眼里闪过一丝惆怅,道:"是我牵的线……但也是她自己要求的。"

艺人也是有保鲜期的,尤其是女艺人。过了保鲜期,要想翻红,非常难。娱乐圈里,许多大龄女艺人都处于一种无戏可拍的状态,少数有戏拍的女艺人还要装嫩演十七八岁的少女。

云渺问:"她和她父母的关系怎么样?"

"不太好,他们常年赌博,输了钱就找阿烟要。"

李威说的是实话,他们查过丽烟的银行流水,她每个月会固定往她父母的银行卡打钱。丽烟到底去了哪里,终究成了谜。

早晨的永安巷,人来人往,车水马龙。

这里是 N 市最繁华的美食街,繁华不仅体现在每家店铺前排起的长队,还体现在人行道漆黑的油腻上。

夏天来临后,那些油腻变成了难闻的臭味。洒水车、扫地车总来,但不过是做做样子,那股臭味根本去不掉,黑色的印记也淡不了。无论什么材质的鞋子走过,都会在鞋底留下黏黏的触感,就像踩在半干的胶水上。

这里的路不宽,被行人和店铺挤占了大半,稍大一点的车子进来了就出不去,喇叭声响个不停。

王大宁骑着一辆老式的自行车从外面进来,脚尖点地,将车子停在了一家馄饨铺前,他没下车,冲着里面喊:"二两白菜,二两荠菜。"

店老板和他是朋友,边煮馄饨边和他闲聊:"哟,今天怎么有空到这边来?"

王大宁笑着说:"嗐,我家那个房客没交电费,供电局天天给我打电话,催得难受。"

"那你给他打个电话不就好了,还特意往这儿跑一趟?"

"还说呢,都一个礼拜了,房客电话一直关机,我来看看什么情况。"

店老板把装好的纸盒递给他,说:"那是得去看看,租你房子的是个姑娘吧?"

"嗯。"

王大宁付了钱,很快把车子骑走了。早年,他家里拆迁,在市中心分了好几套房子,永安巷的这套,一直都是同一个租客。以前房租是一个月一交,后来她大约是发迹了,一次性交了十年的房租,还出钱重新装修过这里。

王大宁收了人家的钱,平常基本也不过来打扰,自然也和她不熟。

今天天气不太好,楼道里有些昏暗,他花了半天时间绕上去,敲了门,许久没人来开门。他把耳朵贴到门口,听不到一点动静,他又打了租户的电话,还是关机,还好他带了钥匙来,金属钥匙插进去,红色的金属门"吱呀"一下开了。

迎面扑来一阵奇怪的臭味,他早年养过虾,满满一桶虾闷在桶里腐烂,打开盖子的味道就是这样……

一种不好的预感在他心头盘旋,他快步往房间走了几步,房门推开,里面的床单被套散落了一地,床上有人。窗帘拉着,光线有些暗,一条手臂露在红色的被子外面,一丝血色也没有。有苍蝇从敞开的门里飞进来,落在了那条手臂上。

王大宁走近,掀开被褥,他吓得往后退了几步,后背一下撞到了墙上,哐当一声,门上的浮尘撞落,悬在空气中……

丽烟案还有许多疑点,云渺今天依旧是和陆征一起来的队里。

两人刚进门,衣服还没换,值班的片警就嚷嚷着走进来:"陆队!永安巷一居民楼发生命案。"

何思妍和刘宇到得晚,看陆征和云渺急匆匆地出去,立马紧张起来。

"老大,有情况啊?"

陆征稍稍顿了顿步子,说:"永安巷,命案。"

众人立马打起十二分精神,警车在老旧的小区里停下,接案的片警已经把楼道封锁了。

这会儿赶上早高峰,年轻人都出门了,围观的都是些老年人,他们七嘴八舌说着话。

"小姑娘果然不能一个人住。"

"听说死了好几天了。"

"她就住我楼上,我怎么从来没见过她?"

"我住对门,也没见过。"

"这么一弄,我们这房子是卖不出去了。"

人群拥挤又嘈杂,陆征走在前面,一路推开一条道。还没进去,那股味已经熏得人头皮发麻了,陆征顿了顿步子,找技术科拿了个防毒面具递给云渺。

云渺摆手说:"不用,我忍得住。"

那个片警看看陆征,再看看云渺,两人都穿着T恤,一黑一白,但都自带了很强的气场,他还没见过这样的女孩,没忍住多看了两眼。

陆征问:"是谁报的警?"

"房东。"

王大宁被点了名,哆哆嗦嗦地站出来说:"警……警察同……同志,我我……"他吓得不轻,这会儿舌头都有点捋不直。

"不着急,先到外面等会儿吧。"陆征说完,转身看向接案子的片警,问,"死者身份确定了吗?"

"是丽烟,就是前两天跳海闹得沸沸扬扬的那个女明星。"

云渺闻言,眉头蹙紧了,两种情况她都猜测过,虽然她也不熟悉丽烟,但还是有点痛惜。

"尸体在哪里?"陆征问。

片警指了指房间里面。

这种腐烂的尸体,从业多年的老刑警见了都要皱眉。

云渺没经历过这些,陆征也不想让她经历,他握了握她的手腕,说:"渺渺,你去查一下其他房间。"

云渺睁着乌黑的大眼睛看着他,说:"我要避嫌?"

陆征伸手在她头顶揉了揉,说:"容易做噩梦,别看了。"

尤其是在房间这种熟悉的场景,更容易激起恐怖的记忆。

云渺点头。

陆征走进去,弯腰将盖在丽烟脸上的被子掀开来,顷刻间,浓烈的臭味扑面而来,四周的警察都不约而同地闭着气。陆征目光深邃如潭,死者的确是丽烟,她是演恐怖片出名的,这会儿本人可比电影里恐怖百倍。

刚进来的片警,没来得及闭气,也没戴口罩,差点被熏晕了,再看陆征脸上,他竟没什么表情变化。

丽烟那张姣好的脸,现在已经变样了。她的脖子上有一道暗红的勒痕,大约两三厘米宽。她赤身裸体地躺在床上，身下的床单弄得很凌乱。出于对死者的尊重，陆征没做进一步的查看，而是把被子重新盖上了，剩下的事全部交给了法医。

房间里有两扇窗户，但都紧紧地关着，窗帘也拉着，床头上有许多灰，地板却很干净，似乎是最近打扫过。衣柜里空空荡荡，找不到一件衣物，不知道是凶手故意清理掉了，还是丽烟本身就没有放衣服在这里。

云渺检查了大门，没有被撬动过的痕迹，她又去了阳台，瓷砖地面上积着厚厚的灰，没有看到任何的脚印，窗户从里面反锁着。显然，凶手是跟丽烟一起进来的。

云渺查看了一旁的洗衣机，里面长了黑色的霉，水槽里干燥一片，应该很久都没洗过衣服了，这里应该不常住。客厅和阳台比起来，要干净许多，没有明显的灰尘，也没有脚印。

云渺又检查了北面的厨房，冰箱还插着电源线，门打开，冷意森森，上层的玻璃上有些红色的液体，那是西瓜的汁液。厨房碗架上有一层薄薄的水迹，抽油烟机的油杯里有一些废油，玻璃台面也是擦拭过的，比其他地方要干净，最近应该有做过饭。凶手和她认识，甚至感情很好，云渺最先想到的是丽烟那个神秘的前男友。

云渺让技术人员在这些物品上都做了指纹提取。

陆征从房间里面出来，看了眼云渺，问："有发现吗？"

云渺点头道："丽烟应该是和凶手约定好了一起来的这里，他们可能在这里吃过饭，叙过旧，甚至还发生过亲密关系，这里很可能是他们从前的爱巢。"

陆征对刘宇说："把房东喊进来吧。"

王大宁刚在门口和邻居们聊天，这会儿，他的心情稍微平复了些。

刘宇递了支烟给他，问："房子是丽烟租的？"

王大宁说："我不知道是不是她，她身份证上写的名字是王丽。"

陆征朝刘宇递了个眼神，刘宇立刻联系了丽烟的经纪人，丽烟的确是有改过名，她原本的名字就叫王丽。

"你知道她是明星吗？"刘宇问。

王大宁哆哆嗦嗦地说："我是刚刚才知道，以前就是觉得这姑娘长得挺好看的。"

陆征问："你今天为什么来这里？"

王大宁说："供电局催电费,我一直联系不上她就过来看看。"

"她在你这里住了多久?"

王大宁仔细算了算,说:"今年应该是第七年。"

"她是一个人租的还是和别人一起?"

王大宁回忆了下,答:"当时签租房合同的时候,她男朋友是和她一起来的,后来有没有一起住我就不知道了。"

"你后来见过她男朋友吗?"

"没有了,房租都是她直接打到我卡里的。"

陆征又问:"她上一次给你交房租是什么时候?"

王大宁说:"去年吧,她一次性交了十年的房租。"

云渺有些不解,丽烟已经有两套别墅了,为什么还要续租这里的房子?而且一租就是十年。

陆征继续问:"她那个男朋友长什么样子,你还记得吗?"

王大宁说:"那个小伙子,长得瘦瘦高高的,背着个摄像机,戴着一副眼镜。"

云渺记得丽烟是从影视学院毕业的,那个男朋友很可能和她是校友。时间已经过去了六七年,人的相貌可能已经发生了翻天覆地的变化,凭借寥寥数语来找人恐怕很难。云渺和陆征出门看了一下四周的情况,楼道里没有摄像头,小区门口也没有,整个片区就是监控盲区。

忽然,起了一阵大风,地面上残留的垃圾被风卷得"啪嗒啪嗒"往墙上飞。大团的乌云在头顶堆积涌动,太阳被遮蔽了,温度降了许多,楼下那个卖菜的铺子,正把放在外面的摊位往里搬。

云渺的眼睛看着暗处,仿佛是被黑暗笼罩了进去,许久,她出声问:"丽烟一直租在这里,会不会是因为她那个男朋友?也有一种可能,他们其实从来没有分开过?"

也许那天,她在电影院听到的那个电话,根本就不是打给霍晔的,而是打给她男朋友的。

陆征把手插进口袋,说:"先回警局吧。"

"昨天的泥土样本出报告了吗?"云渺问。

陆征说:"已经出了,报告在我桌上,要去看吗?"

云渺点头:"好。"

回去的路上,天空下起了雨,陆征一直敞着他那侧的窗户,雨水从车窗里飞溅进来，落在他结实的胳膊上。

云渺问："怎么不把窗户关上？"

陆征说："身上有味，怕熏到你。"

云渺听完，心里一暖，笑道："还是关上吧，我不嫌弃，也不觉得害怕。"

陆征这才把窗户摇上去一些。

雨水"啪嗒啪嗒"地落在挡风玻璃上，云渺侧头看着他问："陆征，你第一次闻到那种味道有想吐吗？"

"有。"

"现在呢？"

到了一处红灯，陆征空了一只手来换挡，眼睛依旧看着前方，说："没事，我早习惯了。"

云渺握住了他的手，低低地说："我也会习惯的。"

陆征回握住她的手指，一根根地捏着，说："不用，你拥有软弱的权利。"

云渺笑道："你也可以拥有软弱的权利，以后你害怕的时候，告诉我，我也保护你。"

陆征闻言，笑了一声。

云渺扭头看着他说："你不相信我吗？"

陆征张开手指，和她十指相扣，温柔地说："信，当然信。"

车子在警局停下，陆征下车后，撑着伞到另一侧去接云渺，雨水打湿过的台阶有些滑，他一路牵着她的手。

水滴从房檐上往下落，在沥青地面溅起一层薄薄的水雾。

陆征的视线从那层白雾上越过，说："我以前不太喜欢下雨天，最近忽然觉得，下雨天也很好。"

"为什么？"云渺问。

陆征侧头，看着她的眼睛里，说："大概是因为最近的雨天，都跟你在一起。"

云渺伸手接了些雨滴在掌心，笑道："春夏多雨，巧合而已。"

巧合多了就像注定。

她以前也无数次体会过那种感觉。那时候，她还住在奶奶家，陆征来看她的时间总也不固定，就和这忽然来去的风雨一样。

十四岁那年，她的身高一下长到了一米六，青春期的信号来临。初中那会儿也有生理课，健康老师以非常通俗易懂的语句，解释了男生和女生的生理区别，但是理论和实践之间，总有一个天大的鸿沟。

实践工作一般都是由各家的母亲来教导，但云渺的妈妈那时候已经不在了。那天放学，她发现凳子上有血，很快意识到那便是课本上说的生理期。

她毫无准备，书包里也没有放应急物品，外面下着雨，教室里的人陆陆续续地都被家里人接走了，初潮的羞耻和不安，让她一动不动地僵坐在位置上。

等楼道里彻底安静下来，云渺才终于从板凳上站起来。她挎上书包，飞快冲出了教室。去车棚的路，已经被暴雨淹掉了，蹚水过去有点难受，她站在那里犹豫要不要走路回家，忽然有人从后面叫了她的名字，云渺转身，发现来人是陆征。

那种情况下，陆征成了她最不想见的人，他往前走一步，云渺就往水里退一步，小腿全部浸泡在了冰凉的雨水里。雨水浸润皮肤，冷得她牙齿微微打战。陆征腿长，几步到了近前，手里的黑伞与她手中粉色的伞撞到了一起，雨珠飞溅而去。他深邃的眼神被雨水染上了几分柔和，但是依旧英俊得晃眼。

云渺听到他笑了一声。

"柯云渺，我是怪兽还是魔鬼，躲什么？"

云渺如实回答："差不多。"

陆征却也不气，笑着说："走吧，怪兽送你回家。"

云渺没动，有些抗拒地说："今天不行，我有事，自己走。"

之前她一直坐着，血都渗在了裙子上，这会儿站着，外加受凉，温热的液体，从腿上滑落，有点不受控制……

小姑娘紧紧地绷着背，语气很急："陆征，你能不能先走？"

"理由。"

云渺高昂着头挣扎道："没理由。"

陆征已经走到云渺跟前，他语气里带了些笑意："那可不行，我总不能白来一趟。"

时间静止了一会儿，陆征发现她腿边的水染成了一小片红色，他顿时明白过来发生了什么事。

"肚子疼？"

"嗯……"云渺别过脸，不再说话。

"没带东西？"他用词都是斟酌过的。

云渺依旧不好意思看他，很小声地说："第一次。"她根本不知道要准备什么，也没人教过她。陆征领着她到了距离厕所最近的门廊里，脱了身上的外套罩着她，嘱咐道："在这等我一会儿。"

陌生的体温，带着一丝烟草味，让她稍稍镇定下来。

陆征并没有让云渺等很久，和他一起来的还有一位女老师。云渺跟着女老师进了厕所，老师递给她一袋卫生棉和一条干净的裤子，语气温和地教云渺怎么使用那些东西。潮湿的裙子换成了干燥的裤子，云渺的不安也随之消失了。

"谢谢老师。"云渺说得很礼貌。

那老师笑着说："不用谢，你哥哥很细心。"

女厕所在二楼，雨势已经小了，云渺站在台阶上看着那柄黑色的伞，雨珠飞溅在伞面上，陆征站着就像一尊雕塑。她深吸了口气，从台阶上下来。

陆征听到脚步声，抬头看过来，云渺生怕他提刚刚的事，有些紧张。

幸好陆征只是掐掉手里的烟，平淡地对她说："走吧，刚刚给你奶奶打了电话，在街上吃过晚饭再回家。"

云渺点头说："好。"

那天回去的路上，云渺脑海里想到的只有四个字：真巧、真好。

刘宇的车，从敞开的大门里开了进来，云渺的思绪骤然回归。

身旁的陆征忽然开口道："渺渺，下一个雨天，要不要收一个男朋友？"

"那我考虑一下。"

"考虑什么？"陆征问。

云渺俏皮地笑了下，说："这可是我的初恋。"

陆征把手抄进口袋，说："渺渺，我也一样，这很公平。"

云渺还想再说点别的，刘宇已经走到了台阶上，长长地叹了一句："最近的案子跟雨接连不断，真是讨厌。"

何思妍接着他的话说："友情提醒，下个礼拜就进入梅雨季了。"

"啊？今年这么快？我内裤和袜子还没囤呢，希望今年'空梅'。"

云渺看了眼陆征，笑了。

陆征轻咳了一声，说："赶紧买。"

刘宇见陆征难得参与自己话题，有点惊讶，再抬头，陆征已经进去了。技术科的人陆陆续续归队了，丽烟的尸体被运送到了法医鉴定中心，陆征踱步到了自己的办公桌前，忽然皱起了眉头。

"怎么了？"云渺问。

"报告不见了。"

他去了趟技术科。

技术员皱着眉说："不可能啊，昨天我亲自放到你桌上的。"

"对比结果是怎么样的？"陆征问。

"两份土壤的成分非常接近，应该是同一个地方的。"

陆征眼底的光瞬间暗了，看来，是有人特意来过，拿走了那份结果。

江雨挠了挠头道："陆队，你没说是案件用的，我没留备份，你那里还有样本吗？"

"没事，你先忙吧。"

从技术科出来，云渺长长地吐了口气，心里莫名觉得有些压抑。

陆征抬头，瞥见云渺有些焦虑的眼神，安慰道："不用着急，现在的他，比我们紧张。"

"嗯。"

傍晚时分，法医的检测报告出来了，丽烟的死因是窒息，死亡时间确定为在5月17日夜里，从她脖子上的痕迹来看，她应该是被勒死的。勒死一个成年人需要不小的力气，初步判断凶手是男性。

云渺仔细翻看了那些报告，视线在其中一张报告上停下，死者的指甲里和皮肤上都检测到了消毒水残余。丽烟家里有保姆，她怀孕了，应该会比平常更加注意，唯一的可能就是凶手在她死后，用消毒水擦洗了她的尸体。

"凶手做得好细致。"

"也许是指甲里留下了他的体液或者其他组织残留物。"陆征说。

"能确定凶器是什么吗？"云渺问。

"应该是睡衣带。"

云渺看了一下丽烟脖子上的照片，勒痕的宽度和夏天女士的睡衣带的宽度基本吻合。

云渺思索了一会儿，说："凶手杀人前似乎没有提前准备。"

陆征点头道："存在激情杀人的可能。"

云渺又翻看了技术科的其他报告，案发现场找不到任何指纹，连丽烟自己的指纹都被擦掉了，凶手冷静、谨慎、注重细节，这很可能和他的工作性质有关。再往后，云渺发现了技术科拍了丽烟的照片。

云渺微微皱眉道："这个姿势很奇怪……"

陆征看了一眼照片。

云渺继续说："这个姿势很像一幅油画，女孩躺在草地上，四周是凌乱茂盛的野草……"

陆征脱口而出："奥菲利亚。"

"是《哈姆雷特》里的那个奥菲利亚吗？"

"嗯。"说话间，陆征已经在手机里找到了那幅画，递了过来。

凶手极有可能是把自己比作了那个纠结"生存还是毁灭"的哈姆雷特。也许是他察觉了丽烟背叛了他，接受不了，也或许是因为别的……

刘宇从外面回来，说："今天食堂的饭不太好吃，我想吃炸鸡汉堡。"

何思妍的指尖在键盘上敲了敲，说："我还是比较想吃永安巷的小鱼锅巴。"

"你早说，我早上就买一点回来了，他家店不送外卖。"

"要不你再去一趟？"

"那边车子不好开，早上我们警车'呜呜呜'叫了一路才挤进去。"

"打车去呗。"

刘宇哼了哼，道："你倒是挺会想办法，那也得有司机愿意往里开啊。"

"你不能打车到巷口，走进去吗？"

云渺忽然想到，丽烟那天也是打车去的永安巷，司机应该也没有送她进去，巷口是有摄像头的，如果那个神秘的男人有和她一起出现过，应该能看到……

陆征看她眉头皱着，喊了声："渺渺？"

云渺回过神来，说："去调一下中山路南路和永安巷的路口视频。"

"有问题？"

"好。"

两人说完就起身出去了，何思妍和刘宇面面相觑，有点不理解他们俩的脑回路。

刘宇摸了摸下巴，说："老大什么也没问就说好？"

何思妍说："这叫心意相通，你不懂。"

作为老牌美食街，永安巷每天的人流量都是数以万计的。

云渺的视线一动不动地盯着倍速回放的画面,很快,她在屏幕里找到了丽烟。她从一辆黄色的出租车上下来,步行进了巷子,这是5月17日晚上九点零三分。丽烟从5月17日晚上进去后就再也没有出现过。

"这么晚过来,她是去买吃的吗?"云渺疑惑地问。

陆征已经把车子开进了永安巷,天彻底黑了下来,雨还在下,冒雨出来排队的人并不多,各家店的生意都不算火爆。

陆征出示了证件,云渺和陆征开始依次调5月17号晚上的监控。丽烟,九点零五分,进了一家港式甜品店,她只买了一个榴梿千层,然后坐在桌上写了一张卡片,那张卡片她并没有带走,被店员贴在了墙上。

云渺很快在墙上找到了那张卡片,上面只有短短几排字:如果你也愿意,从今天开始我们背上行囊,去一个无人打扰的地方。

云渺仔细读了好几遍,问:"这段话里的'你'是凶手吗?"

陆征说:"不清楚,也可能只是她下的某种决心。"

放弃梦想、无人打扰的地方……意思是退圈吗?

那些贴在墙上的卡片,他们全都看过一遍,这不是丽烟写的唯一的一张卡片。早在一年前,她也曾来过这里,那张卡片上依旧只有一句话:

再也不想看你一蹶不振了,也许我可以帮你……

一年前,丽烟还是个十八线的小明星,也是在那个时候,她接触到了霍晔。那之后,她有人捧,慢慢有了资源,有了粉丝,最近才一炮而红。

他们一路查到了巷子尽头,丽烟只进了这么一家店。

雨水淅淅沥沥地落着,有点冷。

陆征说:"走吧,不早了,送你回去。"

云渺点头。他照旧把她送到了楼上。

云渺打开门,回头同陆征说:"云征系统可以查到别的信息,你要进来一起看看吗?"

陆征单手插兜立在门口,笑着说:"这个点喊我进去,我可能会舍不得走。"

"哦,那你还是别来了,我一会儿把结果发给你。"说完,云渺快步往里面走,顺势要关门——陆征忽然伸手,拦住了即将关闭的大门,说:"我还是看看吧。"

云征机器人摇头晃脑地过来了,陆征见了它,很自然地在它头顶上摸了摸,问:"小家伙,看到爸爸开心吗?"

云征头上的感应器，立刻忽闪忽闪起来，就像在笑一样。

云渺耳朵有些发热，她轻咳了一声，说道："云征，麻烦再拿一双拖鞋来。"

小机器人"嗡嗡嗡"地移走，又"嗡嗡嗡"地回来。

鞋子沾染了泥污，陆征直接将脏鞋丢在了门口。云渺的鞋子则被小机器人拿到阳台上洗刷烘干。

陆征问："云征机器人对外销售吗？"

"国内没有，"云渺走到净水器前倒了水，说，"国外有卖……但普通人应该买不起。"

陆征笑了声："它们该不会都喊我爸爸吧？"

云渺轻咳一声道："你想太多了。"

陆征挑挑眉，语气里带着几分笑意："哦，那这么说，只有你家的这个小家伙是我亲生的？"

云渺耳根发热，感觉又被他的话套进去了，她没再继续这个话题，转身打开了电脑。

在云征系统里导入丽烟的相关信息后，她的学籍资料很快展开了，丽烟和圈内几个顶流明星都是同学。照理说，同学情谊在，多少会分一些资源给她。不过人的机遇不太一样，有的人一炮而红，飞黄腾达，像她则沉寂多年。影视学院的毕业照不是什么公开的秘密，云渺把丽烟班上所有的男生都搜索了一遍，他们要么大红大紫，要么已经改行做了老板，和丽烟的交集很少。

云渺皱眉道："他们谈了那么久的恋爱，难道都没有一个人知道吗？"

"也许是比较低调。"

"那他们身边总会有一两个朋友吧，又不是生活在真空中……"说到这里，云渺忽然顿了顿，"不对，丽烟好像也没有朋友。"

陆征说："也有一种占有欲很强的人，他们会控制女朋友的社交圈，甚至是打击女性的精神和意志，听过PUA（全称Pick-up Artist，搭讪艺术家，多用于表示精神控制或精神欺骗）吗？"

云渺头皮有些发麻，如果是这样的话，就太可怕了。

云渺合上电脑，叹了口气说："你回去吧，线索断了。"

陆征起身，问："这就不留我了？"

云渺起身，推着他往外走，说："晚安。"

陆征看着眼前合上的大门，笑了声。再转身，他在门口的瓷砖地上发现了一些水迹，那像是从收起的雨伞上滴落下来的水珠。他们刚刚上来的时候，地上还没有看到这些水，云渺也没有带伞上来。

有人来过。陆征的瞳孔放大，忽然变得漆黑一片，他走回来，重新敲响了云渺的家门，云征机器人过来替他开了门。

云渺刚往头上抹了洗发水，听到开门声出来，有些惊讶地看着他。

"你怎么又回来了？"

陆征没有直接回答这个问题，而是走到了她面前说："我帮你洗。"

云渺婉拒，说："不用。"

陆征不疾不徐地开口道："我今晚可能要住你家。"

云渺以为自己听错了，别开头发看他。

陆征说："我的车坏了。"

"那你打电话喊人来修啊。"

陆征转了转手里的钥匙说："时间太晚，师傅说要明天才过来。"

"这么巧？"云渺有点不相信。

"不信的话，你可以跟我下去看看，下雨天的车也太难打了。"

"那你开我的车走吧，钥匙在门口。"

陆征站在那里一动不动，语气有点无赖："渺渺，自动挡的车，我不会开。"

云渺还没听说开手动挡车的人，不会开自动挡的。

陆征敞开腿坐在沙发上，说："我还是睡沙发，保证不会吵你。"

"无赖！"云渺骂了一句，继续回到卫生间洗头。

陆征调取了云征机器人在门口的摄像数据，几分钟前，的确有人来过，那人披着宽大蓬松的黑色斗篷，戴着黑色的口罩、黑色的墨镜，手里拿着一把藏青色的雨伞。男人只在镜头里出现了几秒就消失了。

陆征的视线落在了他丢在门边的鞋子上，男人应该是发现了云渺家里有人在，才走了的。虽然看不清他的脸，陆征却感觉到了一股强烈的熟悉感，仿佛是在哪里见过似的。他为什么来找云渺？

云渺洗完头出来，发现吹风机坏了，家里没有备用的，得去楼下买一个……这时她脑海里忽然闪现一个不可思议的想法来，她匆匆擦掉头发上的水，走了出来。陆征已经关了小机器人肚子上的视频。

云渺表情严肃地说："陆征，如果凶手是临时起意要杀丽烟的，那他的消毒水是从哪里来的？"

不是提前带来的，只能是临时去买的。

"那附近有超市吗？"云渺问。

"有一家 24 小时便利店。"

"再去一趟永安巷。"

陆征从架子上找了块毛巾，将她湿漉漉的头发裹了进去，才牵着她下楼。雨还在下，空气湿漉漉的，晚上十一点多，路上空旷无人，偶有肥硕的老鼠从漆黑的路面上迅速跑过，如鬼魅一般消失在寂静的黑夜里。

陆征和云渺从门口进来的时候，简直像两个不速之客，收银员还没反应过来，陆征已经走过来，掏出了警官证。他们要调监控，收银员没这个权限，只好联系了店长。没过多久，一个中年妇女骑着车淋雨过来了。

"警官，什么事啊？"

"查案。"

陆征的语气很严肃，店长不敢耽误，立刻打开了监控设备。摄像头捕捉到的店内画面很清晰，陆征设置了时间，云渺低头看着屏幕。时间一分一秒过去，四下安静，只剩下陆征指尖偶尔在键盘上敲过的"哒哒"声。

云渺说："加个速，我能看清楚。"

终于，有一个男人出现在了画面里，他对比了几种消毒水的品牌，选择了其中一种。男人越往前走，脸也越发清晰。

云渺的瞳仁被夜色染成了漆黑，她低叹一声道："竟然是他。"

第十五章 · 巧合

那天她脑海里想到的只有四个字：真巧、真好。

"怎么会是他？"云渺出了门，不解道，"那天晚上，他知道丽烟在他那里，还过来配合我们调查。"

"那时候丽烟还活着，"陆征继续往下说，"如果推测没错的话，16号晚上，丽烟就住在他家。"

"他的胆子也太大了点。"

陆征点头道："丽烟很可能是为退圈自导自演了一出戏，17号上半夜，他会出现在我们面前，都是为了配合丽烟演这出假死戏。"

所以才会有丽烟的那封遗书，以及海边的衣服，丽烟的那套房子整整租了十年，她死后，至少可以在这里封存十年，等房租到期后，他继续续租，就可以把秘密永远存封在这里……

两人说的话奇奇怪怪，旁人根本听不懂，两人匆匆来，又匆匆去。

云渺的红色跑车滑进漆黑的夜幕，引擎声轰轰作响。

陆征笑道："渺渺，稍微照顾一下老年人的心脏。"

云渺把车速降下来，但仪表盘显示的数字还在100出头，到了一处红灯，云渺一脚制动，将车子停了下来，速度从100到0，只花了短短几秒，陆征感觉身体猛地向前飞去，又被安全带紧紧地拽了回来，跟坐过山车似的。

陆征皱眉问："车子改良过的？"

"嗯，改了一点点。"

事实上，云渺的这辆车从引擎到制动都是赛车级别的，唯一没动的是外壳，当时觉得好看，没动它。车子进了警局，重案组办公室里灯火通明，众人也是刚刚赶到。

陆征简明扼要地交代道："准备抓捕杀害丽烟的嫌疑人。"

何思妍张了张嘴巴，问："破案了？这么快？"

刘宇也是一头雾水，问："是谁呀？"

"李威。"

丽烟的经纪人？

刘宇满眼的惊讶，喃喃地道："怎么会是他？"

"车上说，让老王他们一起去。"

等陆征打开云渺的车门，刘宇才反应过来，陆征刚刚说的"车上"是云渺的车上，再看看云渺头发半干着搭在肩上，又是这个时间点一起出门，两人这是已经住在一起了。

刘宇清了清嗓子，问："老大，要不……我和思妍还是坐老王他们的车去？"

何思妍已经坐了进去，夸张地说着话："哇，柯姐，这简直是我的梦中情车，这座椅也太舒服了。"

刘宇在外面拉住了她的胳膊，小声道："何思妍，你有没有点眼力见儿？"

"我怎么就没有眼力见儿了？"

"你就看不出……"刘宇欲言又止。

云渺打断了他："时间紧迫，赶紧上来。"

何思妍扯着嗓子说："刘警官，听到没，喊你赶紧上来。"

为了不打草惊蛇，他们平常也会开便车实施抓捕，但是开超跑出来抓人的，还是第一次。车子发动的时候，陆征适时提醒后排，道："系好安全带。"

刘宇平常坐后排时，都不系安全带，但这车加速太快，心脏差点跳出来，他两三下把安全带扣上了。

十一点四十三分，车子驶进了越鹭府，这个小区里住的都是些名人，所有的外来车辆进来要登记，有警官证的也不能例外。小区里大多是联排的别墅，容积率很低，家家户户门口都有泳池。

刘宇忍不住吐槽道："看来，这个李威从丽烟身上捞了不少钱。捞人钱，还把人弄死了，真是连畜生都不如。"

何思妍说："你没听柯姐说吗，不仅捞钱，还欺骗感情。"

刘宇撇嘴道："相比之下，我觉得霍晔看起来顺眼多了，至少人家是明着渣，是吧，老大？"

陆征掀了掀眼皮："一丘之貉。"

何思妍立马附和："就是，刘宇，你三观着实有问题，得认真反省一下自己。"

几分钟后，一行人到了李威家门口。大家都退到了一旁的楼道里隐蔽，云渺装成小区物业来敲门，陆征将别在腰间的枪取下来，握在手里。

"谁啊？"李威问。

"物业，楼下的住户反映您家的卫生间漏水。"

李威不疑有他，打开了门。陆征一手将云渺拽到身后，一手拿枪抵住了李威。刘宇和何思妍迅速进来，关上了门。

"把手举起来！"陆征的声音冷森，不容抗拒。

李威往后退了几步。

"警官，这是不是有什么误会？"

"现在怀疑你在5月17号晚上，在永安巷一居民楼内杀害了艺人丽烟。"

李威辩白说："警官，我那天晚上可是和你们在一起。"

"那是上半夜，下半夜你在永安巷，你从超市买了消毒水，返回犯罪现场，处理了痕迹。"

李威说："没错，我那天确实买了消毒水，但我是买回来清洁洗衣机的，并不是你说的处理现场。"

刘宇懒得和他废话，反手将他抵在了一旁的酒柜上，拿手铐将他扣住了。

李威使劲挣扎道："我要告你们。"

陆征走过来，一下掀开了他的居家服，露出后背，赤裸的背部依旧可以看到结了痂的指甲印。

"你背上的这些伤就是证据。"

李威继续反驳道："这……这都是我女朋友抓的。"

"丽烟就是你的女朋友。"

"听不懂你在说什么。"

刘宇一脚踹在他的膝盖上："敢做不敢当，算什么男人！"

李威还想反抗，已经被刘宇带进了电梯，底下的囚车亮着灯，一闪一闪的。技术科在李威的住处进行了一番搜索，他家许多物品都是情侣款的，比如水杯、牙刷、毛巾等，主卧的枕头上找到了丽烟的头发，甚至还有女士内衣、香水还有帽子。即便这样，李威也始终不肯认罪。

"没错，丽烟和我是有点暧昧关系，但你们也不能说是我杀的她，我没有理由要杀她。而且，我是她的经纪人，她死了对我有什么好处？她才红，我正是赚钱的时候……"

已经凌晨两点了，审讯到了瓶颈期，审讯室里灯光亮得晃眼，陆征踱着步子进来，云渺跟在他后面。

陆征递了把椅子给云渺，自己则拉开了一边的折叠椅。

半夜的审讯室黑黢黢的，陆征的半张脸笼罩在昏暗的光影里，眼神格外冰冷。陆征冷哼一声道："你杀丽烟的理由很简单，你发现她怀了霍晔的孩子，她还想不顾一切地把孩子生下来。"

李威下意识地握紧了拳头。

云渺接了陆征的话往下说："你可能不知道，霍晔做了全程避孕，也就是说，丽烟怀的根本不是霍晔的孩子。"

李威脸上写满了不可置信："这不可能。"

云渺看着他的眼睛说："她怀的是你的孩子。"

李威想站起来，却动不了，扯高了声音喊道："你胡说！"

陆征声音低沉："你自己可以回忆一下最近两个月，和她有没有发生过什么？"

李威说："有也不能说明什么吧，她能和霍晔好，就可以和别人好！"

"我们技术科正在进行DNA对比，结果很快就会出来。"说完，陆征把手机相册点开，递了过来。那张照片是在甜品店拍的，丽烟写的卡片。

"她的字，你认识吗？"

李威的嘴唇颤动着，丽烟的字他当然认识，他和丽烟是高三艺考时认识的，他们一个是穷小子，一个是灰姑娘，两人一见如故。后来他们双双进了影视学院，丽烟因为漂亮被影视公司邀请去做女主角。

他出于自卑和她吵了一架，丽烟放弃了那个机会，后来出演这部戏的女主角梁夕一炮而红，一夜之间成为顶流……

人的命运有时就是这样，机会只敲一次门，后来，没有把握住机遇的丽烟，成了各大影视剧里的背景板。李威学的是导演专业，毕业后他贷款导演了两部戏，一点儿水花也没看见，钱也全部赔了。丽烟从十八线渐渐往前接一些女四号、女五号的角色，她的收入也还稳定，李威便当起了她的经纪人。丽烟把所有攒下来的钱都给了他,他在这个满是名人的小区里住下,希望能获得一些机会,但是名人们根本看不起他,因而那段时间他一直郁郁寡欢。

云渺徐徐开口道:"丽烟去接近霍晔,并不是为了自己想红,而是为了你。"

他还记得那天她接到《城市血魔》女主时的样子——

"阿威,别难过了,我会好好演这部戏,到时候我们有钱了,你就可以继续拍电影,我演你的女主角。"

后来,他发现丽烟演女主角的这个机会是霍晔给她的。她化着浓妆,搬进了豪华别墅,她戴着价值几亿元的项链靠在别人怀里笑,和他认识的那个女孩判若两人……他开始讨厌她,痛恨她,不理她,和她吵架。

那天他们相约去老房子,她抚摸着肚子对他说:"阿威,我怀孕了,我们退圈吧,钱也赚够了,这是属于我们的宝宝。"

那一刻,嫉妒和痛恨占据了他所有的思绪,他无法接受丽烟把霍晔的孩子变成他的,他将她拖到床上,在最温存的一刻勒死了她……李威陷在回忆里,整个人都在发抖。

"是你拍卖了项链吗?"云渺问。

"什么项链?"

"霍晔送给她的那条价值几个亿的项链。"

李威摇头。

云渺抿了下唇说:"那就是她自己拍卖了那条项链,她已经替你们想好了未来。不过,现在看来,这个未来已经完全没有意义了。"

李威怔怔地坐在那里,眼泪簌簌地落了下来。

"警官,我认罪。"

从警局出去,已经凌晨四点多了。

雨停了,太阳还没出来,天边挂着一轮残月,凉风拂面。街道上偶尔有车辆开过,四下安静,头顶的树丛里可以听到"啾啾"的鸟鸣声。

云渺站在树底往上看,低声说:"我才发现原来这里是有鸟的。"

陆征在她身边停下来,说:"一直都有。"

云渺打了个哈欠,声音有点懒:"哦。可能是我以前没有这么早出过门。"

陆征顺着她的视线往上看,科普道:"在叫的是斑鸠,跳来跳去的那个是红嘴蓝鹊。"

云渺有些惊讶。

"你还研究这些?"

"总是见到,就顺手去查了一下。"

也是,她的生活比较规律,凌晨四点很少出门。陆征不一样,他是刑警,需要24小时随时待命。

云渺连着打了两个哈欠,把钥匙从包里拿了出来,说:"走吧,回去补会儿觉。"

陆征伸手把钥匙从她指尖拿走了。

"你干吗拿我钥匙?"

"你睡会儿,我来开。"

"你不是说你不会开自动挡的车吗?"云渺问。

陆征脸不红心不跳地道:"哦?我还说过这样的话?"

"那你的车是不是也没坏?"

陆征如实回答:"嗯,确实没坏。"

"就为了去我家蹭住?"云渺说完,笑了。

"嗯,或者你到我家住也行。"

"不去,不合法。"

陆征忽然捏住了她的手指,喊了声:"渺渺……"

云渺侧过头,对上他那双被月光照亮的眼睛,那里面波光潋滟,似蓄着一汪泉水。

陆征的薄唇掀动着,声音低沉而好听:"只要你愿意,我们也可以合法的。"

云渺把指尖从他手里抽回来。

"陆队,你还想骗我结婚啊?"

"真心实意,哪能叫骗?"

"不要。"

陆征轻笑。

车灯打开,车子平稳地上了大路,云渺虽然困,但是睡不着。车窗开着,清冷的风灌进来,城市的灯火一点点往后退去。路上没有别的车,云渺把手伸到窗外,任由晨风从指尖消散。风是有形状的,就像月牙,就像斗篷。

"陆征,这会儿没车,你可以试试一键加速。"风很大,她的声音里也带了几分肆意。

"平常慢点开，注意安全，不要超速跑城市干道。"

云渺把手收回来，笑了。

陆征转头看她，问："怎么了？"

"没什么，就还挺怀念你这样絮絮叨叨的。"

"嫌我烦？"

"没有啊，也挺好。"

高中那时候，陆征管她超级严，不许这样，不许那样……年少时，在好奇心和逆反心的双重作用下，陆征设置的那些条条框框，全部都被她挨个戳过一遍。

陆征每次都让她写检讨，云渺起先还认真写，但发现陆征并不看，后来，她干脆编个开头，剩余的内容全用歌词代替。直到某天，老师把陆征请去了学校，有人给她匿名送花，被他们班主任发现了。那天，陆征板着脸把她叫到了门口。

"早恋？"

云渺仰着脸看他，理直气壮地说："当然没有。"

"那干吗收别人的花？"

云渺靠在门框上，笑得娇俏可爱。

"不想收来着，但不知道是谁送的，要不你帮我查查？"

陆征是做刑警的，破个芝麻大的小案，当然不在话下。第二天，那个送花的人就找到了，是他们隔壁班的体育委员。

陆征以"家长"的身份，大张旗鼓地把那个男生约到了一家麦当劳餐厅，云渺那天也跟了过去，但陆征根本不给云渺插话的机会，一通训斥把那个男生给训哭了。

云渺觉得陆征有点过了，就稍微帮那个男生说了几句话，谁知回去后，他又让她写检讨。云渺一如既往地浑水摸鱼，那次不知道为什么，陆征忽然认真地看完了她写的检讨。

"柯云渺，过来，把你的检讨书读一读。"

然后，她抑扬顿挫地读完了一个歌手的整张专辑。

当时，陆征那个脸黑得跟炭似的。

"重写。"他说。

云渺睁着乌润润的眼睛，不卑不亢地看着他，道："我又没有错，凭什么要写检讨？"

"柯云渺！"他的声音很大。

云渺并不生气，她拽了拽他的衣角，笑着说："陆征，你反应怎么这么大？你还别说，你这样……还挺可爱。"

说完，小姑娘背着手哼着歌，回房间写作业了。

那晚，陆征辗转反侧，失眠了。

陆征把车子开到云渺家楼下，到底还是不放心，跟了上去。

云渺吐槽道："你这样都算尾随了。"

陆征神情寡淡地说："男朋友不算。"

云渺撇了撇嘴，骂了句："无耻。"

她实在太困了，从卫生间出来，径自倒在床上睡了。

陆征重新查看了云征记录的数据，昨晚之后那个人没有再来过，他起身到南面敞开的窗台前点了支烟，袅袅的烟雾升腾起来，将他整张脸笼罩在其中，英俊又带着几分神秘。

天际线渐渐露出了鱼肚白，城市渐渐苏醒。他轻轻推开云渺的房门，她还没醒，光从窗帘的边沿渗进来一些，在她的眼角眉梢落了一层细碎的光晕。女孩的呼吸清浅而均匀，一切都是美好而治愈的。

陆征伸手在她额头上摸了一摸。

"渺渺，无论他是谁，他在哪儿，我都会亲手抓到他。那样，你就可以永远不用再做噩梦了，一切都交给我。"

女孩没醒，粉色的唇微微动了下，陆征用手臂撑着床沿，俯身过来，在她眉心印了一吻。很快，他起身出去了。床上的女孩，睫毛动了动，睁开了眼睛，泪意涌动。

李威已经招认了，丽烟案的细节全部串联了起来，陆征带着整理好的卷宗去了趟市局。

时间还早，陆征在三楼的长廊里逛了一圈，那些芍药花已经撤掉了，换成了大盆的发财树。这个点，正好赶上苗木工人过来浇水，陆征递了支烟和他攀谈了几句，得知芍药花到了凋谢的时候，局里让人移走了。

"这些送来的花都有记录吗？比如数量和种类。"陆征说。

"有啊，这些花我们也要找局里报销的。"

陆征跟他去看了记录表，那张记录了金带围数据的单子被水泡过，字也糊了。

"哎呀,这下完了,肯定是哪个小孩弄的,全粘在一起了,这批花我还没有报销呢。"

那张票据上的字虽然泡了水,但是底下的红章非常清楚:Y城瑞馨苗木公司。老实巴交的苗木工人挠了挠头,说:"陆队,不好意思,没帮上你什么忙。"

陆征说:"没事,你忙。"

他从苗木工人的办公室出来,径自去了吴远波办公室。

"我已经听说了,丽烟那个案子出结果了?"

"嗯。"陆征把手里的资料递给他说,"嫌疑人已经招了。"

吴远波起身泡了两杯茶,一杯递给了陆征。

"今年的新茶,尝尝。你爸爸最喜欢喝这样的茶。"

陆征接过来,白瓷杯里,青翠的茶尖一根根立在里面,茶叶的味道很香,他抿了一口,先是微微的苦,接着是满口的回甘,的确是好茶。陆征晃了晃茶杯,觉得这茶的味道有些熟悉,好像是在哪里喝过类似的。

吴远波忽然说:"我第一次见到你的时候,你才这么点高,现在都到了适婚年龄了,上次你带来的那个姑娘不太适合你。我给你介绍一个,抽空去见见。"

陆征把手里的杯子放下来,说:"我还不着急这些。"

吴远波说:"怎么不着急,你以后肯定还会往更高的位置上升,身边的人一定要清清白白,有点背景最好。"

陆征站起身来,说:"吴局,我自己的事自己会考虑的,您还是别管这些了,再者,我对更高的位置没有追求。"

吴远波抿了抿唇,不好再说什么。

云渺在陆征走后又睡了一会儿才起来,今天是个晴天。研究所布置了个小任务,帮一家直播平台升级服务器,云渺开了电脑,坐在地毯上更新数据库,指尖敲得飞快。

不一会儿,陆征回来了,云征机器人过去替他开门。

陆征看向云渺,笑了笑:"怎么没有多睡一会儿?"

"生物钟,习惯了,睡不着。"

"早饭吃了吗?"陆征问。

"吃了,你呢?"

"还没有,刚去了趟市局。"丽烟案的一些细节要向社会公布,平息舆论。

云渺说："家里这两天没有买菜，吃面吗？"

"你做还是小家伙做？"问完他站了起来说，"还是我来吧。"

"你今天不上班吗？"云渺问。

陆征在厨房里回她："休息一天，陪陪女朋友。"

云渺笑了笑。

抽油烟机的声音在厨房里响了起来，食物的香气也渐渐腾起来，等那"轰轰"的声音停下来，陆征也从厨房里出来，问："渺渺，想出去旅游吗？"

云渺停下手里的动作，偏头问："天气这么热，去哪里？"

"Y城。"

"怎么忽然想去Y城？"

"三月适合去Y城。"

云渺继续低头敲代码，随口道："但是现在是六月了。"

"那也差不了几天，去吗？"说话间，他已经走到了她面前。

"好啊。"云渺应了一声，指尖依旧敲得很快，密密麻麻的代码一行行往下滚动，女孩乌润的眼睛被光照得干净明亮。

陆征的角度，正好能看到她因为专注而微微抿起的唇线，淡淡的粉色。

云渺见陆征把碗放到茶几上，自觉把电脑往边上挪了挪，让出一个位置给他。云征机器人无事可做，走到墙边关闭了程序，开始充电。

"很忙？"陆征问。

云渺说："还好，马上就完成了。"

陆征在她身侧坐下，长腿有些无处安放。

云渺笑了笑，说："你干吗不在餐桌上吃？"

"想离你近一点。"

云渺觉得这种话从陆征嘴里说出来，就跟太阳打西边出来似的，不免失笑道："那你干脆别吃饭，一直看我，还给国家省了大米。"

陆征把手里的筷子放下，说："也行啊，那我可能要二十四小时看着你，睡觉也要。"

云渺骂了一句："流氓。"

她说话时，嘴唇微微张开，可以看到里面淡粉色的舌尖。陆征的喉结隐秘地滚了滚，他将视线从她脸上移开，夹了一筷子面，正要吃——云渺忽然停了手中的动作，撑着脑袋看过来，如同水杏一般的眼睛弯着，故意逗他道:"呀,陆队,我还是不如你的面呐。"

陆征将筷子放下,侧过身,一只手绕过她的腰,将她困在了怀抱和沙发中间,漆黑的眼睛里,暗流涌动。

云渺别过眼睛,想躲开,陆征忽然按住了她的后脑勺,带着薄茧的指腹似有若无地擦过她的头皮,滑到了她的脖颈,指尖的温度清晰可辨,一层电流,沿着脖颈侵袭到整个背部,酥酥麻麻。

"你还是吃面……"云渺话还没说完,眼前的光暗了片刻,唇瓣被他吻住了。

这时,云渺放在桌上的手机忽然进了一通电话,陆征放开她的唇,却依旧抱着她。云渺推了推他,说:"有快递到了。"

"让他放云柜,一会儿我帮你拿。"

"不行,是到付件,给云征买了一个新的电容器,要试试好不好用。"

陆征在她起身的一刻捏住了她柔软的指尖。

"我和你一起去。"

"你还是保持点神秘感吧,不要太粘人了。"

"嫌弃我了?"

云渺笑着说:"现在还没有,我怕以后会。"

"行,不粘你。"

天气炎热,背阴的楼道里热气弥漫,外面的暑气更甚。

骑着电瓶车的快递小哥见云渺出来,连忙问:"是柯云渺吗?"

"嗯。"

"东西给你放这里了,"他核对过姓名,把手里的盒子放在了一旁的花坛,随手递过来了一张塑封过的二维码,"20元。"

云渺说:"等一下,我要拿上去试一下。"

今天的快递有点多,后座的塑料筐里还有积压成山的包裹要送。

在这儿等她有点浪费时间,快递小哥说:"这样吧,你拍个照片,确认没问题就扫码付钱给我,有问题再电话联系。"

"也行。"

手机拍过照,那辆送货的电瓶车就在视线里消失了。云渺弯腰将放在花坛上的盒子拿起来,里面的东西不大,重量也很轻,晃一晃还有响声,这和她预想的有点不一样。盒子里三层外三层,包裹得严严实实,云渺站在那里，研究怎么样不用刀把快递盒子打开。

陆征不知道什么时候下来了，在门廊喊了她一声："渺渺。"

云渺闻言，笑着往里面走过几步，就在这时，一声近乎爆炸的声响从身后传来。

"砰——"

云渺回头，见她刚刚站过的地方，砸下来一个陶瓷花盆，褐色的陶片碎得到处都是，泥土呈放射状迸散出去，她的拖鞋和裤管里都是泥土粒。如果陆征刚刚没有叫她，现在满地迸溅的……一种后知后觉的恐惧席卷而来，她像是被人用胶水固定住了脚底，耳蜗里腾起无尽的鸣响。陆征飞奔过来，一把将她拥入怀中。

云渺颤着唇说："没有被砸到。"

陆征的眼睛盯着她身后满地的碎片，漆黑的瞳仁里满是浓浓的怒意。

"陆征，他反悔了，想要我的命了……对吗？"云渺的声音低低的，刺痛了陆征的心。

巨大的声响也引来了一大堆围观群众——

"吓死了，是什么东西掉下来了呀？我还以为是煤气爆炸了。"

"天呐，是花盆。"

"哪来的花盆啊？"

"上面掉下来的。"

"今天也没刮风啊，花盆怎么掉下来的？"

"这花盆我见过，是顶楼那家在天台种的菜。"

陆征松开云渺，弯腰检查了一下花盆的破碎程度，只能是从顶楼落下来的。这栋楼，上顶楼要么坐电梯，要么走楼梯，电梯的话有摄像头，容易被发现，如果走楼梯的话，那人应该还在楼道里。

陆征快步跑进去，沿着楼梯一路往上，但没有碰到凶手，天台上也空空荡荡的，一个人也没有，这里是很多人家的晾晒区，放了不少架子，各色的床单在空中来回飘荡。靠边的地方放了些花盆，里面种着各种各样的蔬菜。

地上的花盆少了一个，不远处有一个潮湿的圆印子，有人不久前刚刚搬动过它。地上落着一层薄薄的土，可以看到一排成年男子的脚印，右脚的脚印比左脚深。陆征走到天台边上，目光所及处，见不到什么可疑的人。朝北的露台底下有一个朝外的楼梯，那是预留的消防通道，嫌疑人应该是从这个楼梯下去的。

陆征沿着台阶追到底下，这个楼梯连接着一个半开放的综合型菜市场，来来往往的人不断，嫌疑人借人群隐匿了踪迹。

云渺还在楼里，陆征不敢耽误太久，匆匆返回，她比他想象的要镇定许多，在他下来前已经打电话报了警，片警和技术科的人很快就赶到了现场，然而现场，除了脚印什么也没留下。

技术员测量了那枚脚印的长度，总结道："这人的身高应该在一米七到一米七五之间，体型偏瘦，左脚早年受过伤，惯常使用右手，对附近的小区很熟悉。"

顶楼没有摄像头，昏暗的菜市场里也没有，花盆碎片上没有提取到任何的指纹。快递是同城闪送件，里面装的也不是云渺网购的东西，而是一些碎石头。对方很小心，没有在箱子上留下指纹。

线索又断了。

"陆队，这个案子照什么立案？"有人问。

"杀人未遂。"陆征说话时，无意识地握紧了拳头。

技术科的人陆陆续续走了，陆征边牵着云渺进电梯边说："一会儿，我给你们所里打电话，最近我去哪里，你就去哪里。"

云渺点头说："好。"

到了九楼，陆征的视线快速扫过楼道，并没有发现什么异常。

云渺问："我们还去Y城吗？"

"去，一会儿就去。"

云渺进来，将剩下的代码写完，指尖在鼠标上轻轻点了一下，转了运行模式。N市到Y城有几个小时的车程，到那边时已经是下午了，两人简单吃过一些东西，陆征把车子开到了那家叫作瑞馨的花木公司。

他直接表明来意，说："我想买十盆金带围。"

老板皱眉道："我们这里的金带围不对外卖。"

"为什么不对外卖？"

"这个品种的芍药花非常难培育，今年我们一共只培育出来三十株，都是供给特殊渠道的。"

"我们能看看吗？"云渺说。

那人点头，领着他们往里面走。

"每年，这些花过了花期，我们都会收回来，毕竟是熊猫品种。"

"N市公安局里的花也是你们送的？"陆征问。

那人有些惊讶地说："你们怎么知道的？"

"看到了。"

老板点头道："也是，今年我们往那边送了十株。"

"全收回来了吗？"

"没有，只收回来九盆，说是被某个领导拿走了一盆。"

陆征问："具体是谁？"

"这我可就不知道了，他们也给了不少钱，反正没亏。哎？你们问这个做什么呀？"

陆征说："就是想看看有没有多余的花可以订。"

"明年吧，我争取多栽培一些出来。"

从苗木公司出去，云渺好奇地问："会是谁拿了那盆花送给了韩为光？"

市局的领导从吴远波开始算，任何一个陆征都能叫上名字。

"这些领导的履历是不是都能调？"云渺问。

"嗯。"

金带围的事查得差不多了，云渺以为要回去，却见陆征把车子开到了一处景区附近的停车场，粉墙黛瓦围成的中式园林，青青翠竹从高墙里探出些枝叶，微风一过，簌簌作响。

云渺问："还有别的线索吗？"

陆征眉头微动，说："没有，再待一晚，明天回。"短时间内，这里还是比N市安全的。

"要到明天吗？"云渺问。

陆征伸手在她头顶揉了揉："不用担心，系统内的个人履历不能轻易修改。"

云渺忧心忡忡地应了声："嗯。"

陆征拉着她的手，站到买票的队伍里。景区限流，排队的人有些多，午后的太阳，有些晒人，连带着四周的空气都是滚烫的。陆征不动声色地和云渺换了个位置，用自己的身高给她挡了太阳。太阳没有西斜，落在地上的影子很短，即便他比云渺高出一截，遮阳效果也并不是那么理想。

陆征试了几次后，索性把手伸到她脸颊一侧，给她做了个人肉帽檐，强光被挡住了一些，暴晒的刺痛感也跟着消失了大半。

后面的一对小情侣，全程目睹了陆征的宠妻细节，女生激动得嗷嗷直叫:"人家多体贴啊。"

男生的声音拽拽的:"沈应星,我给你打伞还不够体贴啊。"

"明明是你想蹭我的太阳伞。"

"怎么叫蹭?我刚刚明明给你发过红包了,这叫租。"

陆征和云渺相视一笑。

两人买完票,跟着人流进了园子,难怪景区要限流,这个园子给人的感觉太静了,翠竹森森,凉风拂面,别有一番风趣。园子并不大,他们在路上遇到了不少旅行团,导游词就像是从同一本书上背下来的,千篇一律。一圈逛下来,云渺已经会背了。

到了一处临水的假山,他们在那里坐了一会儿。云渺闲来无事,照着边上的导览地图,一本正经地和陆征背了一遍导游词。

陆征笑道:"背这个做什么?"

云渺撑着下巴,看着前面被风吹皱的水面,说:"也不是我想背啊,听过几遍就忘不了,这样是不是也不太好?"

陆征拧开一瓶水递过来,说:"怎么不好了?"

云渺抿了一口,嘴唇上染了淡淡的湿意,连带着眼睛都泛着薄薄的水雾,她的声音低低的,带了些难辨的情绪:"遗忘是身体的保护机制啊。"

只要一安静下来,那个花盆在身后碎落的画面,就会像电影一样在脑海里循环播放,巨大的声响和记忆里的枪声此起彼伏,一刻也不停歇。

陆征伸手在她的眉心摸了摸,说:"那就不要去想不好的事,想想晚上吃什么,去哪里泡澡。"

"大夏天去泡澡?"云渺有些惊讶。

"嗯。"

云渺故意逗他说:"是和你一起的那种吗?"

陆征在她眉心敲了一记。

从园子里出去,他们又坐船游览了人工湖,风过水面,波纹乍起,很是舒爽。两人并排坐在船头上,看着西天落日熔金,时间好像在这一刻变得缓慢。

"陆征,这还是我们第一次一起旅行。"

"嗯。"

"下次,我们自己驾车去藏区吧?去摇转经塔,去登山。"云渺说。

陆征笑着看她，小姑娘眼里尽是赤诚，橘色的阳光将她的碎发染成了丝丝碎金，他不禁伸手在她的鬓角上摸了摸，轻轻地将她揽在了怀抱里。

"要去那么远啊？"

"长途旅行可以检验灵魂是否契合。"云渺说。

陆征又问："契合怎么办，不契合怎么办？"

"契合的话就可以结婚，不契合的话，当然是及时止损，另结新欢。"

陆征说："那不去了，买定不离手。"

云渺捧住了他的脸，迫使他看着她的眼睛。

"不行，要去！"

陆征低低地笑着："好，去。"

夜幕低垂，船只靠岸，陆征牵着云渺上去。

河岸上不知什么时候起了风，草叶被风卷到了半空，行人步履匆忙。

陆征停下脚步说："要下雨了。渺渺，你还记得上次答应我的事吗？"

"什么事？"云渺问。

陆征把他们交握着的手举了举，说："下一个雨天，你会有男朋友，现在你有了。"

话音刚落，雨丝飞落了下来，被沿途的街灯照成了细线，地上起了层薄薄的雾，云渺看着他的眼睛，说不出一个拒绝的字来，陆征牵着她回到车上，滂沱大雨随之而来。

车外雨骤风急，车内静谧宁静。云渺的头发上沾着细白如雾的水珠，陆征拿了纸巾，倾身过来，替她把那些水珠一点点擦掉。他的短发上也同样染着水珠，云渺看着他，百感交集，同样是雨天，几年前他们在机场分别，如今却在一起了。

陆征擦完她头发上的水，发动了车子，随口道："你看现在去泡澡，是不是正好。"云渺笑。

从浴场出来，已经快 8 点钟了，热水带走了黏腻的暑气，也暂时带走了那些不太愉快的记忆。推门而去，暴雨渐歇，风还未停，天幕上依旧有雨珠坠落。

云渺的脸颊被热水蒸得白里透红，陆征不知道从哪变出来一支雪糕，递给她，说："雨停了再走。"

风穿堂而过，两人就站在门廊里，边吃雪糕边等雨停，那种感觉异常美好。云渺忽然握了握陆征的指尖，陆征也很轻地回握住她，有些话好像不用说。

许久,陆征缓缓出声:"渺渺,明天开始可能就要踩到泥沼中去了,也许会很危险,我在想,你要不要去国外留学?等我找到他,你……"

"陆征,我不逃跑,我要和你一起,亲手抓到他。"云渺打断他。

陆征将她的手包到掌心里握住,许久才说了个"好。"

次日早晨四点,他们驱车从Y城返回N市,两人没有回家,直接把车子开到了队里。何思妍和刘宇还没来上班,办公室里空荡荡的,值晚班的刑警见陆征来了,赶紧来打了招呼。

"陆队。"

"昨天有新案子吗?"陆征问。

"没有。"

"这边交给我,你下班回去休息吧。"

"好。"

这个点的办公室很安静,没有其他人,正好适合查那些信息。

陆征坐下来,用钥匙打开了抽屉。

云渺看着他从里面拿出一枚银色的优盘,有些好奇地问:"这是什么?"

陆征说:"授权钥匙。"

陆征开了电脑,登录了公安内网,优盘插进去,电脑的网页转动得很快,市局所有警员的名单都出现在了屏幕中。

陆征一条条点开往下拉,云渺浏览得非常快,最后一个警员的信息看完,云渺长长地吐了口气道:"他们都不是韩为光的同学……"

线索又断了。

陆征瞳仁幽暗。

"会有人故意谎报自己的信息吗?"云渺问。

"不会。"

所有警察入职时的资料都会严格审查,如果有人弄虚作假,一开始他就不会进入到这个体制里来。也许是他们的方向错了,同学也并不一定就是上学时期的同学,也可能是其他方面学习时认识的。可这样一来就更加难查了。

这时,长廊里响起了脚步声,陆征关掉电脑,将优盘收了起来。

何思妍和刘宇进了办公室,刘宇拿着个手机刷直播,手机声音开得很大:"我们家的男士内裤,绝对是最好的,女朋友买给男朋友,他绝对喜欢,绝对满意,没有女朋友的买给自己,穿了绝对会有女朋友……"

何思妍看到陆征和云渺都在,倒也不惊讶。

"老大,柯姐。"

刘宇看到陆征,下意识地把手机收进了衣兜。

陆征朝他点了点头,问:"在买东西?"

刘宇舔了舔唇道:"在囤内裤,你要不要买,买十条可以打折,领券还能抽奖,这个内裤的花纹我都看过了,挺好看的。"

陆征脸上的表情淡淡的,也不表态。

刘宇说:"算了,我买了送你两条吧,反正也不贵。"

"你一个男的,要送我内裤?"陆征问。

刘宇的脑神经狠狠地跳了几下。

陆征眉头动了动,笑着说:"我女朋友在,她会觉得你越俎代庖了。"

云渺耳根发热,没说话。一旁的何思妍则没忍住,笑出了猪叫声。

刘宇连忙解释道:"柯老师,我……我和老大是清白的。"

陆征已经面无表情地坐了下来,随口问:"丽烟案的案情报告写好了吗?"

"已经写了。"

"拿来给我看看。"

这种没有案子的日子,也是蛮难熬的。

要是别的组还能稍微休息会儿,重案组没有案子,也要整理各种资料。尤其是陆征在的时候,你总得找点事做,不然扛不住那不断冒出的冷气……好在陆征中途去了趟技术科。

刘宇探头过来说:"柯老师,我刚刚看到你。以为今天有大案子,吓我一跳。"

云渺笑着说:"可能是因为我这个姓氏不好吧?"

"嗯?"刘宇有点没反应过来。

云渺笑了下说:"柯南的柯,每次出场都有案子。"

何思妍"扑哧"一声笑了。

刘宇重新点开直播间,刚刚卖内裤的主播已经下播了,上来的是他的女儿和老婆。

"大家可以看看我家宝宝身上的这条裙子,是纯棉的面料,质感很好的。"

刘宇在弹幕里写道：请问刚刚的内裤还有吗？

女主播立刻回他说："内裤还有的，可以点击下方的口袋购买哟。"

何思妍又被笑到，她伸头过来看刘宇怎么在儿童直播间里下单，结果看到了那个穿着粉红色裙子的小女孩。

"这个宝宝好可爱啊，跟洋娃娃似的！"

云渺闻言也看了过来，屏幕里的小女孩确实萌。

这时，陆征回来了，刘宇做贼心虚地咳了咳，再次收了手机。

不过，陆征的关注点并不在他身上。他走到云渺身边，低声询问："渺渺，要喝水吗？"

刘宇的嘴角抽了抽，陆征这个语气真的是温柔得可以掐出水来，他一个大老爷们都受不了……

危险任务出警申请书

申请人	陆征	
所在部门	刑侦支队	
职位	队长	
任务危险程度	S 级	
出警事由	“红蛇”组织再次出现，已经制造多起案件，在社会上产生了广泛且恶劣的影响，申请带队调查，将罪犯绳之以法。	
出警遗言	柯老师，我不想说任务失败后的情况，但那的确有可能发生。有些事交代给你总归稳妥，我的银行卡密码和手机支付密码都是你的生日。若任务失败，你就卖掉家中的房子，带着钱去国外开始新生活。勿念过往。	
紧急联系人	柯云渺	
紧急联系人号码	1357xxxx520	
上级处理意见	同意	
申请人签名： 陆征		
申请时间： 1月30日		

第十六章·风月

我舍不得,因为,你太珍贵了。

下午五点四十分,大桥南路到大桥北路明轩桥路段,发生严重拥堵。事故遇上晚高峰,过江的车辆,在大桥上排起了长龙,喇叭声此起彼伏。

已经整整一个小时了,车子还是一动不动,太阳一点点地落到了西天。

N市的过江通道虽然多,但是免费的就这么一条,所以经常堵。但像今天这样堵了这么久的,还是头一次。

已经过了晚饭点,车主们开始变得焦躁起来,纷纷下车观望。

"前面什么情况啊?"

"不知道哎。"

"早知道我就走隧道了,省这十块钱不值当。"

"这不晓得要堵到什么时候……"

他们站着的位置,看不到队伍前面的情形。沿着汽车长龙往前,会看到那里发生了一起交通事故,准确来说是一起汽车追尾事故。

一个小时前,一辆跑车,追尾了前面的一辆灰色的轿车。

轿车受到撞击后没有立刻停下来,而是打偏了方向,缓缓越过快车道,撞到了一侧的防护栏。

后面的车子,反应不及时,紧急制动,还是撞了上去。

交警赶到现场时,轿车的车门被撞得凹进去一小块,车内的安全气囊没有打开,一般来说,这种程度的车祸还不至于丧命。

奔驰车子还没熄火,李海瑞敲着玻璃喊了几声,里面的人没有应答。

漆黑的玻璃看不到里面的情况,他只好绕到车头前面去。

透过玻璃一看,他的眉头皱了起来,驾驶座的这位好像是睡着了,面朝下趴在方向盘上。

李海瑞朝同行的交警招了招手，说："看这情形像是醉驾。"

"不会吧，这都出车祸了还没醒。"说话间，这名交警也跟着往里看了看，驾驶座上的女人一动不动，后排座椅上的小女孩也闭着眼睛。

"李队，这……看起来不太像醉酒，后面还有个小姑娘呢。"

李海瑞闻言，觉得不妙。

他试着打开车门，但是启动状态下的车子，门根本打不开，只能砸了副驾驶的玻璃窗。

碎玻璃渣散了满座，驾驶座上的女人还是没有一点反应。

"女士？"李海瑞喊了几声，对方依旧沉默。

越看越不对劲……和他同行的交警拍了拍后面的小姑娘，刚一碰，她就倒了下去。他下意识地碰了碰女孩的鼻子，已经没有呼吸了。

"李队，好像是……死了。"

李海瑞立刻检查了驾驶座上的女人，她也没了脉搏。

"不应该啊，这也能送命？"那名交警喃喃地说。

李海瑞也觉得很奇怪，明明是车祸，但她们身上却找不到一点流血的痕迹，表情也很平静，没有一丝痛苦，只是嘴唇和皮肤红得像是车厘子，那种平静就像是在睡梦中忽然被什么东西抽走了灵魂，格外诡异。

李海瑞做了这么多年交警，还是第一次见到这样的情况，谨慎起见，他拨打了110。然后一面登记信息，一面把车里的情况拍照记录下来。

"李队，真有其他问题啊？"

李海瑞皱眉道："说不上来，很蹊跷。"

听闻人死了，后面的跑车车主吓得魂都没了，整张脸白成纸，说话也打哆嗦："交……交警同志，这车……这车开得太慢了，顶多五码吧，我从后面超车上来，根……根本来不及减速就撞上了去……"

汽车发生追尾事故，一般都是后车全责。

李海瑞查了一下他的驾驶证、保险和年检，每样都没有问题。

另一名交警拿了随身带着的酒精探测器递到他唇边，说："吹一口。"

数据正常，没有喝酒。

"交警同志，我的车就碰了那辆车一下，怎么会这么严重？"

李海瑞说："现在还不知道具体情况，但你得跟我们走一趟。"

轿车上的一大一小被抬下来，送往殡仪馆，清障车把事故车拖走，贯通南北的主干道，终于渐渐恢复了通畅。

交警查了奔驰车的车牌信息后，给女人的丈夫打了电话，没过多久，男人到了交警大队。

房野泽进门后，痛苦地看向众人，眼里尽是茫然、无措与痛苦。

"警官……她们人呢？"

李海瑞迎上来说："在里面，跟我过来。"

一大一小两个人，都躺在架子上，身上盖着白色的布。

房野泽双手颤抖着掀开了其中的一块白布，摔坐在了地上，号啕大哭起来。他颤抖着爬过去，深情地搂住妻子和女儿，在她们的脸上来回亲吻着。过度的悲痛导致他脸上的肌肉严重抽搐着，人仿佛一瞬间老了十几岁。

李海瑞走过来在房野泽肩膀上拍了拍道："节哀。"

今天难得没有什么事，下班后，何思妍做东请客。

这家店是N市最有名的火锅店，每次来都要排队等叫号。

何思妍拿着号码纸在手里晃了晃，说："我们前面只有六桌，运气简直爆棚！"

刘宇拆了包三角脆，边往嘴里丢边笑着说："那我今天一定要敞开肚皮吃，争取给你整个四位数的账单。"

何思妍白了他一眼，说："刘宇，你能不能有点良心？"

"是我没良心吗？分明是你太抠门。"

"我小气还请你到这儿吃饭？"

刘宇继续和她抬杠："大夏天请我们吃火锅，八成是想让我们中暑。"

云渺看他们拌嘴，不禁笑道："你们俩感情真好。"

刘宇连着干咳几下，说："柯老师，你这回可真看走眼了，我们俩是社会主义革命情谊，前两天，她还去相亲呢。"

陆征给云渺拿了杯柠檬水，在一旁的红色高脚椅上坐下，说："你之前不是也说要相亲的吗？"

刘宇撇嘴道："我又没去。"还说呢，那天相亲的衣服都被陆征给借走了，他弄得臭烘烘的去见谁啊？

陆征在桌上敲了敲，说："到处去相亲，不如看看眼前人。"

何思妍和刘宇相互看了一眼，脸上写着三个大字"不可能。"

何思妍眉毛皱了一下，说："老大，你可别乱点鸳鸯谱啊！"

刘宇也说："就是！我还想找个香香软软的女朋友呢。"

何思妍闻言，有点恼了，呛他："你什么意思？我臭了？"

"接触腐尸的时候就臭。"

"你滚，你接触尸体不臭啊？弄得跟谁稀罕你似的？"

云渺看了眼陆征，笑了。

服务员出来叫了他们的桌号。

刘宇进去后率先点菜，他选的都是贵的，就差让火锅店老板出去买人参了。

何思妍吐槽道："你报复心也太强了。"

刘宇说："舍不得？一会儿还是我付钱吧。吃饭就得吃爽了。"

何思妍"喊"了一声道："我请客，凭什么你付钱？"

鲜香的锅底端上来，往外冒着泡，何思妍的心情顿时好了，她才懒得和刘宇瞎吵。

牛肉是这家店的招牌，何思妍吃了一口，连声夸赞："这肉又香又嫩，绝了！"

刘宇撇嘴道："现在说好吃了，我刚刚点的时候，你不是还嫌贵吗？"

"吃饭都堵不上你的嘴吗？"何思妍说。

"废话，你嘴堵上能吃饭？"

陆征放在桌上的电话响了，似乎是有事，他的表情有些严肃，何思妍和刘宇不约而同地闭了嘴。

"陆队，这边有个事故，看起来有点奇怪，我们这边搞不定，一对母女在车里死了，车子开了一路，像是意外死亡又不像。"

陆征挂了电话站起来。

刘宇皱眉道："不是吧，老大，这个时候有情况？"

陆征没说细节，只说："你们继续吃，我去看看。"

云渺提了包站起来，道："我跟你一起去。"

陆征点头。

云渺不是警察都要去，刘宇自然也不好意思继续吃，他朝服务员招了招手。

"这些没吃的菜，能退吗？"

"抱歉，退不了。"

何思妍说："打包吧，回去再吃。"

云渺已经先一步到柜台结了账。

哎，好扫兴，难得聚一聚。

何思妍才反应过来，说："柯姐，你怎么把钱给付了？我转给你。"

云渺笑道："不用，回头让你们陆队转给我就行。"

车子开到交警大队，刑警支队的张荣一下迎了过来。

"陆队。"

"怎么说？"陆征问。

张荣欲言又止："您还是过来看看吧。"

陆征点头。

白布掀开的一瞬间，刘宇情不自禁地"啊"了一声，何思妍一看，这个小姑娘正是他们早上在直播间看到的那个女孩，另一个则是她的妈妈。

陆征先检查了孩子的尸体，女孩的皮肤呈暗红色，嘴唇也是，身上没有任何的外伤，女人的头上有一处很深的伤口，但是没有流血，也没有引发任何的炎症，颜色几乎与旁边的组织一致。

李海瑞适时地说："她们出了车祸，身上却没有流血，很奇怪。"

陆征点头道："不流血是因为发生车祸时，她们已经死了，而且死亡时间已经超过了十分钟。"

张荣、李海瑞听完都惊出了一身冷汗。

"可是……我们调取了录像，车子从大亚湾一路开到了大桥南路。"

也就是说那十几分钟里，车子一直是死人在开，大亚湾到大桥南路是一条笔直的大路，自动挡的车子在不踩油门的情况下也可以走，只是速度不会太快，要是周围的车合理避让，确实能一路开到这里来。

如果不是发生了事故，车子可能会一直往南开到其他地方去，最后撞上什么建筑物或者别的。

房野泽因为伤心过度，哭破了嗓子，说话声音有点沙哑："怎么可能呢，我老婆身体一直很好，怎么会突然死了。"他站起来，狠狠地冲向旁边的跑车车主，嘶吼道，"都是你撞的，你怎么不死？"

陆征将两人拉开说："你老婆和女儿是因为别的原因死的，跟他没有关系。"

房野泽看了看陆征，怔怔地瘫坐在了地上。他一会儿看看妻子，一会儿又看看女儿，像个抽掉了发条的机器。

云渺一直静静地观察他脸上的表情，人会撒谎，但是表情不会。房野泽的痛苦是真的，并不是伪装。

陆征不疾不徐地说："她们的皮肤上，呈现出不同程度的樱桃红，目前怀疑是车内一氧化碳中毒，不过还要法医来做进一步鉴定。"

房野泽不可置信地看着他："一氧化碳中毒……"

夏季天热，许多人喜欢关上车窗开空调。

车子处于行驶状态下还好，一但熄了火，空调不关，发动机处于怠速状态下，汽油不完全燃烧，会产生大量的一氧化碳气体。

废气只能和空调空气交换，一氧化碳在狭窄的空间里迅速累积，导致中毒。

但这个问题，基本发生在使用年限久的旧车上。

陆征问："这辆车是哪一年买的？"

"去年……"

那还算得上是新车，又是大品牌车，车子本身产生那么多一氧化碳的概率很小。

陆征走到那辆撞得变形了的车子前绕了一圈，状似不经意地问："你们做直播多久了？"

房野泽哽咽着说："我和我老婆结婚到现在，一直做……我老婆家是开服装厂的，我们一直在帮我岳父卖衣服，这两年直播火，我们刚好赶上了浪潮。"

陆征发现车子虽然变形了，但是车内的东西摆放得都很整洁，方向盘上装饰着一圈闪亮的碎钻，挡风玻璃下的置物台上，固定着一组可爱的小摆件。

这辆车应该是死者常开的车。

陆征检查了车内的储物格，见里面放着纸巾、湿纸，还有些儿童零食。

副驾驶位置上放着个塑料袋，里面装着游泳用的成人和孩子的泳衣、泳裤，衣物都是干燥的，看样子女人是要带女儿去游泳。后排放着安全座椅和一堆玩具，还有几本翻得很旧的绘本。

陆征问："你平常会开这辆车吗？"

房野泽摇头道："我开另外一辆。白天我和我老婆要轮流备货、直播，晚上我老婆回家照顾孩子，我单独播到十一点才下播回家，没法一起走。"

房野泽没有撒谎，车里几乎找不到什么男士用品。

固定用车，也就意味着固定目标对象。

"你们在什么地方直播？"陆征问。

"桥北工厂。"

他们这种属于典型的直销，没有中间商，价格也比较低，关键是靠销量。

"工厂有地下车库吗？"

房野泽点头。

地下车库里冬暖夏凉，也没有必要在开车前长时间待机使用空调，那一氧化碳是哪里来的？

陆征走到了汽车尾部，后备厢打开，里面放着一个救生圈和一个小朋友戏水用的粉色充气鹅，但都没有充气。

这两个东西都可以储存气体，云渺的想法和陆征不谋而合。

"她们今天是准备出门游泳？"

"嗯，我老婆说游泳减肥。"

云渺指着充气鹅问："这些为什么没有充好气带上？"

"这些东西大，在家充气麻烦，一般都是带去游泳馆充。"

"她常去？"

"一周去三次。"

陆征回头看了眼李海瑞，说："有气筒吗？"

"我上隔壁的汽修店给你找一个。"

李海瑞回来得很快，陆征把那救生圈充上气，检查它们的气密性，救生圈和充气鹅都不漏气，塞子用力拔掉后，里面的空气一点点冒了出来。

那个充气鹅他刚刚试过，如果用普通气筒充气，起码要半个小时，确实比较费劲。

没过多久，技术科也到了现场，陆征朝他们点了点头。

法医的鉴定结果和陆征想的一样，母女二人的死因都是一氧化碳中毒。

房野泽忙问："车子里的一氧化碳哪里来的？"

法医被问住了。

陆征说："现在还不能确定。"

李海瑞开口道："你这么一说我想起来了，十几年前，经常有人在冬天的时候，在柴油车里取暖过夜，早上起来，人死了，都是一氧化碳中毒。"

房野泽一听，立马求陆征他们帮忙检查车辆，可车子已经撞坏了，即便查出来有问题，也不一定能作为断案的证据。

经房野泽同意，他们查看了死者丁艳的手机，只有房野泽在五点十分的时候给她打过一通电话，只有几十秒。

技术科采集了车内所有物品上的指纹，但在这些物品上只采集到了母女两人的指纹，再无第三人。

一切证据都表明这是一场意外，夏季车内一氧化碳超标，事情暂时告一段落，交警大队这边也好走程序了。

陆征一行人离开交警大队时，天已经彻底黑了，一轮孤月挂在天上。

何思妍叹了口气："我今晚的好心情没了。"

刘宇在她肩膀上使劲一拍，嗓门扯得老大："多大点事儿，没了再找回来，火锅料还有一堆，汤底也打包带回来了，去你家继续煮。"

"我家在装修，你去了可能只能吃灰。"

陆征和刘宇都是不做饭的人，家里连吃火锅用的锅都没有。

"要不去我家？"云渺提议道。

何思妍终于笑了，喜滋滋地抱住了云渺的胳膊。

陆征单手插兜，眉头动了动，说："去可以，吃完得自己洗碗。"

刘宇拍着胸脯道："老大，你放心，这种脏活累活都包在我身上。"

云渺笑出了声。

陆征轻轻握住云渺的手。

刘宇跟在后面，很快发现了不对劲：何思妍这个电灯泡，根本没有一点自觉性，还黏在云渺手臂上呢。

他大步走上来，朝何思妍努了努嘴，说："何思妍，你有没有一点眼力见。"

何思妍这才反应过来，立马松开了云渺。

刘宇适时地把胳膊递给她，说："不就是想抱人胳膊吗，喏，我的借给你抱个够。"

何思妍在刘宇的胳膊上嫌弃地拍了一下，说："嫌你臭，不要。"

"不要算了。"

陆征发动了车子，何思妍和刘宇都自觉把副驾驶的位置留给了云渺。云渺还在想刚刚那对母女的事，她想得太投入，一时忘了系安全带，车子走过一段，报警器忽然响了起来。

刘宇看到陆征的安全带搭在肩膀上，提醒前面的云渺道："柯老师，安全带。"

云渺陷入了沉思，没动。

车顶灯灭了，陆征忽然倾身过来，从她肩头扯过安全带的金属头，手在路过她下巴时顿了顿，食指伸出来，在那块凸起的软肉上轻轻捏了捏。

云渺瞬间回过神来，陆征的指尖，已经从她的下巴滑到了脖颈里，指腹灵活地找到她颈部一处动脉，轻轻一按……

他做得隐蔽而无声，坐在后排的两个人正在拌嘴，根本没发现。

云渺觉得陆征找到了她身体的某个按键，她僵在那里一动也不敢动，耳朵在失聪，脸颊在起火。

陆征很轻地笑了下，他把手里的安全带塞到她手里，顺手在她手背上捏了下，用只有两个人能听到的声音说："要遵守交通规则，柯老师。"

这人嘴上说着正经话，手里做着不正经的事。太无耻了！

云渺将那带子，往下轻轻一拉，"咔嗒"一下固定住。

车子一路开到小区楼下。

刘宇还没忘记这里曾是抓捕徐卫钟的地方，那个变态简直是噩梦经典素材。

"柯老师，你怎么不搬家？"

云渺说："嫌麻烦就没搬。"

刘宇笑了笑说："不过也是，搬家是挺费事。"

电梯到了九楼，云渺让云征机器人开了门，小家伙摇头晃脑地到门口来迎接客人。

"主人，今天带朋友回来啦？"说完，云征特别有礼貌地向何思妍和刘宇打了招呼，"欢迎光临。"

小机器"嗡嗡嗡"地进了厨房，烧水、泡茶，游刃有余。

"云征，要吃火锅，准备一下，有食材。"

"好。"小机器人接收指令后已经忙开了。

何思妍和刘宇都看呆了，这也太高科技了吧！

"柯老师，这个机器人在哪儿买的呀？"刘宇问。

云渺说："不是买的，我自己做的。"

何思妍和刘宇更惊讶了。

鸳鸯锅已经摆好了，陆征把汤底倒进去，摆放好座椅，云渺到厨房去拿碗筷，陆征将菜一样样地放进盘子里，两人配合得非常默契，就像相处多年的夫妻。

刘宇舔了舔唇道："柯老师，你和我们陆队什么时候认识的？"

云渺说:"几年前。"

那么久了,难怪呢。

"那你俩到底什么时候开始谈恋爱的?"

"前两天吧。"

陆征瞥了刘宇一眼说:"好奇心挺重?"

刘宇摆手道:"没有,没有,我以为你们谈了好久,毕竟你这么多年都没有女朋友。"

云渺想到刘宇之前说的"纯新保证",笑出了声。

陆征侧过头看了她一眼,问:"渺渺,笑什么?"

云渺轻咳一声道:"没什么,就觉得你……可爱。"

蒸腾的热气冒上来,整个屋子都充满了食物的香气。

云渺家的冰箱里有瓶装的气泡酒,她拿出来,在每个人面前放了几瓶。

何思妍看着瓶子上的字,全部都是不认识的字,进口的,看看就不便宜,桌上的餐具也很精致。

气泡酒上面的盖子有点难打开,桌上没有扳手,刘宇又不好意思用云渺家的桌沿来开酒。

云征机器人见状,将酒从他手里接过去,金属手指捏住,往上一提,轻松打开了,里面的泡泡翻涌,淡淡的水果味冒了出来。

刘宇"嚯"了一声。

小机器人头上的感应器转了转,说:"你不应该说嚯,应该说谢谢。"

刘宇有些震惊,人工智能这么厉害的吗?这个机器人简直像是会思考一样。

云渺怕刘宇看出点什么来,说:"云征,你先去房间吧。"

小机器人还是第一次见到这么多客人,就这么被云渺支走了,有点不高兴,头上的两个感应器耷拉下来,那样子蔫蔫的,无辜又委屈。

陆征见状,笑道:"小家伙又不碍事,让它在这里开开瓶盖不挺好?"

云征听到这句,头上的两个感应器立马竖了起来,声音脆脆的:"主人,爸爸让我留下来。"

嗯?爸爸?

云渺无语,她充分怀疑小家伙是故意的!陆征也是故意的!

何思妍和刘宇都把视线投到了陆征身上,只见他慢条斯理地拉开云渺身侧的椅子，敞开腿坐进去，一只手搭在机器人头上摸了摸，说话时带着几分笑意："别调皮，妈妈会害羞。"

"知道了，爸爸。"

陆征是爸爸？云渺是妈妈？

何思妍和刘宇又把视线转向了云渺——她那张清丽的脸，已经镀上了一层绯红。

陆征神色坦然地拆掉一盘羊肉卷放进去，涮了一片，夹到了云渺碗里，说："渺渺，不用不好意思，他们早晚要知道我们有孩子的事。"

云渺剜了他一眼。

陆征弯唇补充道："机器人。"

云渺脸色稍微缓和了一些，却听到他一字一句地说："当然，真的孩子，以后也会有的。"

云渺的耳根更红了。

何思妍都有点看不下去了，她端了份牛肉，边往锅里放边说："还是在家吃火锅有氛围，是吧，陆队？"

陆征边往锅里放丸子，边感叹道："嗯，是挺好，就是又麻烦老婆又麻烦孩子。"

云渺狠狠瞪了他一眼。陆征的脸上挂着恬不知耻的笑，云渺把手伸到桌下，在他腿上狠狠地掐了下。

"嘶——"陆征吃痛，手里一抖，一颗牛肉丸子从桌上滚落，掉到了地上，云征立马捡起来送到了垃圾桶里。

"老大怎么了？"刘宇问。

陆征笑道："没怎么，手被锅烫着了。"

云渺默默在心里吐槽：撒谎不打草稿。

陆征把手里的盘子放下，抓住某位姑娘还没来得及收回去的手，在手里一根根地把玩着她的手指，他的动作轻柔暧昧，有种说不上来的蛊惑。

何思妍说："老大，前两天局里让我们把近期的刑事案件资料都汇总过去，还要写详细的嫌疑人心理剖析报告，说要做研究课题给警校的学生看，我们哪有这时间。"

陆征点头道："嗯，等不忙了再送。"

云渺想趁机把手抽回去，陆征偏不让，像捉小兔子一样把她逮了回来，困在了手心，略带薄茧的掌心沿着她手背皮肤缓缓擦过。

何思妍笑了笑说:"我也是这么想的。"

云渺稍稍抬头,正好看到,陆征坚硬的下颌骨,他的表情有点严肃,目光也都是冷的,偏偏手背上的炙热感,让她无法忽视。

陆征不动声色地将她的手指张开,十指相扣,继续说:"最近局里让你们做的事都要先来问问我。"

何思妍点头。

刘宇往锅里倒了一盘毛肚,撇嘴道:"何思妍,吃饭能不能别聊工作,多没意思。"

何思妍白了他一眼:"你就知道吃!"

刘宇往嘴里塞了一口肉,说:"拜托,已经八点半了,很饿,好吗?"

何思妍发现云渺一直没有动筷子,问:"柯姐,你怎么不吃啊?这家店的口味很不错的。"

陆征终于肯松开她的手了,他提了筷子继续往她碗里捞羊肉卷,笑着说:"她挑食。"

陆征对云渺的口味偏好了如指掌,锅里除了羊肉卷就没有她喜欢吃的了,他往锅里面下了山药和娃娃菜。

刘宇注意到他放山药的时候,还搭配了漏勺,单独挂在那里,忙说:"老大,山药直接放里面不就行了吗?煮烂点入味。"

何思妍在他脚上踢了下,之前还说她没有眼力见,分明是他自己没有眼力见。

"何思妍,你有病啊,干吗踢我?"

"你才有病……"

几分钟后,漏勺里的山药全部送到了云渺碗里,上面落的花椒粒全部被陆征挑走了。

刘宇嚼着肉,差点咬到了舌头。

有生之年竟然能看到陆征秀恩爱!

几人吃吃肉,喝喝饮料,撑得不行,这时候就适合上外面抽根烟。

刘宇硬是把烟瘾给憋了回去,他还挺震惊,陆征进门到现在一支烟没抽,好像突然把烟给戒了似的。

陆征看了下手表,见时间差不多了,手指在桌上轻轻敲了几下,提醒道:"收吧,不早了。"

何思妍和刘宇起来帮忙,收拾桌子。

云渺拦住了他们，说："不用忙，一会儿机器人会收拾。"

刘宇看了眼陆征。

陆征把手插在口袋里，说："也行，你们先走。"

刘宇反问："你不走啊？"

陆征略显得意地挑下了眉说："这是我女朋友家，当然要比你们多待一会儿。"

何思妍和刘宇走后，大门咔嗒一下合上，室内只剩了陆征和云渺两个人。

云征机器人正在收拾桌上的残羹冷炙，嗡嗡嗡的声音在餐厅里回响着。

云渺想起他刚刚的摸手动作，心脏怦怦直跳，她清了清嗓子说："行了，陆征你也可以回家了。"

陆征低头，看着她的眼睛，很轻地笑了声："要赶我走啊？"

云渺咬了下唇："不早了。"

陆征朝她走了几步，云渺被他逼得连连倒退，最后被他抵在了大门上。

陆征倾身靠过来，与她鼻尖相抵，他的唇贴过来，在离她耳朵很近的地方说话，温热的气息从脸颊上擦过，太近了，他声音低沉，带着致命的蛊惑："渺渺，不想我住这里是因为害怕，还是害羞？"

云渺没说话，心脏像擂鼓一样跳动着……

太勾人了！

陆征忽然握住她放在身侧的手，轻声笑着说："怎么不说话了？还不敢看我？渺渺……"

云渺忽然踮起脚跟，咬住了他的下嘴唇。

原本她只是想让他闭嘴，谁知陆征忽然反客为主，加深了这个吻。

陆征随手关掉了餐厅的灯，灼热的吻落到了她的耳朵上。

云征机器人见灯忽然灭了，停下了嗡嗡嗡的电流声问："主人，需要帮你重新打开灯吗？"

云渺的声音低低的，仿佛被水浸泡过："不用。"

云征机器人说："可是还没有到睡觉的时间呀，往常这个点是主人的阅读时间。"

云渺害羞得不行，云征机器人的头上有红外线感应器，即便关着灯，它也能依靠温度辨别他们的位置。

"主人，检测到陆征的心跳严重超速，已为你记录标记，本次归类为爱，主人他爱你。"

他在她耳旁说话，呼出的气息炙热滚烫："怎么关掉它？"

"它背后有个按钮，长按……"

吵人的声音全部消失不见，黑暗里只剩下彼此的呼吸声，他重新低头过来，吻住了她。

"怎么办？渺渺，我的话全被它说了。"

云渺笑道："那就再说说，没准我喜欢听呢。"

陆征握着她的指尖，放到了自己胸口，他的心跳声在掌心下清晰可辨。

"真让我说啊？"

"不好意思？"云渺笑。

"我有什么不好意思的？"

云渺用指尖戳着他的胸口，说："那就说几句女生都喜欢听的甜言蜜语。"

陆征重新吻住了她的耳朵，温热、潮湿、麻痒……他的呼吸全部散落在耳朵里，他的指尖往下游走，握住了她的腰线。

两人贴得很近，彼此的反应都能在第一时间感受到。

他还记得，那场围剿后，他被局里各种调查。因为，他是唯一一个活着回来的人。这就是最大的疑点。

那段时间，他夜里常常睡不着觉，直到那天在医院里看到了骨瘦嶙峋的云渺，她像一棵干掉的小树苗，哭得他心尖发疼。

黑暗让感官变得越发敏锐，肩头的呼吸灼热，云渺有种溺水后的窒息感，后背出了一层薄汗。

这人太狡猾了，往她面前下了个套，故意迷惑她，再一本正经地拒绝。

云渺推了推他，说："陆征……"

"嗯？"

"肩膀麻了。"

陆征终于松开她，悠闲地把手插进了口袋。

远处高楼上落下了一点光，很淡，他长身玉立地站着，那一束光正好照着他，黑暗中，他的轮廓坚硬俊朗，云渺瞥见他嘴角勾起了一个弯弯的弧度。

某人在沉迷与清醒间切换自如，云渺有些生气，一把推开了他。

陆征只是笑。

因为身上的火锅味有些重，云渺拿着衣服去了浴室洗澡。

等她洗完澡出来，厨房的灯开着，陆征正在里面洗碗。

她走过来和他并排站着，地上的影子很自然地靠在了一起。

"怎么不让云征弄？"

云渺的长发垂在肩上，身上香香的，冷白的皮肤上晕着一层淡淡的粉色，嘴唇很红，薄薄的一层，乍一看像是蔷薇花落在了唇瓣上。

陆征呆呆地看了好半天才把视线从云渺的脸上移开。

"让它歇会儿。"

"那我帮你。"云渺拧开了水龙头，正要拿池子里的碗——

陆征忽然把她的手腕推到了水池外面："刚洗过澡，别弄这些。"

云渺笑了笑，说："还挺讲究。"

陆征往云渺手里递了一盘切好的哈密瓜，随手拿过她刚刚放下的碗到水龙头下冲洗，水花一点点在他骨节分明的手指上迸溅飞散，他的声音也淹没在水里："渺渺，以前我都没有让你洗过碗，现在更不会。"

"陆队，你还挺会疼人啊。"

陆征手上的动作停住，转头看着她，问："你才发现？"

"没有，你以前也很好，"云渺已经切换了话题，"我以为你刚刚出去抽烟了。"

陆征把洗好的碗放在架子上控水，轻声说："你不是不让我抽吗？"

"我又没有让你戒烟，你少抽点就行。"云渺拿了一块哈密瓜丢进嘴里，味道不错，酥脆清甜，水分很足。

"还挺开明，"陆征用毛巾擦干手上的水，看着她，说，"渺渺，你就只顾自己一个人吃啊？"

云渺也喂了一块给他。

陆征没动。

厨房里光线明亮，女孩的唇上沾了果汁，颜色更艳了，唇瓣随着她讲话微微掀动着，让人忍不住想尝尝那唇上的味道。

见陆征没反应，云渺又把手里的叉子往前举了举，说："很甜的，你尝尝。"

头顶的光线忽然暗了下来，腰肢被他抱住，云渺手里的水果又啪嗒一下落到了地上。他再次低头吻住了她的唇。

良久,他才松开她,点评道:"嗯,是很甜。"

云渺踢了他一下。

陆征不再逗她,弯腰从椅子上拿起一个购物袋,里面是一套男士睡衣,应该是刚刚出去顺带买的。

他的意思很明确,他今晚要住在这里。

陆征进去洗澡,云渺坐在沙发上,开了电脑,她对今天那个一氧化碳意外致死的事故,还有一些疑惑。

云征机器人虽然关机了,但云征系统却还在运转着,它连接着巨型数据库,关键词一输入,一堆信息跳了出来。

十几年前,常常有发动机怠速致死的事故发生。

汽车制造商们为了提升车子的安全性能,做了大量的改良,现代车辆的发动机怠速的情况非常罕见。

如果一氧化碳不是车子产生的,那到底是哪里来的?

那只充气鹅和救生圈,如果有人在那只鹅的身体里充了一氧化碳气体,丁艳在不知情的情况下,将那只鹅和救生圈放到了车上……

云渺在搜索关键词——发动机怠速与一氧化碳排放时,云征系统给她推送了一个陈年旧案。

二十年前,某教授用一氧化碳和瑜伽球谋杀了他的妻子和孩子。

因为案子过于离奇诡异,媒体添油加醋把案子的全部细节都搬到了网上。

警方在发布案件信息时,一般都不会去强调这些细节,就是怕有人模仿作案。

云渺仔细看完这个案件后,后背发凉。瑜伽球、充气鹅、停在路边的车和无人驾驶的奔驰,这一切都太像了。

如果不是意外,那就是模仿作案。

最大的嫌疑人就是房野泽,他杀了妻子和女儿,再惺惺作态地痛哭……

陆征走进浴室后,愣住了。

云渺虽然已经洗完澡了,但潮湿的水汽还在,空气里带着些暖意,弥漫着她用过的沐浴露的味道。

云渺换下来的衣服没有拿出去,放在一旁的脏衣篓里。

平常她洗完澡,云征机器人就会自动来收衣服。今天小机器被强行关机,她也没有意识到要把衣服带出去。

客厅里静悄悄的,云渺正全神贯注地盯着电脑屏幕,放在她手边的哈密瓜,几乎没有动过。

陆征在沙发的另一端坐下,云渺侧过头看了他一眼,问:"洗了这么久啊?"

陆征有些不自然地说:"嗯,借用了你家的搓澡巾。"

"你还来我家搓澡啊?"

陆征轻咳一声:"顺便。"

"也是,省水。我家的搓澡巾好用吧?高科技纳米材料的,不仅去灰还保护皮肤。"

陆征的指尖在鼻尖摸了摸:"嗯。"

其实,他根本没有搓背。

云渺已经重新把视线转到了电脑上,没有注意到陆征眉眼间一闪而过的慌乱。

半晌,陆征问她:"在查什么?"

她把屏幕向上掰了掰,把电脑往他面前推了推,女孩乌黑的眼睛里腾起一抹亮光,声音很清脆:"我刚刚在查今天那个事故,你猜我查到了什么?"

陆征的注意力更多地被她长长的睫毛所吸引,但还是配合地问了一句:"什么?"

他注意力不集中的时候非常少,能扰乱他心绪的东西更少……云渺恰巧就是那为数不多的存在。

云渺弯着唇,语气笃定:"陆征,我敢肯定那不是意外,凶手是在模仿作案。"

仿佛是为了佐证自己言论的真实性,云渺的指尖在面前的键盘上飞快敲过,刚刚她浏览的那个陈年旧案跳转了出来。

云渺用鼠标一边往下拉一边说:"这个嫌疑人只是把瑜伽球换成了充气鹅。原因也很好理解,他了解受害人的生活习惯和作息时间。"

她靠得太近了,很香,两个人都穿着短袖,手臂的皮肤贴到了一起。

云渺的皮肤冰冰的,就像某种豆腐,而且她很白,皮肤在灯光下发亮。陆征好不容易压下去的燥意,顿时又升腾了起来……

他淡淡地应了一声:"嗯。"

云渺惊讶道：“你不发表点意见？”

陆征轻咳一声：“你怀疑是谁？”

云渺说：“熟人作案，亲近的人。”

"有证据吗？"

云渺抿唇道：“正在找。”

陆征往沙发边上挪了一点，避免与她的皮肤相贴，半响，开口道："查一下他家电梯厅里的摄像头，如果那个充气鹅是从家里充好气拿出去的，应该可以看到。"

云渺问："房野泽家的具体地址你有吗？"

陆征查看了一下今天的出警记录，把地址报给了云渺。

她们研究所正好有相关的授权，云渺的指尖快速在键盘上动作，屏幕已经连接上了指定的摄像头。

她调整了时间，下午五点零五分，丁艳出现在了电梯厅里，她手里拿着已经充好气的救生圈和充气鹅。

情况和房野泽说的不一样，气是在家充的。但为什么后来气又散出去了呢？

云渺皱眉道："气是丁艳自己充的还是房野泽充的？"

陆征盯着屏幕看了一会儿，说："需要充分的证据。"

云渺深吸一口气，她也不希望是他。

她盯着视频看了一会儿，说："奇怪，这里怎么只有她一个人？"

陆征说："她女儿应该在某个地方，丁艳从这里出去后要去接她。"

"凶手也知道这一点。"

"嗯。"

"但是那充气鹅的塞子并不漏气，他是怎么让一氧化碳在她开车的时候释放出来呢？"

陆征思索一会，说："不漏气，但是拔掉塞子后，气体就会出来。"

所以，是谁拔掉了塞子？

第十七章 · 燎原

他的爱是熊熊燃烧着的烈火。

云渺查看了近一周的监控，并没有发现新的证据。

陆征催她去睡觉。

云渺有点不情愿地说："还早呢，我想再查查别的。"主要是，她的好奇心被勾起来，找不到答案睡不着。

陆征过来合上她的电脑，说："过了晚上十二点不睡觉，对身体不好。"

云渺撑着脑袋笑："陆征，你怎么这么像我高中的班主任？"

"我记得你班主任四十多岁，有点秃顶。"

"嗯，他现在应该有五十岁了，上次同学聚会，他换了个发型，头发全剃了。"

陆征越听越觉得不对劲，皱眉问："所以，我哪里像他？"

云渺挑着眉，强调道："说话的语气像。"

陆征从鼻子里哼了哼，表达了自己的不满。

"现在，你是自己去睡觉，还是我抱你去？"

云渺故意逗他，说："那你抱呀，我又不怕。"

她话刚说完，陆征当真俯身过来，将她抱了起来。

他太高了，云渺一伸手，便碰到了上面的天花板，脚上勾着的拖鞋啪嗒一下落在了地上。

"我鞋掉了，你放我下来，我捡一下。"

"用不着那么麻烦。"

陆征改为单手抱她，另一只手去捡鞋子。陆征弯腰的那一瞬间，云渺的失重感明显，下意识搂住了他的脖子。

陆征抬眉，云渺正好对上他的眼睛。原本漆黑的瞳仁，被光照得犹如一团渔火铺陈在水面上。

他笑了笑，眉峰锐利，鼻梁高挺。

云渺忽然捧着他的脸，吻住了他的唇。

气息交错，云渺的头都是晕的，心脏扑通扑通地跳着。

陆征把耳朵贴到她胸口处，笑道："渺渺，心跳得很快，到底放了多少只小鹿出来？"

隔着一层薄薄的衣服，他灼热的呼吸几乎吹到了她的胸口，这种感觉太刺激了。

云渺不再胡闹，正色道："现在我同意去睡觉，你放我下来吧……"

"晚了。"说完，他一路抱着她进了卧室。

云渺被他放在了床上。

卧室的灯亮了一会儿，又被他关了。

云渺躺在床上，脑海里全是他刚刚贴在胸口的画面，她的背上腾起一股热意，蔓延到四肢百骸，仿佛烈火燃烧着的荒原，只有暴雨才能浇熄。

云渺把手背压在眼睛上，徐徐地喘着气。

可恶的老男人！道行太高了。

这一晚，云渺断断续续地做了许多梦，画面不断换着。

她掉进了一个漆黑的洞里。陆征又来救她了，他抱了她，还亲吻了她，他们手挽着手在荒原上找书里的石楠，脚下的地忽然裂开一道缝，陆征被吞了进去……那种感觉太绝望了。

陆征的手机铃声在客厅里响了起来，云渺终于从那个光怪陆离的梦境里醒了过来。

天才刚亮，东方露着一道鱼肚白，入眼皆是灰白。

陆征正在外面打电话，声音压得很低："好，这个事我会亲自查清楚。"

云渺喘着气，还没清醒过来，心里闷得难受。她想见他，立刻就要。

她快步跑出去，鞋子也没有穿，陆征见了她，稍稍有些惊讶，他边打电话，边去鞋柜里找了双拖鞋，蹲下来，握住她的脚，套进去。

他还在说话："有不少疑点，今天会立案侦查。"

云渺站起来，抱住了他的腰。

她刚起床，头发有些乱，脸被清晨的光照得几近透明，陆征伸手在她的额头上摸摸，身子却被她抱得更紧了……

电话那头的人,语气非常着急:"这事赶紧查清楚。"

陆征看了眼怀里的姑娘,笑着说:"好,先不说了。"

陆征挂了电话,松开云渺。

"渺渺,一大清早投怀送抱?"

"嗯。"她在梦里哭得太久了,心都要碎了。

"怎么了?"陆征笑。

云渺的声音软软的,有点撒娇的意味:"让我抱一会儿。"

陆征抓住她的手捏了捏:"才早上六点,再睡会儿觉去。"

云渺握住他的手,说:"我不想睡了。"

"做噩梦了?"陆征轻声问。

"嗯。"

"梦到什么了?"

云渺抿着唇没有说话。

陆征又问:"梦里有我?"

云渺的声音低低的:"有,但这是一个非常不好的梦。"

陆征在她后背拍了拍,安慰道:"梦都是反的,别怕。"

"嗯……你刚刚在和谁在打电话?"

"吴局。"

"有新的案子了?"

陆征把手机里的热搜调了出来,云渺看完皱起了眉头。

房野泽凌晨写了好几篇声泪俱下的文章,称跑车的质量有问题,出售刚一年,一氧化碳就超标了。

微博上有名的博主都在转发,网友们对他纷纷表示同情,生产这个品牌的跑车的公司被推到了风口浪尖。官方连续做了两次回应,话术都很简短,大致意思就是不可能,这是碰瓷。

房野泽找的枪手胆子很大,直接骂品牌方麻木不仁。

云渺低叹道:"他胆子好大。"

房野泽敢这么张扬,要么就是太自信,要么就是,凶手根本就不是他。

"得去他家看看。"陆征说。

"立案了吗?"不立案,有很多事都不方便查。

"去找一下丁艳的父母。"

车子开上大桥,还没到早峰期,路上很通畅,他们到了目的地才早上七点多。

陆征在门口买了两份卷饼，递了一份给云渺。他们站的地方，对面就是丁家的福兴工厂。

"现在不进去吗？"云渺问

陆征在一旁的台阶上坐下，拆开手里的塑料袋，咬了一口，说："吃完再去，不着急。"

云渺不知道他在卖什么关子，和他并排坐在台阶上吃早饭。早饭都吃完了，陆征还没有要走的意思，他点了支烟，慢慢地抽着。

不久，早高峰来临，早餐摊一下变得忙碌起来。早餐摊的顾客就是对面福兴服装厂的职工。这里简直就是一个小型情报中心。

老板的女儿出事上了热搜，员工们排队买早饭的时候，无一不在八卦。

"丁总昨晚血压高上来，差点中风。"

"房总也可怜，老婆女儿全没了。"

"哪里可怜，我们厂以后都是他的了。"

陆征丢掉烟，加入了八卦行列，说："丁总只有一个女儿？"

"是啊，还是一脉单传，要不然，我们小丁总长得那么漂亮，怎么会招女婿？"

"招女婿跟漂亮没有关系吧。"

"他们夫妻俩感情好吗？"陆征随口问。

"表面上应该还是不错的。"

另一个人接话说："这可不是面子功夫，房总对小丁总非常好，小丁总的办公室都是他亲自收拾的。"

排在后面的人补充道："嗨，穷小子跟了白富美，换了我，做梦都笑醒了，当然要自觉。"

"你们进厂时间晚，早些年，老丁总是看不上这个女婿的，要不是小丁总怀孕了，丁总也不会同意两个人结婚。"

"房总还是有手段的。"

"那你可错了，我可是听说，小丁总是做了婚前财产公证的，如果两人离婚，房总就是净身出户的命。"

"还有这种事？公司要不是房总能有现在的发展吗？"

"这有钱人的世界哪里是那么好混的？"

"是噢，天上没有掉馅饼的事，掉了也轮不到我们捡。"

时间到了八点，人群渐渐散了，陆征牵着云渺进了福兴服装厂。

陆征出示了证件，却被告知丁宗全病了，在住院。

城北医院，二十三楼的单人病房里静悄悄的。

丁宗全躺在床上，状态看上去非常差。他见到陆征和云渺时，脸上稍稍有些惊讶，但很快就恢复了平静。

护士来来回回好几趟，给他测血压、送药、输氧。

陆征直接表明了来意，说："希望你能报警，我们可以立案侦查。"

丁宗全摆了摆手，说："二位回吧，这件事不可能是他做的。"

"但就目前的证据来看，他的嫌疑最大。"

丁宗全的声音拔高了一些："警官，我自己家的人，自己还不知道吗？不可能就是不可能。"

云渺想说话反驳，被陆征轻轻握住了指尖。

两人走出了病房。

云渺心里闷闷的，皱眉道："他为什么不肯报警？那可是亲生女儿和亲外孙女。"

陆征沉默了一会儿，说："福兴工厂是他的心血，女儿死了，女婿要是再出问题，工厂后期可能无法运转，工厂有那么多人要养活。"

很多事都是难以两全的，现实生活毕竟不是偶像剧，总有诸多的无奈。

云渺站在23楼的窗前往下看，朝阳被乌云严严实实地遮住了。

她长长地叹了口气："还有别的办法往下查吗？"

"有，只是麻烦一些，我们需要找到别的实质性的证据来立案。"

云渺松了口气。不论什么原因，正义都不该被掩藏在黑暗之下。

陆征忽然问："渺渺，你还记得网上的那个案子最后是怎么破的吗？"

"一氧化碳的购买记录。"

"嗯。"陆征笑了笑。

市面上售卖一氧化碳的地方很多，但大多都是作为常规燃料使用的，里面加了带有臭味的硫醇，一旦发生泄露，立马就能察觉到，纯净的一氧化碳是很难买到的。

云渺看向远处，太阳一点点往外冒，一缕金黄破云而出……

一氧化碳有毒又易燃，任何网络平台都没有销售许可。市面上可以买到一氧化碳的地方,就只有化学试剂公司了。

陆征去工商局要了一份名单,整个N市一共有二十一家化学试剂公司,其中有一大半是做液化气的,这些基本被排除在外。

还剩下六家,陆征带着云渺逐个排查……其中五家公司的一氧化碳,基本都是供应给冶金公司做还原剂使用的,不对个人和团体出售。到了下午,名单上只剩下最后一家了——通江实验室。

这个实验室的地址在通江大学的大学生创业园里。车子开进去,绕了好几圈才找到地方。

这个创业园不大,由原来的学生食堂改造而成,里面店铺林立,人群熙熙攘攘。这些小铺子卖的要么是文创书籍,要么是零食奶茶,还有一个快递收发处。

那个通江实验室,在创业园二楼一个非常不起眼的角落里。两扇对开的玻璃门,面积不大,边上写着几个蓝色的大字。门上挂着一个手写的牌子——外出十分钟,马上就回。

云渺看了陆征一眼,说:"等一会儿?"

陆征点头。

云渺最不喜欢等人,陆征也知道这一点,提议说:"楼下有卖手工雪糕的,去转转?"

"好啊。"

这家店比较有意思,买雪糕的人,可以现场再制作一个相同的雪糕冷冻。云渺选了支粉色的猫爪,店员很快把材料端给了她,陆征抱臂靠在桌边看她。云渺戴着一次性手套,伏在桌子上,往模具里倒奶油。

她的表情很专注,长发没有绑,总是在她低头的时候掉下来一缕。她抬手别了两次,又掉了两次。陆征忽然伸手过来,将她的头发拢到了后面,一只手固定住,另一只手变成了梳子帮她整理耳畔的碎发。他的动作轻柔缓慢,指腹一下下在她的头皮和耳后刮过。

有些痒,云渺扭头,看着他的眼睛。

陆征笑道:"你继续做雪糕,我给你当橡皮筋。"

里面的店员适时地说:"我正好有橡皮筋,要吗?"

云渺点头。

店员很快送过来一个黑色的发圈,陆征拿过来,想帮云渺绑头发,但是试了几下都没有成功,俊眉几乎被拧成了麻花。这可比破案难太多了。

云渺摘掉手套，手伸到后面，从他手里接过橡皮筋，手指灵活地绑了个马尾辫。

陆征手握成拳，轻咳了一下，说："我不太会弄这个。"

"嗯，正常。"

"有空你教我。"

"你学这个干吗？"

陆征把手插进口袋里，一本正经地说："技多不压身，等我们生了女儿，就可以用上了。"

"谁要和你生女儿？"

陆征一脸无赖样儿，低笑道："嗯，儿子也行。"

这个手工雪糕店的位置很好，正对着楼梯口，非常适合盯梢。十几分钟后，有人上楼了。

陆征敛了笑容跟上去，云渺紧随其后。

通江实验室的主人，是个二十多岁的小伙子，穿着一件白大褂，长相清秀，身材消瘦。他刚进门，还没来得及收拾，陆征和云渺就进来了。

他们实验室常来的客人，一般都是些搞化工的学生，眼前的这两个人显然不是学生。

"二位要买试剂？"

"一氧化碳有卖吗？"云渺问。

"有，你需要多少？"

"可能得要个七八升。"陆征说。

"我们这儿，卖不了那么多，一氧化碳有毒，我们都是按这种集气瓶来卖，主要就是给学生做实验用的。"

云渺看了一下那个集气瓶，要想把它改装到充气鹅里，难度还是很大的。

陆征开口道："你这里的一氧化碳是哪里来的？"

"这些都是我们化学实验室收集的，你们要买一氧化碳做什么？"

陆征撒谎："上化学课做实验用。"

那小伙子笑了下："原来你们是老师啊。那你们确实来对了地方，一氧化碳也就我们学校有卖，你可以去我们学校的化学楼问问，我们的一氧化碳都是他们供应的。"

陆征和云渺从创业园出去，径直去了前面的化学楼。实验室的门都是开着的,一些化学系的学生正在里面做实验。一氧化碳虽然难买,但只需要一个简单的化学实验,就能源源不断地制造出来。

云渺试探性地问了一句,没有人愿意卖一氧化碳。毕竟有风险存在,万一出了事,他们谁都承担不起后果。那凶手的一氧化碳到底是从哪里弄来的?

他既然是模仿作案,那也一定知道一氧化碳就是这个案子的关键点。如果他刻意隐藏,案子确实很难往下查。

从实验楼出去,外面刮起了大风,头顶的香樟树被狂风刮得沙沙作响。不远处的金属垃圾桶被风掀翻了,垃圾被风席卷,落到了很远的地方。

陆征牵着云渺的手,说:"走吧,要下雨了。"

两人刚走几步,一旁的小路上,忽然蹿出来一个女生,不小心撞到了云渺。

"嘶——"

陆征看了她一眼,眉毛皱了起来。

他气场太强了,女生被他吓到了,她看着云渺一个劲地道歉:"对不起,对不起……"

云渺习惯性地打量着眼前的人——女孩二十岁左右,肤色白净,打扮朴素,看样子是这所学校的学生,她的怀里抱着一个帆布袋,里面不知道装了什么东西,又沉又硬,上面还有类似阀门的东西。云渺刚刚就是撞在这个东西上,才会这么疼。

云渺揉了揉手臂,道:"没事,你走吧。"

女孩如释重负,很快走进了实验楼。

到了车上,陆征握住她的手,翻过来捏在手心里检查。云渺的手臂很白,刚刚撞的那一下,在皮肤上留下了一道红色的痕迹。

云渺将手臂挣脱出来,说:"不要紧。"

陆征低头,在那道痕迹上亲了一口。云渺的手臂有些凉,陆征唇瓣上的温度被衬得格外灼热,像是烙在上面一样。耳朵有些发热,云渺把手抽了回来。

陆征笑着没说话。

大雨骤然而至,满天的雨豆子噼里啪啦地砸在挡风玻璃上。

云渺瞥了他一眼,说:"我怀疑,你刚刚就是想找理由吃我豆腐。"

"嗯?"

"你刚刚找理由亲我……"云渺嘟囔道。

陆征闻言，眉毛微动，半晌，伸手将她揽过来，顺势在她嘴唇上亲了一下，纠正道："渺渺，我想亲你，不用找理由。"

云渺骂了句："无赖。"

车子开上了主路，雨势并没有转小，铅灰色的积雨云绵延千里，莫名压抑。

云渺的眼睛都被云层染得灰蒙蒙的，许久，她低叹一声："实质性的证据找不到，案子立不了，就没法往下查，是吗？"

陆征没有回答这个问题，而是问："网上的舆论怎么样了？"

云渺打开手机，查看了热搜词条。

品牌方在全球范围内召集了两万辆驾驶满一年的车，做了测评。受测的所有车辆，都没有出现发动机怠速和一氧化碳超标的问题。尽管，品牌方已经提供了非常详细的数据汇报，但网友对此并不买账。

即便是这两万辆车没有问题，也不能证明房野泽那一辆没有问题，小概率事件也有很多。

房野泽从早上到现在连续发了六条微博，放了妻子和女儿的照片，先是陈述了自己有多悲痛，接着阐述了汽车品牌方麻木不仁，他要讨一个公道。此外，他还一并附上了一份赔偿书，索赔金额高达三千万元。

他甚至还利用直播建了很多群，煽动粉丝把N市最大的4s店（集整车销售(Sale)、零配件(Sparepart)、售后服务(Service)、信息反馈(Survey)于一体的汽车销售企业）给包围了。他们举着黑白挽联站在4s店里大肆祭奠，现场有三四千人。

网上还有很多别人拍的关于房野泽的视频，他满脸的胡茬，站在人群里声嘶力竭地控诉。

如果不是知道事情的背景，他看上去更像是一个卖力表演的网红。

云渺皱眉道："房野泽的心理素质可真强。"

"已经派人盯着他了。"

车子进了警局，雨势减弱，云渺没撑伞，一路小跑着进了长廊。

刚到门口，就听到刘宇说话："老吴他们全部出去维持秩序了，局里抽了我们重案组的人去做接线员，我的天，你是不知道，老太太的假牙找不到了都要打电话报警……"

何思妍说："至少没有小孩打电话问你数学题目怎么写。"

刘宇拉开椅子坐下来，喝了口水，继续说："幸好下大雨，那些人散了，这个房野泽可真有本事，弄得跟传销洗脑似的。"

"不然你也不会在他家直播间买东西。"

"你这么一说，我想起来了，我的快递到了还没拿。"

两人说着话，一抬头看到了陆征和云渺，刘宇就像看到救星似的，几步跑到他们面前。

"老大，柯老师，你们终于来了。"

陆征问："老吴那边怎么说？"

"别提了，几千人扎堆在一起，叽叽喳喳的，就怕出点事控制不住，民警、武警全去了。这个房野泽表面伤心，钱还是照样赚，直播间照样开。"

"还开直播？"何思妍问。

"开啊，昨晚到现在，粉丝量一路疯涨，"刘宇把手机解锁，递过来说，"喏，这是今天早上的视频回放。"

视频中是有人在直播带货，但不是房野泽本人，而是他团队里的人。

云渺的视线在屏幕上停留，直播间卖的是童装，穿着可爱裙子的小女孩已经换了人。一件衣服试完了，助理拿新的衣服过来。画面一闪而过，云渺在屏幕里捕捉到了一个熟悉的身影，白白的脸，很瘦。

刘宇见云渺一直盯着屏幕看，忍不住问："柯老师，要买东西啊？"

"不是。"女孩再次出现在画面中时，云渺直接在屏幕上点了暂停键。

刘宇愣住了。

云渺转身，喊了声："陆征，是她。"

这个直播间的助理，是他们在通江大学遇到的那个女孩，不知道是不是巧合？

"查一下。"陆征说。

云渺应声。

刘宇听不懂他们在说什么，一头雾水。

他晃了晃手机，开口问："不是……老大，你俩是在说她吗？"

云渺点头。

刘宇说："这是直播间的小杨呀。不过她一般都是晚上来直播间，帮房野泽拿货、理货，不过，今天倒是早上就来了。"

"晚上来？"

刘宇的声音很大："听说她还在上学，晚上来做兼职，白天学校要上课。"

云渺想到了一些别的事情，问："房野泽晚上都几点下播？"

"最早也要晚上十一点吧。"毕竟，白天大家都要上班，只有晚上才有时间看直播。

通江大学在城西，直播地点在城北，开车至少要四十分钟，晚上的公交车不多，这个小杨回学校应该会很麻烦。

"她来直播间多久了？"云渺问。

"有三年了吧。"刘宇说。

地方距离学校那么远，交通也不便，坚持工作三年？而且还是在半夜。这怎么看，都有点奇怪。

刘宇的眉毛扬了扬："你们怀疑是她啊？我觉得不太像，小杨平时就是个背景板，话都说得很少……"

云渺脑海里总是浮现起她背着帆布包，猛地撞过来的情形，当时那个包里装的是什么的？金属罐子，有阀门，她以为那是灭火器。现在看来，倒更像是存储气体用的罐子，罐子不大，通过加压设备就可以将气体压缩成液体，看上去也不会那么显眼，家用的液化气钢瓶就是这个原理。

陆征已经打开了他工位上的电脑，顺手替云渺拉开了椅子。

云渺道了声谢，非常自然地坐下。

刘宇呆了呆，阎王的位子也是有人敢坐的，那就是阎王的女朋友。

为了方便云渺操作，陆征直接把放在下面的键盘移到了桌上。

"这个电脑的配置可能没有你的电脑高。"陆征说，

云渺已经连上了云征系统，说："没关系，可以用。"

"也是，顶级剑客不挑剑。"陆征说话时，俯身过来看着屏幕，他靠得很近，云渺一抬头就能对上他那双似笑非笑的眼睛。

云渺挑眉，指尖的动作顿了顿，眼里是笑意。

"捧杀我？"

"没有，实话实说。"陆征说。

云渺的视线重新回到屏幕上。

一旁的刘宇抽了抽嘴角，他还是第一次听到陆征这么说话。

照片传进云征系统后，很快就查到了直播间的女孩的信息：

杨媛，通江大学，化学系。

云渺的视线在"化学系"这三个字上停住，漂亮的眼睛微微眯了起来，

脑海里那些看似不相关的信息，像是断线的珠子一样串在了一起，车内一氧化碳中毒、化学系、储气钢瓶、房野泽的助理……

云渺吐了一口气，看向一旁的陆征，说："车里的一氧化碳，不是汽车本身产生的，也不是在其他地方买的，而是有人通过化学实验收集到的。"

刘宇惊得张大了嘴巴："你的意思是，房野泽的老婆和女儿不是意外死的？而是被人害死的？"

陆征瞥了他一眼，冷哼道："你才看出来？"

云渺已经站了起来，说："还得再去一趟通江大学。"只有找到实质性的证据才可以正式立案往下查。

一旁的刘宇连忙说道："要是嫌疑人找到了，房野泽他们就没法再去品牌方公司闹事了，我跟你们一起去。"他可不想明天再去当接线员。

陆征看了他一眼，说："换一身便衣再出来。"通江大学那边都是学生，贸然前往，容易引起不必要的恐慌。

"行，马上换。"

刘宇换好了衣服，看了一眼边上一动不动的何思妍，问："何警官，你不去啊？"

何思妍说："我听老大的安排。"

刘宇使劲朝她递眼色，说："你毛遂自荐呀，你不去，我不就成电灯泡了吗？"

"我去的话，我加上你，就是两个电灯泡，更刺眼。"

"那至少是一对电灯泡，不尴尬，不是吗？"

云渺笑了，陆征伸手捏了捏她的指尖，拇指在她的手背上轻轻摩挲，云渺抬眉看了他一眼。

陆征并没有看她，而是表情严肃地和刘宇他们说话："大宇，你也别去通江大学了，你和思妍盯着房野泽那边，换老秦他们回来接电话。"

刘宇哀号道："老大！你还真嫌弃我啊？"

再次来到通江大学，已经是下午五点了。正好赶上大学生下午的最后一节课下课，人群从各个教学楼里涌出来，再散落到马路上。

暴雨之后，路面积水严重，地上落了不少残叶。穿着橘色环卫服的大爷正在清理积水，学生们都被挤到了马路一边，一路上，车子开得很慢。

到实验楼楼下，云渺下车，快步往前走。贴着瓷砖的台阶，有些湿滑，她走得急,差点摔跤。陆征跟上来,揽着她的腰,说:"走慢点。"

已经到了最上面的台阶,陆征横亘在她腰间的手,还没有要拿走的意思。

云渺提醒道:"陆队,地上已经没有水了,不滑。"

"知道。"陆征笑道。

"我的意思是,你的手可以拿走了。"

陆征在她的腰上捏了捏,然后松开她,两只手在眼前比了比,说:"渺渺,你看,这是你的腰,还没我的胳膊粗。"

云渺白了他一眼,道:"你能不能正经点?"

"我还不够正经?不信,你可以去我们单位问问。"

"不用问也知道,假正经。"

陆征伸手在她的头顶上摸了摸,说:"没办法,有时候会控制不住。"

"骗人。"

陆征笑了一声。

这个实验楼有五层,一间房子连着一间,地方非常大。

云渺停了步子,说:"那天下午,杨媛来这里,应该是来还储气罐的,这里应该还有压力设备。"

陆征点头。

实验楼太大了,教室又多,一间一间找非常慢,云渺提议道:"你从五楼往下找,我从一楼往上找,我们在楼上见。"

陆征看了看,说:"好。"

云渺沿着一楼的长廊往里走,这一层都是些实验教室,前面有黑板,下面有桌椅,窗明几净。学生们刚刚在这里上过课,垃圾桶里还有不少垃圾没有清理。

这些教室里没有压力设备,也没有看到储气用的金属罐。他们要找的地方,不在这一层。

云渺上了二楼,这里算得上是真正的实验室了,一间连着一间。只是实验室的门都上了锁,透过长廊的窗户往里看——桌子上放着大大小小的烧杯、试管、酒精灯,依旧没有储气罐。云渺正准备上三楼时,忽然发现二楼最里面的一间小实验室里有声响传出来。

云渺退回来,重新走到长廊尽头,这是一间小实验室,面积不大,朝南的窗户关着,遮光窗帘被人拉上了一半。太阳西坠,实验室里没有开灯,光线有些暗。最后一排的桌子上，架着一个特别大的烧杯，底下的酒精灯正在燃烧，蓝色的火焰在昏暗的房间里像鬼火一样跳动着。空气里有股消毒水的味道，难道还有人在做实验吗？

云渺敲了敲门，没有人应答。

楼道里，光线更暗，空无一人，是哪个粗心的学生忘了终止实验吗？

她犹豫片刻，走了进去，她还记得一些化学常识，酒精灯要灭掉。只是找遍了整个实验室，也没有发现酒精灯的盖子。就在这时，身后实验室的门，被人悄无声息地合上了。

男人看着她的背影，诡异地弯了弯唇，很快消失在长廊上。到了楼下，他压低帽檐，将手里的钥匙丢进了路边的垃圾桶。男人穿着一身黑衣，走起路来有些跛，背影看上去，像是一只穿着斗篷的大鸟。走出去一段路，他坐上了一辆送快递的小三轮车。

云渺决定用别的办法灭火。这时，她忽然发现，刚进门时闻到的消毒水味变了，刺鼻且浓烈，味道的来源正是那个巨大的烧杯。她迅速把酒精灯移走，拿了边上的玻璃器皿罩上去，空气燃尽后，火灭了。

只是，火虽然灭了，化学反应却没有停止，不知名的气体还在往外释放，悄无声息。

云渺的眼睛被那味道刺激得想落泪，鼻腔和喉咙里有一股明显的辣意。她敏锐地察觉到了危险，立刻转身往外走，却发现实验室的门被人拿钥匙反锁了。

她一边给陆征打电话，一边去推朝南的窗户，只是，这些窗户都被人用胶水固定住了，根本打不开。狭小的实验室里，甚至找不到一把椅子来砸玻璃。那股味道在密闭的空间里，变得越来越浓烈。夕阳一点点落了下去，嗓子又痛又痒，云渺开始控制不住地咳嗽。

好在，电话打通了——

"渺渺？"

"陆征，我可能遇到了点麻烦。"

陆征立刻下楼。电话还没挂断，他的呼吸声和脚步声，清晰可辨。

云渺开始觉得头晕，但思绪依旧清醒，她说："我在二楼最里面的小实验室，门被反锁了，可能需要破窗，你看看有什么称手的工具。"

那股味道越来越浓了，胸口很闷，有点窒息，云渺咳得更厉害，呼吸急促起来。

沿途的实验室都锁着,根本找不到可以用来砸窗户的东西,陆征的理智一点点被蚕食。

云渺边咳嗽边提醒:"我记得楼道里有消防栓。"

视线范围内的确有一个消防栓,陆征一把掀开玻璃门,抓着里面的水带,一路飞奔,水带的一头连接着一个金属的水枪。

几步之后,他到了门口。隔着玻璃窗,他看到女孩脸色苍白,表情却很冷静,此情此景,他想到了第一次见到她的时候。

陆征的心里就像针扎一样疼。

"渺渺……"他在电话里焦急地喊她。

云渺隔着玻璃看他。

"往后退,站到那边的窗户边上,转过身去。"他说。

云渺照着他说的做了,陆征甩动手里的水带,朝着北面的窗户用力一砸,嘭的一声,无数玻璃碎片飞溅出去。

他连敲带砸,很快就将整扇窗户的玻璃全部弄掉了,浓郁而刺鼻的味道一下飘了出来。

云渺快步走过来,到了窗前,她正要往外爬,陆征已经翻窗而入,将她抱了起来。云渺从来没有一刻,像现在这样觉得新鲜的空气这么美好,她深深地吸了几口气,半晌,那刺鼻的味道才慢慢消失,鼻腔还有些难受。

陆征确认她没事后,一把将她抱在了怀里。那种失而复得的情绪太过强烈,他的心脏正剧烈地起伏着,云渺也感受到了。

她抱着他,将脸埋在他的胸口。

"陆征,你又救了我一次。"

他闻言,哽咽着道:"不用还。"

"好。"

"看到是谁了吗?"陆征问。

云渺摇头,声音有些低:"没有。"

"会是杨媛吗?"

"不是,那个人是掐准了时间来这里布置的,杨媛应该不知道我们会来,我怀疑他和那天丢花盆的人是同一个人。"

"回去查查。"

"好",云渺还没有忘记他们今天来这里的目的,"找到那个储气罐了吗?"

"在三楼。已经通知技术科过来取证了。"

天彻底黑了，校方负责人也到了。

三楼的实验室门打开，这是一间专门制气的实验室，里面有高压设备，也有低温设备，一旁的架子上放着大大小小的储气罐。

"这些罐子可以借用吗？"云渺问。

"一般是不对外借用的，你们别小看这些罐子，看起来很安全，但在一些特殊的压力、热力作用下，它们是会爆炸的，所以我们实验室每隔三天都要清点它们的数量。"

陆征查看了一下登记表上的时间，上一次的登记时间是在三天前，最近的这次就是今天。

杨媛算准了时间，偷偷拿走了储气罐，又掐着时间点把它还了回来。

云渺的视线在架子上停留，为了方便区分，不同压力级的储气罐的颜色和大小都不一样。

虽然只见过一次，但云渺已经能大致推算出那个储气罐的大小了，她的视线停在其中一排储气罐上。

陆征问："灰色的？"

云渺点头。

陆征示意技术人员提取了那几个罐子上的指纹。

实验室的负责人，有些紧张。

"警官，这些罐子有什么问题吗？"

陆征看了他一眼，说："罐子本身没有问题，不过，这些东西建议你们还是每天清点比较好。"

负责人擦了把汗，道："好的，我们这就改进。"

陆征注意到每间实验室里都有摄像头，问："这里的监控在哪里看？"

"楼上的数控室就可以。"说完，他在前面带路。

这间数控室落灰严重，电脑过了好久才成功开机，那些摄像头画面艰难地跳动着，云渺注意到下面的时间还是半年前。也就是说，这半年来，这栋实验楼里所有的摄像头都是摆设。

云渺拧了拧眉，说："不用看了，设备已经坏了半年了。"

这是一个很严重的安全问题，负责人的脸都白了。

"警……警官，我一定会和学校提意见，尽快把它们都修好。"

"所有的监控都不能用了吗？"

那人擦了擦汗,道:"几个大门的监控是最近才换的。"

从他们进学校到现在,大门口进进出出的有几百个人,根本看不出有什么异样。

云渺问:"灰色的罐子都是装什么气体的?"

"灰色的罐子,我们一般都是用来装一氧化碳。这些比较常见的化学气体,我们有设备就自己做了一些,也锻炼一下学生的实操能力。"

那么,杨媛偷拿的可能是装好了气体的储存罐。这样一来,配置、压缩气体的步骤都全部省掉了。

技术科在三楼采集结束后,又跟着陆征去了二楼最里面的实验室。

那负责人看到满地的碎玻璃,吓了一跳。

陆征说:"事出紧急,修窗户的钱,我会赔偿给学校。"

那负责人干笑了两下,说:"我们实验室有维修基金,这个不碍事。"

"有钥匙吗?"陆征问。

"有有有,"说话间,那人在手里的钥匙上找了一圈,硬是没有找到这个实验室的钥匙,"奇怪……"

陆征深看了他一眼,问:"钥匙不见了?"

负责人被他看得有些心虚。

"你们实验室的钥匙保管不严格,存在严重安全的隐患。"

负责人满头大汗地说:"我这就喊人过来开锁。"

云渺说:"钥匙应该是被那个人拿走的。"

那个人反锁了门,封上窗户,就是为了制造一个打不开的密室给她……

陆征很轻地在她后背拍了拍。

他们等了大半个小时,开锁的师父才到。厚重的大门打开,扑面而来的依旧是那股刺鼻的气味。

负责人捂住着鼻子进去,忍不住咳嗽:"这是什么气味?眼泪直往外冒,头晕。"

他想去开窗,发现窗户被人封死了,每一扇都打不开,惊讶道:"是谁把这窗户给封上的?"

云渺要跟进去,被陆征握住了指尖。

"等会儿再去。"

"好。"

陆征提醒技术科的人戴了口罩和防毒面具才进去。

那名负责人一看专业人士都戴了防护面具,忽然意识到这股味很可能有毒。他连忙跑到门口,一抬头,对上陆征那双充满审视的眼睛,又硬着头皮进去了。

技术科用试纸做了相关测试,基本有了推论。

等屋子里的味道散得差不多了,陆征才牵着云渺进去。

"烧杯里放的是什么?"陆征问。

技术人员说:"是氯酸盐,氯酸盐的化学性质非常不稳定,遇热后会在短时间内挥发出大量的氯气。"

云渺说:"我熄灭了酒精灯,那股味道也还在。"

"有人在大烧杯里放了高浓度的次氯酸盐,同时又倒入了大量的开水,即便酒精灯停止加热,也不会影响有毒气体的高强度地挥发。"

陆征摸了摸烧杯的温度,还是温热的,次氯酸盐的分解速度放慢了。

"多久会中毒?"云渺又问。

"通常浓度达到每毫升300毫克就会中毒,照这个实验室的面积和密封度来看,顶多十五分钟就会轻度中毒,半个小时就会重度中毒甚至死亡。当然如果氯酸盐量足够多,时间可能更短,有些体质差一些,十分钟就会全身器官衰竭。"

陆征下意识地捏紧了拳头,他刚刚要是来晚一些,云渺可能就没命了……

云渺感觉到了他的紧绷,指尖探过去,轻轻碰了碰他的手背。陆征回神,将她的手重新牵住。

技术科对桌子、窗户、门还有实验器皿全部做了指纹采样。

从通江大学出来后,陆征还是不放心,他拉着云渺去医院做了个全身检查,确定没事才放心。

天已经彻底黑了下来,车窗开着,潮湿的晚风卷进来,车里的光有些暗。到了一处红灯,陆征点了支烟,靠在车窗上抿了几口,黑暗里,那双眼睛镀着层昏暗不明的光,和他指尖的猩红遥相辉映。

半晌,他低叹一声道:"渺渺,我有点私心,不想你再冒险了。"

云渺看着他说:"可是现在,已经不是我们能决定的了。"

那个人想要她的命,她不参与调查,也会是一样的下场,只有找到他才能终止这个游戏。

陆征将她的手握在掌心,长长地吐了口气,说:"从今天开始,你不要离开我的视线。"

云渺故意逗他说:"那睡觉呢?也在一起吗?"

"嗯!"

"你能控制得住?"

陆征把手里的烟丢到了窗外,扭头对她说:"渺渺,你的户口本还在我家,明天周五,去领证的话正好。"

"我户口本怎么会在你家?"

"当年奶奶给我的,你出国又不需要这些,你回来,也没有找我拿。"

"你太坏了,才谈几天恋爱就想骗我结婚。"

陆征的声音低低的,染了些笑意:"嗯,我年纪大了,急。"

云渺看着远处漆黑的夜幕,许久才说:"还是先找到他吧,我不想你哪天成了鳏夫,那会影响你今后在相亲市场的行情。"

陆征下意识地握紧了她的手:"别瞎说。"

重新返回警队,技术科的那些鉴定结果都已经出来了。

一氧化碳瓶子上采集到的指纹,在数据库里找到了对比样本,指纹是杨媛的。

第十八章·告白

即使你什么也不做，我也会对你死心塌地。

晚上十点，重案组依旧灯火通明。

云渺看了一下那份检测结果，问："现在是不是可以立案了？"

陆征不想打击云渺，用委婉的语气向她解释道："杨媛虽然偷拿了一氧化碳，但并不能直接证明是她作案。"

还不能吗？可是，不立案就没有办法去房野泽家里详细查，那些直接证据，很可能会在这个时间被销毁殆尽。

充气鹅是丁艳从自己家里带出来的，杨媛并没有去过她家，两人好像并没有产生什么交集。那一氧化碳到底怎么跑到她家里的呢？

云渺调用了通江大学门口的监控。三天前，下午四点多，杨媛拖着一个紫色的行李箱，上了一辆出租车。不是节假日，她也没有出远门，提着那个箱子看上去就格外突兀。再结合那个箱子的大小，不难推测里面装的是什么。

云渺查看了那天直播间的回放，当天晚上，杨媛依旧和房野泽直播到了半夜。

杨媛回学校时，已经是凌晨了，她手里空荡荡的，那个行李箱没有带回来。

云渺说："我猜一氧化碳就在这个行李箱里。"

陆征给她倒了杯水，说："休息一会儿。"

云渺转了转椅子看他，问他："有咖啡吗？"

"半夜了，喝咖啡会睡不着觉。"

云渺："找不到线索，我更睡不着。"

陆征拉开一旁的椅子坐下，笑道："渺渺，你再熬夜，很快就成老刑警了。"

云渺忽然问："房野泽今天晚上直播了吗？"

"播了。"

陆征打开手机，点了直播链接进去，里面的人正在讲话。今天的直播依旧是悼念活动，满屏都是黑白色，有点惊悚，观看直播的人很多。房野泽很会煽情，他今天聊的都是关于妻子和孩子的往事，深情款款，粉丝在弹幕里都在劝他宽心。

云渺去微博搜索了一下，房野泽和跑车品牌方的事情，还没有出结果，但是热搜给他带来了巨大的流量，直播间的人流量已经赶得上带货一哥了。

房野泽直播时哭了，有人往他手上递了一包纸巾。虽然镜头只捕捉到很小的一格画面，云渺还是看到了那洁白手腕上的貔貅手串，那个人是杨媛。

房野泽今晚没有带货，小杨助理却又从学校千里迢迢地赶去了直播间，而且是给他送纸巾，这多少有点引人遐想。

云渺抿了下唇，问："大宇他们还在盯房野泽吗？"

"嗯。"

"让他们一会儿下播后盯着杨媛。"

她很好奇杨媛每天下播后，到底是怎么回学校的，从直播间到通江大学并没有直达的公交车，三年如一日，除非有人送。

时间已经很晚了，陆征不放心云渺一个人回家，也舍不得让她陪他在这里干熬，开口问："困吗？"

云渺趴在桌子上，声音很小："稍微有那么一点儿困。"

"睡会儿，剩下的我来查。"

"也行。"云渺合上眼，身子陷进椅子里，半晌，又睁开眼睛说，"这样睡不着。"

她不仅挑食，对睡觉的环境也很挑剔，她不喜欢光，不喜欢吵，冬天的被子超过两天不晒就会嚷着难受，早上起来还有起床气。

要是换成别人，陆征绝对不会惯着，可偏偏是她，他就没办法。

那时候，云渺在学校上学，早出晚归，陆征常常会中午开车回家给她晒被子。她被窝里什么都有，机器人书、魔方、毛绒熊，他每每见到都会替她收起来。

他起身搬了几把椅子，拼成了小床，又去更衣室拿了一件外套给她当被子。

云渺撑着脑袋看他忙进忙出，忍不住打趣道："陆队，服务挺周到啊，是不是常常给红颜知己铺床啊？"

陆征伸手在她眉心弹了一下，说："睡觉。"

云渺吃痛，揉了揉眉心。椅子拼起来的小床，虽然算不上舒服，但也比坐着睡好多了。

云渺躺上去，把他的外套往上拉了拉，衣服上有洗衣液的味道，和他身上的味道非常接近。陆征把自己的椅子往前挪了挪，让她枕在自己腿上，掌心摊开，遮住她的眼睛，替她挡住亮着的灯光。

云渺的长睫毛，在他的掌心下面轻轻地眨着，像两把柔软的小刷子。

云渺打了个哈欠，抱住了他的手，说："一会儿有消息了，你记得喊我起来。"

"好。"

云渺的声音越来越小："不然我做梦都在破案。"

陆征没有再和她说话，办公室里很快响起了细微的呼吸声。

云渺睡着了，陆征的手依旧盖在她的眼睛上。同一个姿势坐久了，腿有些麻，但是他舍不得动。

女孩似乎做了一个梦，粉唇轻轻上扬，柔软而可爱，他没忍住，俯身过来，在她唇边印了一个吻。

天黑之后，又断断续续地下了几场雨。湿漉漉的柏油马路成了模糊的黑镜子，橘色的路灯倒映其中，成了晃动的金波。

路上已经见不到人了，偶尔有车子呼啸而过，很快又恢复了宁静。

何思妍和刘宇已经在车上待了大半天了。刘宇的手机一直连着房野泽直播间的摄像头，方便他们远程盯梢。

房野泽每次讲完一个故事后，就会冒出一段对跑车品牌方的控诉。

刘宇开着车窗，卷了一筷子泡面进嘴里，控诉道："我耳朵都要听得起茧了，他嗓子还没哑，真是佩服。下午喊你和老大去通江大学，你不去……"

"就你高兴做电灯泡。"

刘宇放下筷子，说："我那是查案好不好？"

手机的电量不多了，屏幕上跳出一行字，提醒他切换低电量模式。

晚上十一点零九分,房野泽终于下播了。

福兴工厂只有一个出口,何思妍和刘宇关了车子的大灯,挂了倒挡,将车子停在一处漆黑的树影里。不一会儿,杨媛从里面出来了,她背着一个挎包,撑着一把黑色的雨伞,沿着路灯往前走。

何思妍问:"她这是去哪儿?"

"你问我?我问谁去啊?"

"车子跟上。"

刘宇皱眉道:"再等会儿。"

杨媛并没有走太远,她从工厂门口的这条路走到外面的大路上,然后停了下来。

深更半夜打车?看着也不太像。

过了一会儿,福兴工厂的大门又打开了,一辆漆黑的轿车从里面开了出来,是房野泽。车子开出去不多远,在路边停了下来。杨媛收掉伞,拉开车副驾驶的门,熟稔地坐了进去。

见黑车重新动起来,刘宇也踩了油门跟上。那辆车七拐八绕,一路过江开到了通江大学校门口。学校门口没有什么遮蔽物,容易暴露,刘宇把车子往前开,停在路边的树下,端着望远镜往外看。

房野泽的车,在校门口停了好久,杨媛才从车上下来。

何思妍皱眉道:"我怎么觉得他们不像是同事?"

刘宇伸头看了一会儿,说:"我看着也不像。这房野泽可以啊,老婆尸骨未寒就和助理好上了。"

黑车已经在前面调头走了,何思妍催着他赶紧跟上去。房野泽没去别的地方,而是回了家。

刘宇叹了口气:"走吧,我先送你回家,再来盯他。"

何思妍说:"我还得回一趟队里拿钥匙。"

车子一路开进队里,办公室的灯还亮着。

"何思妍,你是不是傻?出门不带钥匙?也不知道你当年怎么考上警校的,是不是走的后门?"

"后门你个头。"

刘宇推门进来,见陆征也在,倒也不惊讶。

"老大——"

他咋咋呼呼地喊了两个字,陆征打了个手势示意他安静。

云渺已经醒了,刘宇看她的头枕在陆征腿上,差点惊掉下巴。

牛,还是陆征牛,直接把女朋友往办公室里带。

云渺刚醒,睡眼惺忪,乌黑的眼睛里有一层干净的水雾。

"吵到你了?"陆征问。

云渺坐起来,晃了晃脑袋:"还好。"

她见何思妍和刘宇都回来了,问:"查到线索了?"

刘宇对上陆征那双凌厉的眼睛,还是有点发怵,他吞了吞口水,回答云渺的问题:"这个杨媛和房野泽的关系看上去很好。"

"是情侣关系吗?"

"看上去有点像。"

他没有给出肯定答案,他们都是看证据办案的,推测不能作为证据。

陆征站起来活动了一下腿,问:"怎么说?"

刘宇如实说了,深更半夜,房野泽亲自送杨媛回的学校。

云渺抿了抿唇,和她之前猜想是一样的,果然有人送杨媛。

刘宇说:"我有百分之七八十的把握,这两个人的关系不简单。要是我的老婆和孩子发生了这样的事,我肯定没心情去做护花使者。"

云渺在办公桌旁坐下来,重新开了电脑。

陆征朝刘宇摆了摆手,说:"你们先回去睡觉吧。"

刘宇问:"老大,今晚不盯他了?"

"不用,我已经和研究所申请过了,他们小区的摄像头我这里可以看到。"

何思妍笑道:"柯老师来了以后,我们加的班都少了。"

刘宇笑着说:"那可不?"

不光是这个,他们不用一直对着陆征那张冰块脸,工作压力也小了很多。

"柯老师,你以后可千万别和我们老大分手啊。以后,不仅有他对你好,我们整个队的人也都会对你好的。"刘宇说。

何思妍把他拽走了。

室内又只剩下云渺和陆征两个人,他垂着眼睫,目光柔和地看着她。

云渺停下了指尖的动作,问:"你干吗一直盯着我看?"

他单手插兜,笑道:"渺渺,大宇说的是真的,你来队里,就是我们的团宠。"

云渺边写数据边说："可是他们明明都怕你。"

"怕我，又不影响他们喜欢你。"

"你不吃醋？"云渺打趣道。

陆征伸手在她后脖颈上捏了捏，说："嗯，我对自己还是有自信的。"

通江大学门卫处的监控画面出现在了屏幕里，云渺修改了参数，一天天地往前看。最近两三个月，房野泽都有送杨媛回学校。一天、两天或许好解释，但是接连几个月就很难解释了。

虽然有监控可以证明这两个人关系不浅，但棘手的是，房野泽每次送她都不下车，摄像头拍不到车内的情形。

云渺皱眉道："还是没有直接证据。"

陆征在她的头顶揉了揉，说："不看了，回家睡觉。"

"不查了吗？"

"我们也有权利休息，一点钟了。"

云渺心想：是可以睡觉了。

出了门，她停下步子，伸手找他要车钥匙。

陆征看了她一眼，问："干吗？"

"我来开，轮到你在副驾驶座位睡觉了。"她讲话的语气有点酷，声音又很甜。

陆征笑了笑，说："心疼我了？"

云渺背着手，大方地承认道："一点点吧，不多。"

陆征眉毛微动，短发下的眼睛如同碎星，说："不用太多，这样就很好。"

"也是，多了会嫌腻。"云渺说完笑了。

陆征握着她的指尖，在唇边吻了吻，说："我可没有那么说，手动挡你会开？"

云渺白了他一眼，说："轰炸机我都能开走。"

陆征被她嚣张的语气逗笑了，他把钥匙递到她的手里，走到另一边拉开了车门。

云渺坐在驾驶座位上，才发现这辆车的内部空间很大。不对，不是内部空间大，是椅子太靠后了，两人的身高差太大，陆征腿长，坐在这里，躺着都能踩到油门和刹车。

她个子矮，够不到。云渺调整了座椅，往前靠了靠，脚底分别试验了一下刹车和油门的位置。陆征在黑暗里轻笑出声。

"干吗笑？"云渺问。

"小时候应该多给你补补钙。"

云渺发动了车子，强调道："我不矮，一米六九。"

陆征声音低低的："嗯，怪我，长得太高了，没考虑你。"

晚间的车载广播没有新闻，充斥着各种音乐，陆征也并没有真的睡觉，有一搭没一搭地和云渺说着话。

云渺这会儿头脑特别清醒，忍不住分析道："如果说，杨嫒真的是房野泽的女朋友，那他们的犯罪动机是什么呢？他喜欢杨嫒的话，完全可以和丁艳离婚啊，干吗要害死她？"

"房野泽不会提离婚。"

"为什么？"云渺问。

"你忘记了？离婚他要净身出户。"

这就是人性。

这些年，他办的案子太多了，这样的事情数不胜数。

云渺深吸一口气，道："还有个问题，一氧化碳是怎么到房野泽家里去的？"

她之前有调过他家电梯里的监控，房野泽每次回家都空着手，杨嫒又没有去过他家，那一氧化碳是怎么进入他家的？总不可能是飞进去的。

陆征沉默了许久，说："或许要问问丁艳。"

云渺到家后，立马回放了两天前房野泽家电梯厅的视频。

"我知道了。"说话间，云渺忽然站了起来。

"什么？"

云渺指了指屏幕，说："行李箱。"

这个紫色的行李箱和之前杨嫒从学校带出来的那个箱子，是同一个。云渺之前看视频回放的时候，一直关注的是房野泽，碰到丁艳的片段就直接略过了，是她先入为主地漏掉了关键信息。这么说，一切就都能够对得上了。

"杨嫒从学校里偷拿了一氧化碳，并用行李箱运到了直播间，丁艳再把行李箱拉回了家。

之后，房野泽再把一氧化碳气体装进了充气鹅里，但问题是，一氧化碳怎么会从充气鹅里漏出来？"

陆征的声音低沉："下午五点多的时候，房野泽给丁艳打过电话。"

"所以是他诱导丁艳拔掉了塞子。"

"这些都是我们的推测,还要进一步取证。"

"现在可以立案吗?"云渺问。

"嗯。"

凌晨两点,云渺被陆征推进房间睡觉。

云征机器人在客厅里充电,蓝色的灯在黑暗里一闪一闪,一室静谧。

陆征只要一合上眼睛,脑海里就会冒出云渺隔着一层玻璃和他对望的情形……

今天他们去通江大学的事,知道的人并不多,那个人竟然能把实验时间掌握得那么精确。细细想来,尤其恐怖。他起身,快步走到小机器人边上,暗蓝色的光,闪闪烁烁地映到了他漆黑的眼睛里。

"云征。"为了不吵到云渺,他刻意压低了声音。

小家伙回应的声音也不大:"在的。"

"调一下这两天家门口的监控。"

人工智能处理信息的速度非常迅速,小家伙肚子上的屏幕很快亮了起来。陆征调了倍数播放,垂眉看着屏幕一动不动。

"爸爸,要找什么?我可以智能检索。"

"这两天有陌生人来过吗?"

云征在数据库里迅速完成了检索,那天之后,黑衣人没有再来过。可是,他却对云渺的行踪又了如指掌。

陆征捏了捏鼻梁,在沙发上坐了一会儿。四周的黑暗,笼罩着他。

云渺白天受了惊吓,夜里一直在做梦,白色的雾气在她四周弥漫,鼻尖可以闻到潮湿的血腥味,她在大雾里狂奔……忽然,一只大手伸出来,抓住了她,她回头,根本看不清他的脸,她在梦中惊叫起来。

陆征听到声音,立刻推门进来。房间里的窗帘,拉得严严实实的,只有一盏橘色小夜灯亮着。云渺被噩梦吓醒了,她抱膝坐在床上,大口地喘着气,额头上满是汗珠。

陆征走近,一把将她拉到了怀抱里,云渺紧紧地攥住他的衬衫,瑟瑟发抖。

"又做噩梦了?"

"陆征,我差点就要看到他的脸了,很近很近……"她的声音充满了懊恼和绝望。

陆征搂住她,在她的后背上拍了拍,说:"渺渺,我们会找到证据,然后抓住他。"

许久,云渺才从那个恐怖的梦中解脱出来。

陆征松开她,指尖拨开她被汗水打湿的头发,掌心在她额间轻轻地摸了摸,安慰道:"不要想太多,时间还早,再睡一会儿。"

云渺重新躺下来,陆征转身要出去,手却被她拉住了。

"陆征,你能陪我吗?就在这里。"

他点头,在床边坐了下来。

云渺刚从噩梦中惊醒,重新入眠花了不少时间,她借着那盏不太明亮的小夜灯,看着他落在床上的影子发呆。

女孩的长睫毛,在不甚明亮的光里忽闪忽闪的,陆征有些无奈地笑了笑道:"睡吧,我等你睡了再走。"

云渺往外挪了挪,伸手抱住了他的腰,说:"陆征,你要不要躺下来,一起睡?"

陆征掰开她的手,掀了空调被的一角,躺了下来。云渺打了个响指,角落的小夜灯瞬间熄灭了。陆征将她抱在怀里,贴着她的额头亲了亲。

云渺故意逗他:"你这么纯洁吗?"

陆征在她眉心弹了一下,道:"不要调皮,赶紧睡。"

很奇怪,两个失眠的人,听着彼此的呼吸声,竟然迅速进入了梦乡,就像海上航行的船只,忽然停进了无风无浪的港湾里,安定又柔和。

次日早晨,云渺跟陆征去了队里。

还缺一点线索。陆征登录公安内网查了一下房野泽的开房记录,房野泽在半年内,先后和多个不同的女人开过房,其中大部分都是露水情缘,杨媛是他比较固定的女朋友。

刘宇凑过来看了一眼,只觉得难以置信。

"真是时间管理大师!就他这样的,死了老婆,高兴都来不及吧?还装什么伤心?"

陆征关掉页面,开始安排今天的工作。

"大宇去立案,再叫上技术科,去通江大学找杨媛。"

"收到。"

梅雨季节,大雨接着小雨,一场又一场。

房野泽拿了伞，正要出门，门铃忽然被人从外面按响了。一开门，挤进来一堆穿着制服的人。

陆征出示了相关证件，开门见山："已经有证据表明你的妻子和孩子死于谋杀，请你配合我们进行调查。"

房野泽脸上的表情，一下僵住了。云渺扫了一眼他身后的大横厅，南北通透，光线亮得刺眼。很快，他们就找到了那个紫色的行李箱，里面放着还没来得及处理的充气设备。

云渺朝陆征点了点头，说："就是它。"

房野泽忙说："警官，这个行李箱是我老婆带回来的，有问题吗？"

陆征示意边上的技术人员进行了指纹取样。

陆征冷冷地睄了他一眼，说："这是给充气鹅充一氧化碳的装置。"

"你什么意思？"

陆征睨了他一眼道："房先生，进门时，我已经表明了来意，您的妻子是死于他杀，就目前掌握的证据来看，你有重大作案嫌疑。"

房野泽眉毛抖动着，声音拔高了好几个度："胡说八道，就算我要害我老婆，我为什么要连我的女儿一起害死？"

云渺视线搜寻一圈后，停在了钢琴上的一张时间表上——那是房野泽女儿的课表。

他的女儿虽然还在上幼儿园，但是时间排得特别满，每天不是上这个兴趣班就是上那个兴趣班。出事那天，那个时间点她本来是要去上钢琴课的，可能中间发生了什么事，让丁艳决定提前带她去游泳。

这张时间表应该是丁艳做的，上面还写了几个小计划——买书、买蛋糕、买兔子。

云渺沉默了一会儿说："你女儿的死，不在计划中，她是被你误杀了。"

所以他那天在警局的悲伤是真情流露，也因此骗过了所有的人。

房野泽脸色有点苍白，但声音依旧很大："你们根本就是在编故事，你们太可恶了！"

陆征示意边上的两个警察将他摁住。

"放开我！"房野泽嚷道。

陆征垂着头，冷冰冰地说："你有话还是去警局说吧。"

技术科的化验结果出来了，行李箱上只找到了杨媛和丁艳的指纹，并没有找到房野泽的指纹。狡猾如他，肯定是在开箱子的时候戴了手套。

房野泽似乎也清楚没有实质性证据，辩解道："警官，那个箱子从拿回来，我就没摸过，更不要说去拿什么装置打气。我老婆最近心情不太好，前段时间还去看过心理医生，说可能有抑郁症。这些一氧化碳，也可能是她自杀弄的。都怪我做了些对不起她的事……"

"做了什么对不起她的事？"陆征问。

房野泽说："我有别的女人，被她发现了。"

"她没有和你吵？"陆征又问。

"吵过，又和好了，她的心很软。"

房野泽设计得很缜密，他让丁艳自己拿一氧化碳进门，又让她自己主动拔掉了塞子。行李箱上的关键性证据缺失，房野泽怎么编都行。毕竟，丁艳死了，死无对证。

另一边，何思妍和刘宇也找到了杨媛。他们走访了杨媛的舍友和同学。杨媛刚上大学的时候，家里条件一般，基本很少买什么大牌的化妆品，也不太会打扮。大二上学期开始，她开始跟着房野泽做直播，每天都很晚才回来，桌上的化妆也在一夜之间全部换成了大牌货。

学校里也有男生追求她，但是都被她以各种理由拒绝了。

房野泽被抓，杨媛也被陆征他们带回了警局。杨媛和房野泽被安排在两间不同的审讯室里……

刘宇拉开椅子坐下，开始提问："说说你为什么偷学校的一氧化碳吧，是房野泽让你偷的？"

杨媛不说话，冷静地看着他。

刘宇问了下一个问题："房野泽是不是承诺你，事成之后要娶你？"

杨媛张嘴说："我听不懂你在说什么，请问什么时候可以放我回学校？"

云渺忽然敲门进来，她看了一眼杨媛，说："你如果想早点回学校，就说实话，你这样是在耽误大家的时间。"

云渺的身上有一股和陆征相似的气场，她一来，刘宇觉得莫名安心。

杨媛继续保持沉默。

云渺走到了近前，抱臂站到桌边，说："你可以一直沉默，但警方目前已经掌握了足够的证据，我们查到了一氧化碳是你提供的，你如果拒不承认，法院依旧可以给你定罪。"

杨媛说："丁艳姐不是我杀的。"

云渺的眉毛动了下："可是房野泽已经招了，他说是你唆使他杀了丁艳。而且，我们查到了你和他的开房记录，你有充分的动机，只要杀掉丁艳，你就可以顶替她的位置，做房太太。"

杨媛站起来，愤怒地说："他胡说！我根本没有唆使他杀人。"

云渺几不可察地弯了弯唇。每一个企图缩进壳里的乌龟，都有害怕的东西。

云渺拿了一个纸杯，从身后的饮水机接了一杯水递到了她手里，说："你可以说实话来证明自己的清白，比如……是谁让你拿的一氧化碳？"

杨媛犹豫了一会儿，说："是房野泽。"

云渺问："他有和你说具体怎么做吗？"

杨媛摇头："我不知道他要一氧化碳是为了杀他老婆。"

一旁的刘宇已经快速做了记录。

"你知道一氧化碳有毒，为什么还要提供给他？"云渺继续往下问。

"他说他淘到了一堆金属古玩，要一氧化碳做还原剂，我们学校实验室原本是有卖的，但是量不够。"

"然后你就去实验室偷了？"

"我不知道他会用一氧化碳来杀人，而且还害死了梦梦。"

云渺又问："你们在一起多久了？"

杨媛捂住了脸，说："快三年了，丁姐也对我很好，房总也对我很好，我不知道事情最后会变成这样……我也想过要和他分手，今年我就毕业了，我原本打算毕业后永远不回这里……"

几分钟后，云渺去了另一侧的审讯室。

外面还在下雨，室内光线昏暗。桌上不知什么时候亮起了一盏灯，光线刺眼，直直地对着房野泽。

陆征坐在对面的阴影里，俊眉拧着，短发下的眼睛锐利如鹰，他的手里倒握着一支弹簧笔，一下一下地在桌面上按压着，有节奏的咔嗒咔嗒声，就像某种倒计时，压迫感十足。

对面的房野泽，在陆征不说话后，忽然变得紧张起来。如果陆征说话，他可以反驳，可陆征偏偏不说，像个十拿九稳的猎人。

云渺进来以后，陆征身上的那股压迫感骤然淡去了许多，他拉了张折叠椅，示意云渺坐下。

房野泽暗自松了口气。

云渺把从刘宇那边拿来的审讯记录递给了陆征,说:"招了,一氧化碳是房野泽让她带的。"

一句话说完,房野泽的脸色惨白如纸。

陆征从云渺手中接过审讯记录,却没急着翻看,而是很轻地捏了一下她的指尖,问:"肚子饿吗?"

"还好。"云渺说。

"手机上看看想吃什么。"

云渺弯唇道:"好。"

女孩很漂亮,笑起来的时候更是,两人没有再说话,却有种隐秘的甜蜜。有一刻,连房野泽都怀疑自己是不是在幽暗的审讯室里了。

这时,陆征忽然抬头,看向对面。房野泽不无意外地对上他那双漆黑的眼睛,里面寒光森森。

陆征的指节在桌面上敲了片刻,说:"现在可以说实话了,不要浪费彼此的时间。"

房野泽说:"我没有……"

陆征打断他:"你可以继续抵赖,现在人证物证都充足,你什么时候说清楚了,什么时候出审讯室。"

"警官,杨媛撒谎,我根本没有找她要一氧化碳……"

陆征瞬间就戳穿了他话里的漏洞:"你怎么知道是杨媛?"

云渺进门后只字未提杨媛,他前面的审讯里也没有提到她。

房野泽一时语塞,他后背已经因为紧张出了很多汗。

陆征的指尖在桌上点了点,说:"你女儿很可爱,一氧化碳这种死法太残忍了,整个人身上都是樱桃红,她会跳舞吗?她跳舞的时候肯定更可爱。"

房野泽听到他提到女儿,眼里滑过一丝痛苦,身体微微发抖,他极力地压制着那抹情绪,依旧不打算招认。

陆征也不急,转向一侧的云渺,问:"看好了吗?"

云渺点头:"已经点好了。"

陆征说:"一会儿在这里吃。"

云渺点头。

陆征看了一眼房野泽,问他:"你女儿喜欢吃什么?"

"桥东家的薯条和炸排骨。"说完,他的情绪绷不住了。

陆征侧过头："渺渺，他说的这两样也点一份。"

"好。"

过了四十多分钟，云渺点的吃食陆续到了。塑料餐盒一打开，香味弥漫到了审讯室的每个角落。

陆征拆了一双一次性筷子，借着审讯室的桌子和云渺一起吃饭，全程不理会对面的房野泽。

午饭的时间已经过了，房野泽也感觉到了饿。

陆征随手打开一旁装着薯条和排骨的盒子，熟悉的香气扑面而来。嗅觉感官最容易勾起人的回忆，房野泽想到女儿吃排骨的样子——腮帮子鼓着，一动一动的，像只小松鼠。

房野泽的眼眶中泪意涌动，陆征适时地把那盒排骨推到了他面前，说："这个给你。"

房野泽的指尖动了动，没有吃。

陆征忽然没头没尾地问了句："后悔了吗？如果不是你一意孤行，她现在应该还活着。"

房野泽静默了许久，没有回答。

云渺吃得差不多了，陆征把桌上收拾干净，牵着她出去了。

"休息一会儿，今天起得太早了。"陆征说。

"不继续审他吗？"云渺问。

陆征把手插进口袋，说："他会招的，不急于一时。"

"你这是在和他打心理战？"

陆征笑着点了点头。

"会有用吗？"

陆征伸手，摸了摸她光洁的额头，声音低低地说："我试过，会后悔。"

云渺问："试过什么？"

陆征顿了顿步子，看向远处。长廊外雨水淅淅沥沥，他的眼睛也染了一层水雾，带着看不清的情绪。

陆征不答反问："渺渺，你喜欢吃什么？"

云渺笑着说："那可多了，小鱼锅贴、小米炒糖、芳记的杧果捞……"

陆征捏了捏她的指尖，说："你在国外的那些年，这些我都去吃过……每吃一样，就特别后悔。"

"后悔什么？"

陆征把她的手贴到唇边亲了亲，说："后悔把你送去那么远的地方。渺渺，你本来可以在我看得到的地方长大的。"

云渺的眼眶有些发热，这是她第一次听陆征讲这些话。以前，他掩藏得太好了，冷冰冰的，有时连话都不和她多说。一阵大风灌进来，卷进来一些雨丝。她看着他，笑了。

"好吃吗？"

"嗯，除了孔乙己臭豆腐，其他的都不错。"

云渺笑出了声，他竟然去吃了臭豆腐。陆征这个人几乎不挑食，唯一不吃的东西就是臭豆腐，碰到卖臭豆腐的摊子，他都会绕道走。很难想象，他硬着头皮吃臭豆腐会是什么样子。

云渺又问："你吃完了？"

陆征叹了口气，说："不然呢？"

云渺的指尖在他警服的第二粒纽扣上点了点，声音里带了几分笑意："陆征，想不到你这么喜欢我啊？"

陆征看着她，眼里漆黑如墨，半晌，他伸手握住了她的指尖，很轻地应了声："嗯。"

云渺耸了耸肩，说："这会儿，你倒是挺诚实。"

陆征说："你那时候太小了。"

云渺笑道："那得是跟谁比啊，和你比，我现在也不大。"

陆征轻声笑道："嗯，长大了。"

云渺忽然发现了他的话中隐藏的深意，又问："你的意思是以前拒绝我，真的是因为我的年纪小？"

云渺的眼睛乌润晶亮："我现在都找到证据了，你别想抵赖。"

陆征叹了口气，笑："嗯，不抵赖。"

一想到陆征心里喜欢她，表面上还要端着一副拒人千里的模样，她就忍不住想笑。

这个点是中午休息时间，刘宇和一众警员从食堂出来，正好路过。

刘宇看云渺笑，觉得有些惊奇，便问："柯老师，什么事这么高兴啊？房野泽认罪了？"

云渺说："没有，是别的人认罪了。"

"别的人，谁啊？"

陆征手握成拳在唇边咳了咳："杨媛那边的审讯结束了，把报告写好，下午给我。"

刘宇的眉毛狠狠地跳了几下,哀号道:"老大,现在是休息时间啊。"

"刑警没有休息时间。"陆征面无表情地说。

刘宇的嘴角抽了抽,在心里骂了句陆扒皮!

一旁的云渺都要笑吐了。

刘宇看向云渺,说:"柯老师,你快给陆队找点事做,别人谈恋爱,女朋友都要作天作地的,你不作,怎么让他对你死心塌地啊?"

云渺的眉毛动了动:"哦?是吗?那我想想怎么作。"

陆征飞了一脚过去,刘宇早就溜了。

云渺还在笑,陆征看了她一眼。

云渺的嘴角扬了扬,语气轻快地说:"陆队,原来我还需要做点事,才能让你死心塌地呢?"

陆征往她面前走了一步,两人脚尖相抵,云渺下意识地往后退,却被陆征握住了手腕。

他稍稍用力,就将她扯到了怀抱里。他抬手,抚摸着她的后背,再屈着手指在她的后脖颈上轻轻摩挲,微弱的电流瞬间爬满了四肢百骸。

紧跟着,他低头,灼热的呼吸喷在她的耳畔,他的声音沙哑又带着几分蛊惑:"渺渺,即使你什么也不做,我也会对你死心塌地。"

云渺整个人定在那里,一张脸红透了。这里人来人往,陆征竟然脸皮这么厚,她推了推他,却被他抱得更紧了。

路过的人,都会停下来,主动向陆征打招呼:"陆队,在哄女朋友啊?"

"嗯,在哄。"

他们俩有一定的身高差,这么看着就像是云渺因为害羞躲在陆征的怀抱里。

有人笑着说:"柯老师平常看起来高冷,原来这么害羞啊?"

陆征轻声笑道:"嗯,是容易害羞。"

因为靠得近,云渺能感受到他说话时胸腔的起伏震动。他在笑,太坏了。

她伸手在他的腰间用力捏了下。陆征吃痛,朝那人摆了下手。等四下安静了,云渺踮起脚跟在他唇上咬了一口。

晚饭时分,陆征又给房野泽点了一份排骨和薯条,房野泽连续饿了两顿,终于吃了东西。

陆征叮嘱所有人不许去审讯室,房野泽在里面安静地待了七八个小时。

晚上，陆征再来时，房野泽终于肯说实话了。

一个月前，丁艳发现他婚内出轨，和他闹了一场，她主动提出离婚，他不同意。

丁艳则找了律师，起诉离婚。

如果离婚，他就要净身出户，孩子不会给他，钱也不会给他。这么多年，他在丁家的所有努力将付诸东流。

房野泽捏紧了拳头说："如果不是我，丁家这个厂，早就倒闭了。我虽然出身不如她，但是没有白吃她家的饭，哪个男人会在一棵树上吊死啊？"

第十九章·还债

还情债，你一共说了一百二十九遍喜欢我。

时间一晃到了 6 月底。

N 市从绵绵不断的雨季里出来，一头扎进了盛夏的怀抱中，气温直逼四十度。

这种天气，只适合在空调下面吹冷气、吃雪糕。N 市的各大景区，除了游泳馆扎堆"下饺子"外，其他景区白天几乎看不到什么人。

最近一段时间，N 市没有发生什么重案、要案，陆征所在的重案组也难得清闲了两天。

十年前的这个季节，他们接警最多的就是入室盗窃和抢劫。但如今电子支付的时代，小偷和抢劫犯减少了很多。

队里有许多积压了多年的无头案，有些已经超过了追溯年限，有的证据缺失，悬而未破。

这些案子积灰多年，无人问津，然而现在陆征却组织队里重新开始侦查。陈年旧案，侦查过程比较复杂，需要借助新兴科技。云渺直接被他从研究所那边借调到警局。

云渺进重案组的那天，刘宇一脸震惊，他对陆征佩服到了极点！你想想多牛啊！人家泡妞顶多是请吃饭、请看电影，陆征倒好，直接请人到警局上班，工位、饭卡一样没少，就差发衣服和警号了。

云渺来了以后，他们这位"阎王"总算有了点人性。刘宇入职几年了，难得的按点下班都集中在最近几天了。不过，有好处也有坏处——陆征的冰山气场弱了许多，往年他们办公室都是最凉快的，今年空调开到 26 度，几乎跟没开一样。

刘宇抱了叠资料进来，边在空调下面吹冷气边说："感谢国泰民安让我躲过了炎炎盛夏，你们知道吗？我小时候的梦想就是守护世界和平。"

何思妍撇嘴道："我记得，你上次还说你小时候的梦想是当科学家。"

"我的梦想比较多嘛，捞着一个是一个。"

"得了吧，你那纯粹叫瞎想，不叫什么梦想。"

"不是，何思妍你有毛病吧？"

"你才有病。"

一旁的云渺听了有些忍俊不禁。

何思妍见她笑，忽然问："柯老师，你小时候的梦想是什么啊？是当机器人大神吗？"

陆征看了她一眼，他也好奇这个问题的答案。

云渺想了想，说："没有，我小时候好像没有想这么多，只是喜欢玩机器。后来，也是因为机缘巧合，接触了机器人。"

她父母对她也没有什么要求，只要开心健康就好，捣鼓机器纯属兴趣爱好。云渺会选机器人，其实是因为陆征的引导，她的编程老师都是他请的。

如果不是陆征，她现在可能还停留在拆装各种机器的水平上，不会有更进一步的研究，也不会有云征机器人的出现。

从某种程度上说，陆征改变了她的人生轨迹。

"哎，真是越听越凡尔赛。"刘宇感叹道。

云渺笑着说："也算不上吧。"她只是比较幸运，遇到了陆征。

卷宗有点多，几个人整理了很久。云渺将那些对嫌疑人外貌特征有详细叙述记录的找出来，进行3D建模。那些描述都太模棱两可了，这也是这么多年来，嫌疑人身份难以锁定的原因。

云渺看完了近十年所有的卷宗，得到的答案和陆征一样——和红蛇有关的记录，一条也没有找到。不知是被人刻意隐藏掉了，还是根本就没有。

太阳一点点西沉下去，落日的余晖照进来。白色的大理石地面，镀上了一片橘色的彩釉。

又到下班时间了，何思妍换回自己的衣服，走出来说："今天我请大家吃饭。"

刘宇往椅子里靠了靠，打趣道："哟？何警官，大方啊今天。"

何思妍说："我买的房子装修好了，这两天打算搬家庆祝一下，我们直接去外面聚一聚，结束了再一起去唱歌吧。"

刘宇咂吧了一下嘴,说:"可以啊,何警官,再弄点小酒,就有点享乐主义的意思了。"

何思妍白了他一眼。

云渺笑道:"乔迁是喜事,当然要庆祝一下。"

何思妍抱住云渺的手,说:"还是柯老师懂我。"

陆征喜静,平常不太喜欢去那种太吵的场合,但是云渺要去,他也不好扫兴。

车子来到明都大厦,陆征停了车,绕到另一侧去牵云渺。

恰逢饭点,来这儿吃饭的人很多,车库里车来车往,陆征直接把她护在了怀里。

最近刘宇他们狗粮都吃到饱了,没办法,老男人的初恋就是这么宝贝,总得给他们一点私人时间。何思妍和刘宇进了边上的一家糖水铺子,陆征和云渺站在外面等,他一点也没有要松开她的意思。

云渺小声说:"陆征,这里到处都有摄像头,他应该不会在这里下手。"

陆征很轻地应了声:"嗯。"

云渺干脆把话挑明了:"没有危险,你可以不用一直抱我。"

他低眉笑了:"渺渺,谁说我抱你是因为要保护你了?就不能是因为喜欢你啊?"

"你整天说喜欢不腻啊?"

陆征松开她的腰,握住她的指尖,塞到了牛仔裤的口袋里。云渺的指腹碰到了他腿上坚硬的肌肉。她想把手抽回来,但是口袋太紧了,根本无处可逃。

半晌,陆征忽然冒出一句:"还债,不腻。"

"还什么债?"云渺好奇地问。

"情债啊,你一共说了一百二十九遍喜欢我。"

"有那么多?"云渺惊奇道。

从前,她确实表白过不少次,但绝对没有这么多,这人是在夸大其词。

陆征眉峰微挑,语气带了些宠溺:"嗯,我自己加了点利息,没办法,欠你的,总不能不还。"

这时,何思妍和刘宇已经买完甜品回来。

何思妍递过来两个纸杯,说:"老大,椰奶芋泥五宝就剩三份了,给你买了一份红豆芋圆的。"

陆征脸不红心不跳地说:"没事,我可以喝女朋友的。"

何思妍今天选的饭店不用排队,吃完饭出来才晚上八点。

KTV就在顶楼,出门后左转,电梯直达。

刘宇边往里走边吐槽:"何思妍,你就不能选个让我们能走点路的地方吗?我这才刚吃饱,一会儿就要坐下来了,多长肉啊。"

"负一楼有健身房,你可以练完了再上来。"何思妍说。

"那我吃你一顿饭,还得花几百块钱办健身卡,我多亏。"

何思妍嫌弃地说:"那你下次别来。"

"是我想来的啊?我这还不是怕你一个人当电灯泡太可怜才来的。"

这两个人一开始拌嘴就停不下来。这家KTV进门处有个吧台,酒水、饮料、冰激凌自助。刘宇拿了四个冰激凌,一人发了一个。云渺手里的那个,被陆征拿走换成了一瓶常温的饮料。

云渺皱眉以示抗议,陆征伸手在她头顶按了一下,说:"时间快到了,少吃冰的,肚子疼。"

刘宇伸头过来问:"什么时间快到了啊,还不能吃冰激凌?"

何思妍一把将他拽走了。

吧台前只剩下陆征和云渺两个人,头顶光线明亮,陆征立在光里,眉眼间含着抹淡笑,宠溺又柔软。

云渺耳根通红,小声问:"你怎么知道的?"

"早上云征有提醒你带卫生用品,我看你没听见,已经帮你在包里放了一些,日用和夜用的都有。"

"你……变态!"

陆征被她骂,一点也不生气,还低眉揭开了手里的冰激凌盖子,挖了一勺递到她的唇边:"好了,不生气了,我的冰激凌分你一点,行了吧。"

"你这语气怎么跟哄幼儿园小孩似的?"

陆征抬手在她蹙起的眉头上摸了摸,笑道:"不喜欢我哄你?"

"不是。"

"噢,嫌弃我年龄大?"

她根本不是这个意思!

包厢里光线昏暗,刘宇已经霸占话筒唱了好久了。破了音的"死了都要爱"有点吵,云渺坐到小椅子上点歌,她想给陆征点一首,但是没找到合适的。

她认识陆征快十年了，从来没有听他唱过歌，也不知道他到底喜欢什么风格的歌。云渺点了几首歌，很快回来，陆征靠在软沙发里，眉眼被头顶不甚明亮的光照得亮亮的，长腿敞着，拦住了她的去路。

云渺看了他一眼，陆征没有挪开腿，而是抬手捏住了她的手腕，略粗糙的指腹，在她的皮肤上轻轻擦过，又麻又痒。

陆征很轻地笑了下，说："帮我点一首。"

云渺抿了抿唇，说："我不知道你会唱什么。"

陆征的声音很低，正好能让她一个人听到："你会的，我都会。"

然后云渺回头给他点了一首全国人民都会唱的歌。

刘宇切歌时点错了，一不小心把这首置顶了，问："这是谁的歌啊？"

云渺拿桌上的话筒递给陆征，很快，她发现陆征脸上的表情有点不自然。

这首歌的风格有点太可爱了，不适合他来唱，算了，她替他唱吧。

云渺倾身过来，正要拿着他手上的话筒，陆征忽然往后一撤，另一只手，摁住她的后背，往前一带，云渺的脸就贴到了他的胸口上，他身上的气息铺天盖地地在鼻尖充斥，炙热的心跳就在眼皮底下。

头顶的人很轻地笑了一声，云渺感觉到了他胸腔的震颤。云渺想走，但是被陆征搂得更紧，她的脸上仿佛着了火，滚烫一片。

"跟着我……左手右手……一个慢动作……"

陆征一张口，何思妍和刘宇都愣了，再看，云渺正扑在他怀里。两个单身狗同时收到了一万点暴击！搞这么刺激？

一首歌结束，陆征才终于松开云渺。

何思妍和刘宇清了清嗓子，问："柯老师，要不要切你的歌？"

"我先去一趟卫生间。"说话间，云渺拿了包纸巾，起身出去。

刘宇又替陆征点了一首可爱的歌，询问道："老大，再来一首啊？"

陆征冷冷地瞥了他一眼，警告意味明显，果然，阎王还是那个阎王，一点都没变。

刘宇被他看得有点心虚，说："要不，还是我来唱吧？"

云渺走得太急，手机没拿，云征发来了信息，云渺手机上的绿色小灯一闪一闪。屏幕亮起来，她的锁屏背景是一枝盛放在黑夜里的玫瑰。陆征没有窥探隐私的习惯，他拿起手机，起身出去找云渺。

卫生间在包厢的最里面，云渺一路走过去，耳膜被各种撕心裂肺的歌声充斥着。

这时，隔间的门打开，一个明艳的女人走出来，女人心情很好，边走边哼着歌，高跟鞋在地面敲过几下，自来水的声音哗哗哗地响了起来。她洗完手，开始对着镜子补口红和眼线。

云渺多看了她一会儿，女人的五官立体精致，身材性感妖艳，堪称尤物。对方也在镜子里打量着云渺，同样是美人，云渺的长相也很出众，但是她身上的气质偏冷，给人一种距离感。

云渺挤了些洗手液，低头洗手，女人已经出去了。

云渺再出来时，那个女人正伸手拦住一个男人搭讪："帅哥，要不要加个微信，天气这么热，下次我们一起去游泳啊？我正好知道哪里游泳人少又舒服。"

云渺本来不想管闲事，但是她拦住的不是别人，而是陆征。她停下步子，眉头一动，笑了。

陆征的视线也越过女人看向了后面，云渺正抱臂倚在墙根上，一副买好了票，等待看戏的模样。陆征无奈地笑了笑。

女人见他不说话，伸手要碰他，陆征往后退了一步，避开了她的触碰，说："我有对象。"

"那有什么关系？总吃一道菜不腻得慌吗？换换口味不是挺好的吗？"女人的声音很嗲。

陆征神色冷淡，并不想理会，他这样，反而引发了女人的征服欲，她妖娆地往前走了几步，轻轻地拉住了他T恤的一角。

云渺忽然抬了步子走了过来，说："姐姐，这个男人不行噢。"

女人回头，对上云渺那双似笑非笑的眼睛。

云渺指了指一旁的陆征："他是我先看上的，你要的话，恐怕得先排个队。"

女人之间自有一种默契，看一眼就知道彼此的道行深浅。女人忽然笑了起来，浅蓝色的长裙随着她的步伐摇曳而去，浓烈的香水味在空气里弥漫着，过道里只剩下陆征和云渺两人。

陆征把手机递给云渺，说："我想，我得解释下。"

"都看见了，用不着。"说完，云渺转身往回走。

陆征单手插兜跟上来，笑道："不吃醋吗？"

"想得美。"互扯头花吃醋这种事，她才不要做。

"渺渺，刚刚还挺游刃有余。"

"我又没让你孤独终老。"

陆征不免失笑。

蓝裙子女人走到长廊尽头，迎面撞上了一个戴着鸭舌帽的酒保。

一杯草莓果酒洒在了她的长裙上，暗红的酒液沿着裙子滴落在地，像鲜血一样。

这些酒保穿梭在每个包厢，推销新出的酒品。

女人低头检查着裙子，厌恶道："你眼睛瞎了吗？走路不看路？"

男人抬眉，帽檐下面，露出一双小而精亮的眼睛。

女人顿时吓了一跳，讲话都不利索了："啊？你……你怎么在这里？还打扮成这样？我差点没认出来。"

男人的声音听上去有些阴沉，和她平常听到的完全不一样："有事。"

他好像已经在这里站了挺久了，女人顺着男人的视线看过去。

刚刚和她说过话的男人和女人，并排走到了包厢前，男人绅士地推开门，做了一个"请"的手势。女人一点也不和他客套，径直走了进去。

女人路过他身边时，男人忽然宠溺地笑道："渺渺，你可别忘了你说的话，不让我孤独终老。"

"没忘，记着呢。"

蓝裙子女人背后出了一层汗，微微有些发抖，几分钟前，她在他的窥探下调戏了那个男人。

这会儿，看他盯着云渺他们看，她以为他是看上了云渺，立刻鼓了鼓腮帮子，先发制人道："你才说喜欢我的，怎么老盯着她看呀？你说你是不是变心了？"

"没有。"男人的语气喜怒难辨。

女人抱住他的手臂，声音软软的，带着些撒娇的意味："哎呀，你最近都不来找我，我可想你了。"

男人把手从她的怀里抽出来，说："你来这里做什么？"

女人心虚地说："和朋友唱歌呀。"

男人不置可否，他重新倒了杯草莓果酒递给她。

女人软软地抱住他的胳膊，撒娇道："亲爱的，你怎么知道我渴了？"

女人一口气喝完，捂住了肚子。

男人问："怎么了？"

"肚子疼。"

他将她扶进了一旁的空包厢。

晚上十点。

明都商场四楼KTV,生意兴隆。

客人们来了一波又一波,大大小小的包厢陆陆续续进了人。迎面进来七八个大学生,他们要了一间最大的包厢,付完钱,服务生领着他们往里走。

灯打开,有人说:"这谁啊?喝醉了吧?"

服务生这才发现一旁的沙发上坐着一个女人,身上的蓝裙子非常漂亮。

"女士?醒醒,我们包厢里来客人了。"

客人喝醉了来空包厢里睡觉,这种事很常见。只是,服务生连续喊了几遍,女人依旧僵坐在那里一动不动,可能是睡得太熟了。

"你们这管理也太松散了吧。"

"就是,瞎耽误时间。"

还有这么多人等着,服务生只好伸手推了推她。

"女士……"

一旁的学生先察觉到了异样。

"不对啊,你们看她一动不动。"

"睡着了不动很正常。"

"我看了一下,好像不是睡着了,她连呼吸都没有。"

"你这么一说,我才发现她的手脚很奇怪,绷在那里,跟钩子似的。"

另一个学生说:"呼吸都没有?那不是死人吗?开什么玩笑。"

此话一出,所有人倒吸一口凉气。

服务生距离女人最近,他伸手到女人鼻子下面探了探鼻息,手背上感受不到任何的呼吸,他吓得往后退了几步,尖叫起来。

KTV里太吵了,他的叫声很快被淹没了。

"怎么了?你可别吓我们。"

服务生白着一张脸,话都讲不通顺了:"她没……没有呼吸。"

有胆子大一点的学生伸手到女人鼻尖碰了碰,再度尖叫起来。

有人报了警。十几分钟后,片警赶到了现场,黄色的警戒线围了起来。各个包厢的门都紧闭着,歌声还在此起彼伏地继续着。

"天哪,好吓人,竟然碰到这种事。"

何思妍和刘宇轮番做麦霸,唱得有点累了,陆征看看时间,示意就到这里。推门出去，刘宇一眼就看到了对面的陈鹏，再一看，他身后的包厢拉上了警戒线。

陈鹏看到陆征，朝他挥了挥手，说："陆队，你在这里？我正准备给你打电话。"

陆征已经快步走了过去，问："有情况？"

陈鹏用手指了指里面的包厢，说："死了个女人，样子有点奇怪。"

刘宇叉着腰深吸了一口气，哀怨道："怎么我们到哪儿都能遇到这种事？"

陆征瞥了他一眼，刘宇立马停止了抱怨。

"给技术科打电话，喊他们赶紧过来。"

刘宇也不敢耽误，立刻转身出去联系。哎，早习惯了，做他们这行就这样，随时待命。

陆征掀开警戒线的带子走了进去，云渺很快也跟了进去。看到那条蓝色的裙子，两人均愣住了，死者是之前在卫生间门口遇见的那个女人。刚刚到现在，顶多一个小时，她就死了？

陆征查看了一下包厢，这里的桌椅摆放得很整齐，没有打斗和挣扎的痕迹。女人的衣着整齐，口红鲜艳，也没有被人侵犯过的痕迹。手臂和脖颈也很干净，未见任何勒痕。

陆征蹲下来查看了一下她的手，长指甲里有少量毛绒物质，从颜色上看是沙发上的，她应该是死前主动来的这里。

陆征站起来说："这里就是案发现场。"

"死因是什么？"云渺问。

"初步怀疑是中毒。"

云渺查看了包厢的每一个角落，这里的一切看起来都没有什么异样。

陆征抬头看了何思妍，安排道："派人到门口守着，所有的客人在没有做完笔录前，不许离开。"

作案时间太短了，凶手现在很可能还在这里。何思妍点头出去。

那几个学生一个个都吓得不轻，缩在长廊里，牙齿都在打战，陆征走过来，做了简短的询问，得知他们来的时候女人已经死了。为了不引起恐慌，陆征和刘宇依次排查了每个包厢。

死者的同伴找到了——两个打扮精致的女人。三个人是朋友，约好了一起来唱歌的。

死者名叫张琼琼,在附近一家高级会所工作。一个小时前,她出门上厕所后一直没回来。

云渺的眉毛跳了跳,上厕所?就是遇到陆征那会儿。

"她这么长时间没回来,你们不出去找找?"

"找什么找,她唱歌不回来很正常,指不定在哪里和人幽会呢。"

技术科到达现场后,立即展开侦查。死者的皮肤表面呈现大片粉红色,有些斑点由皮肤内向外呈出。法医检查了她的眼睛、嘴唇和牙齿,给出结论,死因是氢氧化钠中毒。

"氢氧化钠?"云渺有些惊讶。

法医特意解释道:"氢氧化钠,又称烧碱,无色无味,强碱性,易溶于水,具有很强的腐蚀性,嫌疑人应该是把它混合在水或饮料中,再给被害人喝下去的。"

云渺抿了抿唇。张琼琼身上找不到一点被勒的痕迹,也没有任何挣扎过的痕迹,氢氧化钠大概率是她主动喝进去的,能让她毫无防备之心喝下毒药,凶手和死者应该是认识的……

云渺的视线往下,停在了女人的裙摆上,那里有一块暗红色的印记,应该是泼洒了什么东西在上面,像是红酒又像是某种果汁,已经干掉了。她清楚地记得,一个小时前,这条裙子还很干净。云渺伸手,想仔细查看,忽然被一旁的陆征弯腰握住了手腕。

"老杨,衣服上有东西,取样。"

云渺转过头,对上陆征漆黑的眼睛。

"可能有毒。"

"噢。"她也没想直接碰那里,只是看看。

陆征朝法医点了下头,说:"准确的死亡时间是什么时候?"

法医仔细查看了一下死者的下肢、大腿和后背。尸体才刚刚出现一点点不太明显的尸斑,主要集中在脚上。被害人死亡的时间很短,基本在半个小时到两小时之间。

法医测量过尸温,又对比了几组数据,说:"死亡时间大概在晚上九点左右。"

云渺看向张琼琼的那两个朋友,问:"这个时间你们在哪里?"

"琼琼出去后,我们俩在包厢里没出去,KTV 的酒保来推销酒,又是跳舞又是唱歌的，弄了半个小时，害我花了快一千块钱，我这还有转账记录呢。"

两个人的嫌疑暂时被排除。

旁边的陆征忽然开口："晚上9点之前，我们见过她。"

云渺怔住了。

陆征继续说："云征在晚上八点四十分给你发来了一条消息。我接到消息，立刻出去找你，这前后不超过十分钟。"

云渺打开手机，云征机器人的确在八点四十分时给她发过消息。那之后，她在卫生间遇见了张琼琼，也就是说，被害人在离开他们的视线十分钟后被人杀害。

如果这是一场有计划的谋杀，那凶手不可能不花时间提前准备。她和陆征说不定见过凶手……云渺努力回忆起当时的情景，她记得当时楼道里没有别人，凶手那时候可能正藏在某个地方暗中窥探、观察。等她和陆征回到包厢后，再从某处出现，用高浓度的氢氧化钠杀害死者。那凶手会藏在哪里呢？

云渺抬头，看到头顶有摄像头，说："麻烦调一下这里的监控。"

"好。"KTV经理领着云渺他们进了设备室说，"我们这里的监控都是高清摄像头，连头发丝都能照得一清二楚。"

云渺淡淡地"嗯"了一声，这不重要，就算画面不清楚她也可以修复。

那经理在键盘上按了几下，电脑却没有像平时一样亮起来，他皱着眉道："奇怪，昨天晚上我还来这里调过录像。"

"监控数据是储存在这个电脑上还是有别的服务器？"云渺问。

"就这一台。"

他们这里的设备都有些年代了，当年的设备不如现在那么先进，这些东西可以用，也就没人换新的。电脑断电后，过道里的那些摄像头就全部成了聋子的耳朵。云渺吐了口气，现在看来，电脑肯定是凶手关的，他心思缜密，非常聪明。

陆征在她的肩膀上拍了拍，说："再去看看有没有别的线索。"

他们又去调了商场的监控，晚上八点半以后，这家KTV只有人进来，没有人出去。云渺从监控室出去后回到KTV，模拟了一遍张琼琼从卫生间出来以后的行走路线。

过道的两侧都是包厢，一头通往卫生间，另一头联通着另一个过道，从过道转过来走了几步,就是发现尸体的大包厢。从他们和张琼琼的位置分别看过去,视线盲区有两个——一个是那些唱着歌的包厢,另一个就是过道尽头的转弯。

她记得很清楚,一个小时前,这些包厢都亮着灯,歌声此起彼伏。

凶手应该不会在正在使用的包厢里等待受害者。氢氧化钠这种物品,并不是随处可买的东西,凶手显然是有备而来,并不是临时起意。但她有些疑惑,凶手和受害人既然是熟人,为什么会选择在这么热闹的地方作案呢,凶手完全可以把她约到一个更加隐蔽的地方……

他这样做,是为了增加破案难度?还是为了别的?云渺沿着过道,一步步走到了拐弯处,过道的廊灯非常亮,照着白色的大理石地面光可鉴人。她的视线停在了不远处的瓷砖缝隙上。

这个KTV的建造年代有些久远,地面的瓷砖没有做美缝,缝隙里染了一点暗红色的水迹。云渺站在这个位置上,转身往回看,她发现这里很特别,既可以看到身后过道里的情况,也可以利用墙壁的视线盲区完美地隐蔽自己。

陆征也发现了地上的异样,他蹲下来,将纸巾搓成细条后塞进去,暗红色的液体,被纸巾吸附上来,有一股淡淡的酒味。

陆征让经理叫来了保洁人员。

"晚上九点多的时候,你有来拖过地吗?"

保洁员一听,立马像倒豆子一样往外说:"有啊,不知道是谁在地上撒了杯酒,差点害客人摔跤。"

"你是怎么知道有人摔跤的?"陆征问。

"是摔跤的那个客人特意来喊我的。"

云渺闻言,问:"你过来的时候,是几点?"

保洁员想了想,说:"差不多九点十分吧,晚上九点时我女儿给我打了个视频电话,我们聊了五六分钟,我挂了电话就过来了。"

时间很接近。

"你过来的时候有碰到什么人吗?"云渺问。

保洁员摇头道:"没有。"

"这边的大包厢当时有人在吗?"

"这我倒是没有注意,包厢里面的卫生都是服务员弄,我们保洁员一般不进去的。"

云渺看了眼陆征，说："张琼琼裙子上的红色污渍，应该就是在这里弄上去的。"

陆征点头，示意技术科过来取了样。

此时，何思妍和刘宇正在外面做笔录，同样的问题，换了不同的人进来问，吵吵闹闹，嗓子都要喊哑了。来唱歌的人大多都是三五个人一起来的，绝大多数人进了包厢都没有出去过，少数出去过的人也都是结伴去的。笔录一直做到了下半夜，也没有什么实质性的进展。

人群开始变得躁动起来。

"警官，已经快三个小时了，请问我们什么时候可以回去啊？"

"就是，我来唱个歌，又没做什么犯法的事，你们可以调监控啊。"

"你们有什么问题赶紧问。"

"总不能你们不破案，我们就不走吧，这都几点了，明天还要上班的。"

众人你一言我一语地说着，刘宇擦了擦汗，看了眼陆征，他不发话，刘宇也没办法，只好说："抱歉，可能还需要大家再等一会儿。"

云渺揉了揉眉心，在心里复盘了下刚刚的那些信息——保洁员、差点摔跤的顾客、死亡的女人，晚上八点五十、九点、九点零五分。难道就没有一个目击证人吗？

云渺忽然灵光一现，那个差点摔跤的客人很有可能见过凶手。

她走到了人群中间，说："各位……"

云渺身上有一股自带的气场，让人忍不住把目光都聚焦在她身上。她的声音不大，没有像刘宇那样大声说话，但是人群却因为想听清她说什么，安静了下来。

云渺问："晚上九点左右，有一位客人在过道里摔了一跤，麻烦举一下手。"

众人面面相觑，没有一个人举手。

云渺皱眉，保洁员是收到那个人的指令才去拖地的，这个人肯定是真实存在的。这种情况下，大家都想睡觉，没必要撒谎。那个人如果不是任何一个顾客，就只有一个身份了，那就是凶手本人。这个人的心理素质非常强大，一点也不担心被人被发现。

云渺继续询问保洁员，得知喊她打扫卫生的是个男人，听声音有四五十岁了。

云渺问："你有看到那个喊你打扫卫生的人长什么样子吗？"

保洁员摇头说:"我在里面,他在外面,隔着木门,根本看不到外面什么样。"

那个人也知道这一点,所以非常自信,他应该是在喊了保洁员后,才离开KTV的。

"你的休息室在哪里?带我们去看看。"陆征说。

保洁员领着他们一路往前走。

"就是这里了,"保洁员说着,指了指边上的清洁室,里面空间不大,由楼梯通到上面的阁楼,放着保洁常用的清洁工具,还有一把椅子,"当时,我刚刚拖完地来这里休息,外面的门就被他敲响了。"

陆征弯腰在门口,看了许久。

云渺也跟着蹲下来,问:"有线索?"

陆征指了指地面,云渺看完,并没有发现什么异常。陆征伸手过来,扶住了她的后脑勺,往他面前带了带,说:"要这样看。"

云渺顺着他手指的方向看过去,大理石地面上有几个清晰的脚印。

"这里怎么会有脚印?"

陆征说:"保洁拖过地,地上当时是湿的。"

第二十章·孤独

她来之前,他不觉得孤独。她走之后,那种感觉才被凸显出来。经历过春天,始知冬日寒冷、萧索,不可忍受。

  瓷砖地面上的脚印,只能看出长度和大小,无法看出深浅,再结合保洁员的证词,能推断出嫌疑人为中年男性,身高在一米七至一米七五左右,体重未知。

  陆征回到人群中,符合这个画像的只有两个人,但这两个人在晚上九点左右并没有离开自己的包厢。

  陆征清了清嗓子:"依次登记好自己的身份证号和电话就可以走了。"

  众人终于松了一口气,很快,吵得要爆炸的人群,散了个精光。

  刘宇搁着腰问:"老大,这就让他们走了啊?笔录还没做完呢。"

  "凶手已经走了。"

  云渺抬头看向外面,商铺林立,每家都有摄像头,凶手心思缜密,要想稳妥地脱身,肯定不会走正门出去。

  云渺转身问了KTV的经理:"除了电梯,还有别的地方可以下楼吗?"

  "有消防用的楼梯,不过,我们用得很少,除非停电才走那里。"

  云渺看了眼陆征,两人不约而同地说:"去看看。"

  这个楼梯在KTV最里面,由一排绿色的箭头指着过去。

  云渺的步子迈得飞快,陆征正常步行速度都有点跟不上。小姑娘认真做事时,身上那股执着劲太可爱了,他不禁挑眉笑了下。

  钢制材料的消防门非常沉,平常不用的时候,这扇门都处于闭合状态,云渺费了好些力气才将它推开一道小缝,楼道里闷热潮湿的空气飘进来,带了一股霉味。

  跟在后面的陆征走过来,笑了笑:"渺渺,力气不够,还跑那么快。"

云渺闻言，松开门框，转过身来看他。与此同时，身后的消防门自动合上，发出一声闷响。

云渺靠在那扇白色的大门上，眼睛被头顶的光照得亮亮的，她撇了撇嘴，有些嫌弃地说："陆征，你破案也太不积极了。"

陆征的眉毛动了动，大方承认："是不太积极。"

说话间，他忽然伸手，摁住了她身后的门板。云渺还没来得及躲避，就被他困在了怀抱和消防门之间。

太近了，他身上的味道都漫到了鼻尖，云渺心脏缩了缩，没来由地紧张。

吱呀一声，身后的大门被推开了，那股霉味又跟着热风再度扑进来，陆征侧身绕过她，说："走了。"

"哦。"原来只是开门……

云渺思绪回归，刚在那黑黢黢的楼道里走了几步，就被他牵住了手腕。他的掌心宽阔、温柔，充满了力量，云渺很轻地笑了一声。

"在想什么？"陆征停了步子问她。

"什么也没想。"说完，云渺觉得有点心虚。

陆征低低地叹了口气："渺渺，这是我第一次不想查案。"

云渺说："陆队，恋爱脑，不可取。"

陆征失笑，远处的高楼上漏进来一些光亮，照着他的眼睛。他忽然抬手弯着指尖在她柔软的唇瓣上碰了碰。

云渺的心脏怦怦直跳，半晌，她拍掉他的手，说："赶紧查完，回去睡觉，我都快困死了。"

陆征把手收进口袋，低低地应了声："嗯。"

手电筒打开，楼道里积灰严重，地上可以看到清晰的脚印，脚印的长度和大小同刚刚他们在清洁室门口看到的脚印差不多。

"凶手是从这里走的。"云渺笃定道。

"下去看看。"

他们一路跟着脚印往下，到了一楼，痕迹彻底消失了。陆征打电话让技术科的人过来取了样，然后牵着云渺从消防通道里出去了。

这幢大楼外面就是著名的美食街——猫巷。这里地处市中心，交通便利，是N市三大美食街里人流最大的一个。即便是现在，依旧还有铺子没打烊，食客们三五成群地排着队。

不难想象，晚上九点多的时候，这里摩肩接踵的盛况。滴水入海，踪迹难寻，这条线索算是断了。

云渺看着远处的路灯，惆怅地问："他会去哪里？"

"想不到就不想了。走，买点吃的，回家。"

"案子不查了吗？"云渺问。

"明天换个地方查。"陆征说。

"何思妍他们呢？不和我们一起走吗？"

"思妍有大宇送。"说话间，陆征已经在那最长的队伍后面排起了队。

这家店卖的是辣炒年糕，恰巧是云渺喜欢吃的，两人坐在马路牙子上，吃完了整盒年糕。

云渺站起来伸了个懒腰，说："陆队，要不要假装一下，今晚是个美好的夜晚。"

"本来也是。"说完，他伸手捏了捏她的指尖。

云渺叹气："如果不发生案子，应该是。但现在我的眼皮都快睁不开了，得用火柴棒撑着才能睁开。"

她说话时眯着眼睛，懒懒的，像只树袋熊，陆征看着莫名想笑。

"这么困？我背你。"

云渺掀了掀眼皮看他，问："真的背我？"

陆征继续往前走，逗她："那就不背。"

云渺抓住了他的手腕，撒娇似的说："不行，你说话不能不算话。"

"亲我一下就背。"陆征说。

"我才不要！"

云渺有别的办法，她往后退了几步，一个冲刺，跳到了他背上。陆征的反应极快，一下就托住了她的腿，他叹了口气，笑得纵容又宠溺。

"柯云渺，怎么还强来？"

云渺抱住了他的脖子，笑得又懒又坏。

"我乐意！有本事你把我甩下来啊？"

算了，舍不得。

陆征的背很宽，云渺趴上去，立马合上了眼睛。夏夜沉闷，头顶是闪烁的繁星，耳朵里是悦耳的虫鸣，背上是心爱的女孩均匀的呼吸。陆征放慢了步子，走得很轻。

"渺渺……"

"嗯？"云渺已经快睡着了，声音听上去迷迷糊糊的。

"你还欠我一个吻。"

云渺往上拱了拱，在他脖颈上亲了一口，低声说了句："小气。"

陆征弯唇笑了。

次日早晨，云渺醒来的时候，太阳已经晒到屁股了。她没有睡懒觉的习惯，有点不适应。

她踩着鞋子出来，客厅里凉风习习，小机器人正在帮陆征包饺子，金属手上沾满了面粉，画面却很温馨。

"醒了？"陆征看她出来，笑了笑。

"不是说今天要去查案？怎么还关我的闹钟？"

"晚点去，张琼琼工作的地方还没上班。"

云渺好奇地问："她在哪里工作啊？"

陆征擦了擦手，递给她一杯温水，顺便回答了她的问题："夜总会。"

夜总会这种地方白天基本都是歇业状态，这时候去了确实没用。

一旁的云征机器人，把包好的饺子递到陆征手里，头顶的光敏感应器摇啊摇的，一副求夸奖的模样。

"捏得不错，有进步。"陆征及时给了它回应。

云渺笑着说："你让云征切换下厨房模式，它会包饺子的。"

陆征说："那是电脑程序包的，没有感情。"

小机器人立刻附和道："对对对，没有爱。"

云征机器人又包了几个丑丑的饺子，陆征端着菜碟到厨房里下饺子，食物的香气很快在空气里飘散开来。

云渺洗漱出来，陆征夹了个饺子送到她唇边，白皮青馅的饺子，一口咬下去，汤汁四溢，味道很不错。

陆征忽然想到了很久以前，云渺和他一起过的第一个新年。在那之前，他一直是一个人住，过年、过节和平时没什么区别，但是家里多了个小姑娘，总得有点仪式感。

思前想后，他决定包饺子。肉馅、饺子皮都是买的现成的，韭菜剁碎了放进去搅拌几下就行，到了放盐的环节，他把她喊到厨房，把勺子递给她，说："你来放盐。"

云渺看着他，问："要放多少？"

陆征的眉毛跳了跳，说："这么简单你不会？"

云渺反问："这么简单，你还这么大，怎么也不会？"

两个人大眼瞪小眼，最后还是请对门的老太太放的盐，那老太太边往盆里放盐边念叨："现在的年轻人要学习，不要每天都指望老人。"

云渺目不转睛地趴在边上，一勺一勺地数。

陆征看得好玩，学着老太太的语气对她说："渺渺多学学，以后靠你了，年轻人。"

老太太不知道他们俩的关系，又数落了一顿陆征："当哥哥的要照顾妹妹，以后娶了老婆才会疼老婆，等过完年，我做菜的时候你过来学学，烹饪是男人必须掌握的技能。"

云渺看他被数落，乐得前仰马翻，陆征伸手在她头上敲了一下。

因为是过年，奶奶还送了他们两个大红苹果，说："小伙子，我看你人不错，我有个孙女，介绍你们认识下呀？"

云渺见势不对，立刻拉着他跑了，最后还不忘冲着身后的奶奶大声说："奶奶，我哥他特别花心，女朋友都是按队排的，千万别被他骗了！"

奶奶闻言，冷着脸把门关上了。

陆征垂着头，有些无奈地看她，云渺仰着脸，毫不愧疚地说："我看你没时间去学做菜，替你想个办法拒绝了。"

"噢？那我还要感谢你？"

"倒也不用这么客气。"说完，云渺拿了他手上的钥匙开门，一路笑容满面。

时间一晃，过去好几年了。他那时候也不过二十多岁，一个人住，每天都在食堂吃饭，偶尔在家时，也绝对不会浪费时间包饺子。

云渺的到来，从某种程度上打破了他原有生活里的平衡。在她来之前，他并不觉得自己孤独，在她走后，那种感觉才被凸显出来。

经历过融融春日，才会觉得冬天寒冷、萧索，不可忍受。

云渺的一盘饺子见了底，陆征又往她盘子里添了几个。

云渺忽然提着筷子，问："陆征，你还记得对门的奶奶吗？"

"记得，她几年前，突发脑出血，已经不在了。"

"噢。"

年龄大了，倒也正常，云渺想。

"她有句话，说得很对。"陆征说。

"什么话？"云渺问。

"要照顾好妹妹,才能照顾好老婆,"陆征伸手在她的脸颊上捏了捏,一字一句地说,"对我来说都一样,因为都是你。"

云渺没说话,长长的睫毛眨了眨,胸口热意涌动。

早饭之后,云渺跟着陆征去了警队。

检验结果出来了,消防通道的门把上只有云渺和陆征的指纹。张琼琼裙子上沾染的液体和在过道瓷砖缝隙里采集到的物质成分一样,都是某种果酒和氢氧化钠的混合物。

云渺皱眉道:"确定是酒吗?"

"对,氢氧化钠溶于酒精,并且不会和它发生化学反应。"

云渺想了想,也是,对张琼琼而言,酒的吸引力可比果汁强多了。

KTV为了盈利,禁止顾客自带酒水入内,进门的地方都有保安查包。进门的自助吧台都是按人头收费,价格不高,三十一位,可以选择喝各种饮料,喝酒的话需要另外收费。

所以,凶手的酒只能是在KTV里面获取的,如果是购买的,就一定有购买记录。

云渺和陆征又去了一趟KTV,昨天这里发生了命案,今天他们被要求停业整顿。KTV外面关着门,里面在开会,主持会议的正是昨晚的那个经理。

陆征一进来,那人立刻迎了过来。

"陆警官。"

陆征朝他点了下头,说:"需要查一下你们昨晚的销售记录。"

"好的,您稍等。"

经理朝收银员点了点头,她立刻领着陆征和云渺去了前台。电脑的开机速度有些慢,云渺无事可做,听了下他们会议的内容。

"我们平常要求大家必须穿工装上岗,今天有人没穿。"

云渺的视线在那些员工身上扫了一圈,服务员、酒保穿的都是清一色的黑白西装。有个身型稍胖的员工被拎到了一旁,那经理说的没有穿工装的人就是他。

"经理!我这两天请假没过来,衣服挂在那儿,不知道被谁拿走了,真的,不信你问问,他们都知道的。"

"自己的工服为什么不收到柜子里保管?"

"经理,有人偷了我的东西,我的托盘也不见了。"

"回头重新领一个去。"

云渺收回视线,前台的电脑已经打开了,昨晚买酒的人挺多,但都是啤酒和白酒。

"你们这里没有果酒吗?"云渺问。

"有的,不过才刚刚定价,还没有正式对外销售,在新品试尝阶段。"

陆征径自朝那个经理走过去,说:"需要核查一下你们果酒的数量。"

那经理仔细清点数量过后,发现放在外面做展示的果酒,少了一瓶草莓味的。云渺拿了一瓶,对着灯光照了照,那里面暗红的颜色和张琼琼衣服上的残留酒液很接近。

云渺晃了晃手里的酒瓶,问:"我可以买一瓶带回去吗?"

"当然可以。"

从KTV回来,陆征和云渺又去了队里,检验结果和他们猜测的一样,张琼琼喝下去的就是这种果酒。

"凶手的作案手法基本能确定了。张琼琼也不傻,别人戴手套递给她的酒,她肯定不会轻易喝,"云渺说,"酒瓶上应该能找到指纹。"

剩余的毒酒,凶手肯定是不会往家里带,公共垃圾桶是最好的去处。

陆征转身,看了眼刘宇,说:"安排人去找这样的酒瓶,垃圾投放的时间应该在昨晚九点到今天下午之间。"

刘宇一副生无可恋的模样。

"老大,三伏天的垃圾桶,可一点不比尸臭味好闻。"

"那行,那你去换老杨,以后的腐尸你去看。"

刘宇吓得连连举手:"别别别!我就随口说说,人家法医的活我可不会做。"

"说白了,你就是胆小,不适合做法医。"一旁的何思妍冷不丁补刀道。

刘宇叉着腰,说:"嘿,换了你,你不怕啊?"

何思妍嫌弃地看了他一眼,说:"有什么好怕的?"

"得,你不怕就跟我去翻垃圾桶。"

何思妍把电脑关了,说:"去就去,怕你啊?干点活挑三拣四。"

"嘿,我挑三拣四了吗?"

"你没有吗?"

"我那叫合理诉求。"

两人吵吵闹闹地出去了。

陆征看了看时间,说:"渺渺,我们去查夜总会。"

"陆队,我们为什么不用去查垃圾堆?"

陆征伸手在她眉心弹了一下,说:"我偏心你,看不出来吗?"

车子一路开到了玩壕会所门口,他们还是来早了,这里要到下午四点才开门。

天气热,车里待久了会中暑,陆征牵着云渺进了对面的一家咖啡厅。

两人找了个靠近落地窗的位置坐下。

西斜的太阳,穿过青翠如盖的梧桐叶,洒在白色桌面上,光影摇曳晃动,宛若碎金流淌。这里的视线很好,抬头就可以看到对面会所里的情况,豪车一辆接着一辆地开到玩壕的地下车库。

云渺撑着脑袋看了一会儿,有点无聊,一转身见服务员送来两杯咖啡,并熟练地在上面拉出两颗爱心。

云渺搅了搅手里的咖啡,打趣道:"陆队,我怎么觉得我们不像在办案,倒像是在约会呢?"

陆征往后坐了坐,表情放松,半晌,轻笑道:"渺渺,你也可以当作约会,反正就我们俩。"

云渺鼓了鼓腮帮子,故作惆怅地叹了口气:"和你们刑警谈恋爱都是这样吗?"

陆征伸手握着她的指尖,在手心里捏了捏,说:"后悔了?"

云渺抿了口咖啡,眉毛往上动了动:"没啊,我觉得……还挺刺激。"

"其实,我们也有不忙的时候。"

"嗯,你们是看情况随机分配假期。"

"是这样,没错。"

他答得非常诚实,云渺倒是笑了。

下午六点,太阳渐坠西边,林立的高楼在路上投下层层叠叠的影子,天光转暗。

下午到现在,云渺和陆征已经看完了两部电影,刚开始的时候,她还是乖巧地坐着的,后来干脆靠在他怀里看。陆征胳膊上的肌肉,壮实坚硬,她靠到现在,脖子都酸了。

云渺看了下时间,问:"还不去吗?六点了。"

陆征关了手机,扫了眼对面的大楼,说:"嗯,现在去。"

云渺起来伸了个懒腰，一截漂亮的腰线从白色的T恤下摆里露出来，盈盈一握。

陆征忽然问："带化妆品了吗？"

"嗯？"

"画个稍微浓艳一点的妆。"

"确定要浓妆？"

陆征把手插进口袋，声音低沉："嗯，方便。"

在会所里工作的人都是人精，他们要是穿得正儿八经地进去，估计也打探不到什么。

"行，我去买点东西。"云渺说完，起身往外走。

陆征跟上去，非常自然地牵住了她的手。

日沉西山后，暑气淡去，晚风穿街走巷，头顶的梧桐树叶沙沙作响，莫名温柔。云渺领着陆征进了一家彩妆店，陆征跟着她挑彩妆，哪个颜色艳，他指哪个，两人鼓鼓囊囊地买了一大堆。

云渺也不问他原因，坐下来，找了一面镜子上妆。她皮肤的底子很好，没做妆前护理，依旧很服帖，粉底反而遮掉了她皮肤原本的清透感。

陆征勾唇看着她描眼线、戴美瞳、贴假睫毛、擦口红。浓墨重彩之后，她身上那股清冷气质都被掩盖掉了，多了一抹陌生的妖艳，却也不像其他人的浓妆那样不可接受。

云渺停下手里的动作，扭头问他："这样好看吗？"

陆征摸了摸鼻尖，说："还行。"

云渺撇嘴道："你的审美有问题。"

陆征轻笑，确实是淡妆更适合她。

云渺把东西塞回包里，起身。陆征打量了一眼她今天的装扮，白T恤配牛仔短裤，稍微有点素了。云渺明白他的意思，摘掉绑头发的橡皮筋，将微卷的头发拨到一边抓乱，然后低头将T恤的下摆提上去，左右交叉扭了几下，用橡皮筋固定住，塞进去。长T恤便成了露脐T恤，一截漂亮的腰线露了出来，美妆店里的导购都看呆了，腰真细。

云渺杏眼微挑，那股娇俏的风情也一下到了极致，她朝他眨了眨眼，问："可以了吗？还要我再去买双黑色丝袜吗？"

陆征扫了一眼她白皙的长腿，漆黑的眼睛如星闪烁，轻咳一声道："不用了。"

云渺挑了挑眉，应了声"哦。"

陆征说："走吧。"

"等下，你别动。"

陆征还没反应过来什么事，云渺已经踮起脚跟，扯开他衬衫上面的两粒纽扣，她力气稍微有些大，领口的扣子掉到了地上。他的衣领敞开，露出里面一片干净的皮肤和一段线条凌厉坚硬的锁骨。

"不行，还是太过冷冽、正经了。"云渺托着下巴看了一会儿，狡黠地说，"我有办法，要我帮你吗？"

陆征点头，云渺拽过他的衣领，勾住他的脖子，踮起脚，仰头在他脖子上亲了一下。红色的唇印落在敞开的颈部皮肤上，确实增加了一抹放浪形骸之意。

云渺检查完自己的杰作，说："亲一下好像不够。"

柔软的唇瓣，再度落在皮肤上，陆征的喉结动了动，全身都在发烫、发痒。

云渺亲完，要松手，却被陆征按到怀抱中固定住，耳畔是擂鼓一般的心跳声，无法忽视。

云渺推了推他："陆队，很多人看着呢。"

"看就看，抱女朋友又不犯法。"

他的语气格外理直气壮，云渺不免失笑。因为这个拥抱，云渺嘴唇上的口红，蹭到了他衬衫的前襟上，和他脖颈里的红印交相辉映，倒真有了一点纨绔子弟的意味。

云渺满意地勾了勾唇，说："行了，现在看上去没那么正经了。"

陆征捏着她的指尖，很轻地"嗯"了一声。

"陆队，需要我装嗲吗？"云渺故意眨眨眼，逗他。

女孩眼皮上的金粉像星星似的闪着，陆征轻咳一声："随你。"

在这里耽误了一会儿，天已经彻底黑了。城市的夜晚，总是不够黑，被各种光照着，染了几分纸醉金迷的味道。沿街的商铺陆续亮起了灯，"玩壕"两个金色的大字在头顶跳动着。

云渺挽着陆征的胳膊进去，会所里面的光线有些暗，嘈杂的音乐声灌进耳朵里，吵得人头皮发麻。云渺依靠嗅觉捕捉到了不同女人身上的香水味，浓烈而蛊惑。

这家会所里的项目很多，有封闭会议室，也有歌舞厅和酒吧。美貌在这里根本不值钱，随处可见的都是美人，扭动的腰肢、白花花的大腿，美得浮夸而露骨。

黑暗也将陆征那冰冷冰的气场遮住了大半，他刚和云渺进了卡座，就有人跟了过来。

"二位，看起来有些脸生，不常来吧。"

云渺用一口流利的英语抱怨了一下会所里的嘈杂，然后娇俏地搂住了陆征的腰。

陆征说："我们刚从美国回来，第一次来这边。"

女人扫了眼云渺手腕上那块价值不菲的手表，脸上堆着的笑都快溢出来了，连带着说话的语气都有些谄媚："二位要是成为我们这里的会员，以后来会有很多福利哟。"

陆征说："行，麻烦找下张琼琼，我们和她认识。"

女人脸上的表情一下僵住了，颤抖着唇说："你们……要找张琼琼？"

陆征点了点头。

女人想了半天措辞，才缓缓开口："琼琼发生了一点意外，最近都不在这边了。"

陆征垂着头，无意中流露出些许压迫感，问："什么意外？"

那女人没说话，脸上的表情有点绷不住了，但语气依旧讨好："我给你重新找一个，保证不比琼琼差，您喜欢什么样的女孩？"

陆征随口说："随便吧。"

云渺听到这几个字时，在他的大腿上掐了下。那女人走了又回来，带来了一个女孩，女孩戴着粉色的猫耳朵，模样看着二十出头，脸上涂着厚厚的粉。

"您看她可以吗？"女人问。

陆征点头，说话的女人很快走了，女孩想往陆征怀里坐，被他一个眼神吓得没敢动。

他的指尖在桌沿上敲了敲，说："到对面坐会儿，钱不会少你的。"

女孩抿了抿唇，在对面坐了下来。

"先生，你喝酒吗？"女孩倒了杯红酒递过来。

陆征象征性地抿了一口，问："琼琼不在？"

"琼琼姐出了点意外，以后都不能来了。"

陆征把手中的杯子重新放回到桌上，眉毛动了动，装作不知道的样子，问:"什么意外?"

"好像是被哪个长期客户给害死了。"女孩的声音很小,生怕被别人听到似的,小心翼翼的。

陆征眼底的光幽暗如潭水,俊眉微挑,重复了一句她话里的重点:"长期客户?"

她看了一眼陆征怀里的云渺,说:"其实,做我们这行的,都有固定的服务对象,碰到合适的人,就不用一直抛头露面,而且还有长期稳定的收入来源。"

"她有?"陆征问。

"嗯,她有好几个固定的长期客户。"说完,女孩又补充道,"琼琼姐是我们这里资历最老的人,本来她也不用那么忙的,只不过,她有个不良癖好,喜欢赌博,还总是输钱。那些长期客户一开始都愿意给她钱,但是时间久了,他们就去找新的女伴了。"

陆征从烟盒抽了根烟出来,怀里的云渺立马按亮了打火机,替他点着了。

青烟腾起来,男人的脸被朦朦胧胧的烟雾淹没,有一种无法忽视的性感,尤其在黑暗的背景里,那股英俊被放大了数倍,他看上去和在这里见到的那些男人都不一样。女孩看他的眼神里,带着几分无法掩饰的崇拜。

云渺掩唇很轻地笑了下,四周声音嘈杂,她的笑声几乎可以忽略不计,但还是被陆征发现了。

陆征弹了弹烟灰,伸手在桌下捏住了她的手指。云渺的手,因为长期写代码的缘故,手指非常柔软,他捏在手里一根根地掰着玩。

"你认识她的长期客户吗?"陆征继续问。

女孩咬了咬唇:"我才来,还没混熟,只认识其中的一两个,他们那种级别的人,我们是接触不到的。"

云渺忽然问:"琼琼的长期客户为什么要害她呢?"

女孩看了一眼陆征,确定他也想听,才继续说:"她有个坏习惯,喜欢在分手前,向他们敲诈一笔钱,这是很不好的,那些人表面上虽然不说,心里肯定有气……"

"你怎么知道的?"

"她的那些长期客户有来闹过,也投诉过。"女孩说着,脸上的羞涩愈发明显,"我不会像琼琼姐那样的,我只会认准一个,你要是不介意的话……"

一直不说话的云渺,忍不住调侃道:"你才见他一面,就已经认准他了啊?"

那女孩看了眼陆征,点了点头。

云渺把手从陆征手里抽回来,在他腿上拧了一把,到处乱放电的老男人。

陆征吃痛地嘶了一声,女孩不明就里地看过来。陆征把手里的烟碾灭了,把云渺往怀里带了带,指尖在她的鼻尖上点了下,轻声说:"渺渺,我也只认准你一个。"

女孩见状,掀了掀唇,有点惊讶。会所里偶尔也会遇到正经人,但只有万分之一的概率。看这两人亲昵的样子,并不像是假的,她这才发现云渺的妆虽然很浓,但是给人的感觉很清纯,两人的气场也非常合。再待下去也没意义,女孩很快起身走了。卡座里一时只剩下陆征和云渺两个人。

她瞪了他一眼,说:"你刚刚被年轻小姑娘搭讪,是不是特别开心?"

"吃醋?"

"嗯。"

"怎么哄?"

云渺指了指不远处热舞喧嚣的舞台,调皮地说:"不如去跳一支舞?"

陆征伸手在她眉心弹了一下,舞池里的喧嚣持续不断,摇滚乐刺激着耳膜,头顶流光似霰,杯中酒波摇曳。刚刚那个女孩给的信息太少了,云渺和陆征还没有等到想要的答案。

云渺注意到,有她在边上,来搭讪陆征的女人很少。这种地方,没有人搭讪就没有消息。

她端过手边的杯子,抿了一口水,用脚尖踢了踢陆征,说:"陆队,要不我们还是分头行动吧?"

云渺的嘴唇沾了点水珠,红艳如梅。

陆征伸手拭去她唇上的水珠:"怎么说?"

"我影响你的桃花了。"云渺笑着说。

"嗯?"

云渺把杯子放下,挑了挑漂亮的杏眼,那里面水光沉沉,似月光下的水面。

"钓鱼的时候都需要下饵料,劳驾陆队去当个鱼饵,才会有鱼上钩。"

她的声音不大,正好够他听到。他算是听明白了,小姑娘这是要让他去使美男计。

"柯云渺,挺大公无私啊?"

云渺撑着脑袋,眨了眨眼睛,假睫毛太长,忽闪忽闪,越发像只小坏猫,她掀了掀红唇道:"我们来这里,不就是为了这个吗?"

陆征在她的鼻尖上刮了刮,笑出了声:"刚刚不是还吃醋?"

"现在想通了呗,不吃了。"

"那一会儿要是有人非礼我怎么办?"

云渺伸手在他的肩膀上拍了拍,郑重其事地说:"别怕,我第一个帮你报警。"

陆征一时语塞。

那边音乐稍停,云渺便拉住陆征踏入了舞池,短暂地停顿后,音乐再度沸腾,这次响起的是恰恰舞曲。云渺跟上节奏,轻盈地舞动起来,只给陆征留了一个纤细的背影。

陆征刚入舞池就有人过来搭讪了,女人弯着艳丽的唇,整张脸的妆容看上去就像个不透风的白面具。陆征看了眼不远处的云渺,无奈又纵容地笑了下,小姑娘坑人一套一套的。

"帅哥要不要聊聊?"女人笑着说。

"这里太吵了。"陆征说。

"我知道哪里不吵,要不要去?"

隔着嘈杂的人群,陆征望了眼云渺。她也看了他一眼,但是一丁点救他于水火的意思都没有……

面前的女人扭着腰,一路走到了边上的一处沙发边上,陆征先落座,女人立刻靠了过来。陆征在她靠近的一瞬间,往外冷冰冰地拉开了两人之间的距离。

宋婷愣了愣,虽然他衣服上沾染了花里胡哨的口红,可身上的那种凌厉感非常强,凌厉却又意外迷人。纵然她是混迹夜店多年的老手,也不敢贸然对他做什么出格的举动。

有服务生端着酒从面前经过,陆征转脸拿了一杯酒递给了她,宋婷接过来,情绪放松了许多。

"以前没怎么见过你?"

陆征抿了口酒说:"第一次过来,你来这里多久了?"

"七八年了吧。"女人说完叹了口气。

陆征交叠的长腿陷在沙发里,视线有意无意地扫过不远处的云渺,确认她安全后,才继续往下说:"老家哪里的?"

"凤城。"

那是一个北方城市,距离这里两千多公里,火车不直达,要转好多次车。

"一个人过来的?"陆征问。

宋婷的手顿了顿,她把唇边的玻璃杯重新放回到桌上,说:"和一个姐妹一起来的,不过她出了点事儿,命没了。"

陆征眉毛微动,问:"你说的是张琼琼?"

"你认识她?"

陆征往黑暗里移了移,淡淡地说:"见过几次面吧,有个朋友在警局,说她被人害死了。"

宋婷点了支烟,抽了几口,忽然轻吐了口气,说:"这事儿,八成是赵海路那个家伙干的。"

"赵海路?"

宋婷抿了口酒,眼睛黑漆漆的,声音有点闷:"琼琼的男朋友。"

"你跟她关系很好?"

她默了默,端着烟的手停下来,扶了扶额头,说:"我一直把她当亲妹妹,本来我们打算今年回老家的,她家里给她介绍了这个男朋友,他见过琼琼的照片,二话不说直接从老家赶了过来……"

宋婷的话匣子打开就收不回来了,陆征也没有打断她。

"他发现了琼琼在这种地方工作,竟然说不介意。琼琼被他哄得死心塌地,赚到的钱,都被他拿去用了。这男人是个赌鬼,输了钱就找琼琼要,琼琼不给,他就威胁说把她在这里工作的事告诉老家的人,让她永远抬不起头……"

陆征瞳仁微动。

女人把烟碾灭了,"嗤"了一声道:"做我们这行的人,在外面都是不介意人家怎么看我们的,但家里人不行。我真恨不得把赵海路给送进警局……"

陆征把随手带着的证件拿了出来。

宋婷有些吃惊地说:"你是警察?"

"准确来说是刑警，我们正在查张琼琼的案子。"

宋婷看了看四周，有些慌张。

陆征收了证件，站起来，说："这里人多眼杂，还是出去说吧。"

宋婷跟着陆征往外走，路过舞池时，陆征顺带把云渺给牵了出去。

天色已经完全黑了下来，夏夜的晚风，拂面而过，带着未曾退却的温热。

云渺脸上的妆太厚了，以至于宋婷看她第一眼时，错把她当成了同行。但是陆征的态度告诉她，不是这样。他一直都牵着女孩，连走路的步伐频率都迁就了她。正儿八经的警察，是不会和她们这些女人搞到一起的。

果然，没走几步，女孩就停了步子，掏出随身携带的小镜子把眼睛上的假睫毛给撕掉了。浓重的妆感淡去后，云渺身上那股清冷气质回归，竟和陆征有七分相似。有趣的是，男人看向她的眼神里没有半分凌厉与冰冷，而是充满了温情。他不是不温柔，也不是不可接近，得分人，云渺就是那个例外。

门口有一个自动贩卖机，陆征停下来，买了几瓶水，拧开一瓶递给云渺。

"跳了这么久，热吗？"

云渺接过去，仰头喝了几口，说："当然热啊。"

刚刚在里面吹着冷气还好，这会儿出来，汗如雨下。云渺的脸上都是汗水，她的包放在车里没拿过来，没有纸巾，只好手打成扇子往脸上扇风。

陆征抬了胳膊，把袖子递给她，说："擦擦？"

云渺垂眉看了一眼他干净的袖子，笑着问："真的借我擦啊？化妆品弄上去可不好洗。"

"你刚刚往它上面涂口红的时候，怎么没想到它不好洗？"

"又不是我故意涂上去的。"她本来只想在他脖子上留几个口红印，哪知道要被他抱。

边上的宋婷轻咳一声，道："我有纸巾，要吗？"

"反正都脏了，就不浪费纸了。"说完，她抱着陆征的胳膊，就着他的手臂擦掉了脸上的汗。

三个人进了对面的咖啡厅，云渺要点咖啡但被一旁的陆征换成了牛奶。

云渺看了他一眼，陆征说："今天已经喝过咖啡了，再喝对心脏不好。"

云渺找了一个位置坐下，陆征跟过来，在她边上坐下，宋婷则坐到了两人对面。

陆征也没什么开场白，直接问："你们在这边的朋友多吗？"

宋婷叹了口气："很少，都是些同行，互相看不起彼此，联系也少，基本都是陌生人。"

"昨天晚上九点，你在哪里？"

"昨晚我就在会所，很多人都知道，我是不可能害她的……"

"抱歉，只是例行询问。"

宋婷点头道："可以理解。"

"张琼琼有长期客户的事，你知道吗？"

宋婷沉默了一会儿，说："原本只有一个，但是赵海路赌博赌得太凶了，钱不够花，琼琼又找了别人。"

"她一共有几个长期客户？"

"三个。"

"都有谁？"陆征问。

宋婷握着杯子，有些犹豫，这些人她都得罪不起。

陆征看出了她的担忧，说："你放心，证人的信息，我们会严格保密。"

宋婷掀了掀开唇，说了两个名字："康丽财团的王旭、江南公司的余赫。"

云渺问："还有一个呢？"

宋婷面露难色，许久才说："那个人很神秘，我也不知道是谁，他没来过我们会所，都是和琼琼在外面见面的。"

"他们怎么认识的？"

"不知道。"

"她没和你提过？"陆征问。

宋婷摇头说："从来没有。"

云渺拧了拧眉，看来，这个人的身份很可能不方便透露，要么是公众人物，要么就是不能有劣迹的行业……

陆征继续问："她敲诈过这些人？"

宋婷不敢撒谎，说："可能有过，几个月之前，有债主到她家逼她还债，但后来那笔债忽然还清了。"

"她欠了多少钱？"

"三百多万吧。"

三百多万不是小数目，确实够对方报复她了，不过，这件事也有说不通的地方，为什么三个月前的事，现在才报复。

"她向谁要的钱？"

宋婷说:"这我就不清楚了,康丽的王旭来闹过几次,后来就不了了之了。其实,也不算不了了之吧,是有人帮了点忙。"

云渺一针见血地问:"帮忙的是那个神秘的长期客户?对吗?"

宋婷有些惊讶,随即点了下头,眼前的这姑娘,年龄看着不大,心思却敏锐异常,那双漂亮的眼睛像鹰一样,直直地盯着她。

云渺又问:"是张琼琼和你说的?"

宋婷吞了口水,道:"是我猜的。"

"根据什么猜的?"

"我问她是谁帮的忙,她当时支支吾吾的,没有明说,应该就是那个人,不过我更怀疑害死她的人是赵海路。"

云渺看了看陆征,说:"走吧,去查查那个赵海路,还有张琼琼的银行汇款记录。"

根据宋婷提供的地址,陆征和云渺找到了赵海路在N市的出租房。

已经过了晚上九点,楼道里很安静,敲了许久的门,才有人出来,男人穿着宽松的花T恤,脚上踩着一双人字拖,一脸不耐烦:"你们找谁?"

陆征出示了证件,问:"你是赵海路?"

男人警惕地说:"是我。"

透过半开着的门看进去,这个出租房是两室一厅的设计,南北各有一个房间,客厅非常小,只放了一张很小的方桌。桌子上放了一个灰色的饭菜罩,里面空空如也,桌沿上摆着刚刚吃完的泡面桶,油腻腻的,空气不流通,泡面的味道还没有散尽。

"有事问你。"陆征阐明了来意。

赵海路连忙说:"警察同志,我可没做犯法的事啊。"

"没说你犯法,认识张琼琼吗?"

"认识,怎么了?"赵海路说话时的表情有点不自然。

"她昨晚被人谋杀了。"

"你说什么?"赵海路眼睛里划过一丝明显的不可置信,扶着门框的手不自觉收紧了。

"我们需要向你了解一些信息,我们进来聊,还是你跟我们去警局?"

"进来说吧。"说话间,赵海路让开一步,让两个人进去,他的脸色依旧很难看。

他租的房子太小，根本没有玄关，陆征和云渺进门后就直接到了客厅。

陆征问："昨晚九点你在哪里？"

"昨晚我上的晚班。"

"什么单位？具体位置。"

赵海路说："肥鱼网吧。"

他们来的路上，正好开车经过了那家网吧。

"你几点下班的？"

"今天早上六点。"

"中间有离开过吗？"

"没出去过。"

两侧卧室的门都开着，朝北的小卧室关着灯，看不清里面什么光景。朝南的卧室里开着灯，桌子上的电脑正开着扩音，游戏里的队友一直在喊他："你是死人吗？一直站在那里不动？"

对方骂了几遍后，电脑界面的游戏画面终止了。

赵海路搓了搓手，说："警官，张琼琼她是我的前女友，我们已经分手快一个月了，我对她的事不太了解。"

云渺的视线在他的电脑上停留片刻——这是一台台式机，从机厢到屏幕都是那种顶级配置，价格在一万以上。屏幕上面用标签贴着一个数字序号，隐约可以看到"肥鱼网吧"的字样。

"你们因为什么原因分手的？"陆征问。

赵海路也没藏着掖着，说："因为我赌博。"

"她之前替你还了不少赌债？"

"是的，不过，我可没有让她帮我还。"

云渺插进来说了句："可你填了她家的地址，债主找到了她家。"

赵海路撇嘴道："我那是走投无路了，我也答应要娶她了啊，我都没有嫌弃她，你们也知道她是做什么工作的……"

陆征皱眉打断他："最近有赌博吗？"

赵海路摇头说："没有，说来你可能不相信，我正在戒赌，打算改邪归正了，家里人给我介绍了一个女孩，人还不错，正在追。"

陆征不置可否，赌博这种恶习一旦染上，是很难戒掉的。赌徒们无论输多少次，都会幻想在下一局里扳回本，但其实，即便他们扳回一次本，后面还是会继续输。

"张琼琼之前和你住一起吗？"陆征问。

"她平常都不住这边，这边晚上过来交通不方便。"

这是实话，从"玩壕"到这里没有直达的公交车，地铁站也离得很远，的确不方便。

云渺注意到门口的地上散着几双鞋子，鞋子的长度看上去都比在现场看到的鞋印大。赵海路的身高有一米八几，不符合嫌疑人的画像。赵海路不是他们要找的凶手。

云渺问："她的那些长期客户你都认识吗？"

"知道一些吧，她和我说的也不多，她对我，也没你们想的那么真心，不过是图我不嫌弃她，我们就是各取所需。"

赵海路脸上的笑容非常刺眼，张琼琼不过是他的吸血对象，所以这个时候他还能笑得出来。

陆征又问："她用来帮你还赌债的钱是谁给的？"

赵海路倚在门口点了支烟，说："还能有谁啊，她的那些男人呗。"

陆征看着他的眼睛，问："姓名。"

赵海路被陆征盯着看了一眼，莫名有点发怵，连忙收敛了笑容："这我哪里知道啊？"

从赵海路家离开后，陆征和云渺去了一趟肥鱼网吧，赵海路昨晚的确没有离开过网吧，也有目击证人。

云渺吐了口气道："凶手不是他。"

陆征点头。

云渺的视线，在嘈杂的网吧里扫视过一圈后，发现14号位置有点奇怪，四周都坐满了人，只有14号那里一直空着。角落里的位置并不引人注意，走到跟前才发现那台电脑和旁边的电脑都不一样，本该是高配置的电脑被人换成了普通版。

云渺和网吧的老板聊了几句，指了指里面的那个位置，提醒道："你们家的电脑被人调包了，不查查？"

老板往那边走过去，这才发现他最新引进的超高配置版电脑不见了，惊讶地说："哎呀！我这电脑一套配下来两万多块钱，这可怎么办？"

云渺指了指头顶的摄像头，说："你这里的摄像头，看不到14号机器那里，给你一个提示，去后面的门店调监控试试，要搬那么大的东西，可能用了纸箱或者推车。现在报警，应该可以追溯到。"

那老板立刻起身出去了。

陆征侧过头看了她一眼,说:"可以啊,渺渺,大案小案一起破啊?"

云渺耸了耸肩:"那个赵海路应该得到点惩罚,不然会有更多的女孩上当受骗。"

陆征随口补充道:"从他的盗窃金额来看,可能要坐牢。"

"极度舒适。"

"柯老师,挺行啊,用法律治渣男。"

"那没办法,他确实犯罪了。"

陆征半开玩笑地说:"渺渺,你哪天生气,会不会也送我进去?"

云渺在他的肩膀上拍了拍,声音里带着笑:"那陆队……你可千万别违法。"

陆征失笑。

晚风拂袖,头顶挂着一枚细长的月牙。

云渺吸了口气说:"我们干脆查完再回去吧?"

陆征单手插兜,另一只手牵住她:"行。"

陆征和云渺又走访了一番张琼琼的两个长期客户。

康丽集团的王旭昨晚一直开会到十点,参加会议的有十几个人,有充分的不在场证明。

余赫倒是有时间,但是他太瘦小了,身高不足170cm,脚印也不符合条件。

这两个人都不是,那就只剩下那个神秘的长期客户了。

第二十一章·温柔

他小心翼翼地洗了四遍手才来牵她。

查完这两个人,已经是晚上十二点了。

原本热闹的街区,安静了许多,梧桐树叶遮挡了沿街的灯火,斑驳的树影合着柔软的光,从挡风玻璃里泻进来。云渺的脸被光影照得一会儿明,一会儿暗。

她靠在副驾驶的座椅里,端着手臂,捏了捏眉心,说:"王旭给了张琼琼五十万,余赫给了她四十万。两者加起来,远不够她还那三百万的债务。"

"嗯,剩下的钱应该是那个人给的。"

"这么大的资金来往,肯定不会是走现金,走线上汇款一定有记录。"

"明天去银行查。"陆征说。

"还有一点很奇怪。"

"嗯?"

"假设杀害张琼琼的凶手就是那个神秘人,他为什么要在三个月以后才想着杀她呢?动机是什么?难道是张琼琼又敲诈了他?还是这次张琼琼碰到了他的底线?让他忍无可忍了?"

陆征抿着唇线,这也是他疑惑的地方。

"宋婷说王旭因为敲诈的事去闹过场子,被那个人给压了下去。我们刚刚问王旭话时,他闪烁其词,明显是在撒谎。"

"可能是因为害怕。"那应该是个不能得罪的人,才会让康丽集团的老板心生惧意。

这时,刘宇打了个电话过来,陆征点了接通,声音很快从车载音响里传了出来:"老大,我们在附近的垃圾站里发现了丢弃的托盘、碎掉的玻璃杯、酒瓶,还有一套员工服。"

"和KTV里的人确认过了吗?"

"都确认过了,东西都是他们那儿的,刚送检,还在等结果。从这些东西来看,嫌疑人当时应该是伪装成了酒保,向被害人发放了试饮……"

云渺闻言,皱眉道:"伪装成酒保?"

刘宇听到了云渺的声音,倒也不惊讶,继续说:"我怀疑凶手和张琼琼可能并不认识。"

云渺思考了片刻,说道:"不对,凶手和受害人肯定是认识的,而且是熟识,张琼琼死后,凶手还将她的手机恢复了出厂设置。"

刘宇百思不得其解,咂巴了一下嘴:"如果认识的话,他为什么还要装成酒保啊?这不是多此一举吗,而且还显得很突兀。"

"也许有别的原因,"陆征忽然插进一句话,"安排人去盯着王旭。"

"王旭也有问题啊?"刘宇问。

"先盯着。"就目前掌握的证据来看,只有王旭知道那个神秘人是谁。

电话挂掉后,车内再度恢复安静。晚间的车载广播里正放着一首年代久远的歌曲,云渺闭着眼睛,几个证人的证词像放电影一样在她的脑海里回放着。

半响,她忽然出声:"说不通啊,凶手刻意伪装成酒保,应该是想让一个不认识他的人喝酒,可张琼琼明明和他认识,他这么做的意义在哪里……"

一个可怕的想法从陆征脑海里闪过,他的心绪波动,连带着握着方向盘的手都抖了抖。云渺感觉到车子的方向明显偏了一下,幸好他们的车速不快,路上的车子也不多。

她偏头看了眼陆征,问:"怎么了?"

陆征眼里滑过一丝晦暗不明的光,说:"没什么。"

"你肯定是太累了,要不换我来开车吧?"

"不用,你睡会儿。"

"跟我还客气什么呀?等你以后老了,我还要推轮椅带你出去玩呢。"云渺打了个哈欠,声音听上去软软的,有几分调皮的娇俏。

"推我出去玩?"陆征重复一遍她话里的重点。

"对啊,等你九十岁了,我才八十多岁,我肯定跑得比你快。你可得对我好点,不然老了,我肯定不带你出去玩。"

云渺的语速很轻快,陆征的心情也跟着放松下来。

到了一处红灯,陆征将后座上的外套拿过来,给她当毯子。云渺接过来,在上面嗅了嗅。

陆征问:"有味道?"

云渺狡黠地笑道:"云征把我们的衣服放在一起洗了,你衣服上的味道和我睡衣上的味道一模一样。"

次日一早,云渺和陆征去了银行。张琼琼不善理财,名下的银行卡有点多,他们跑了七八家银行才找到她专门用来收钱的卡。半年内的银行流水打印出来,整整十页纸,密密麻麻,云渺的视线往下扫,很快找到了王旭和余赫的打款记录,汇款时间都是在四月中旬。那条两百多万的汇款记录是在四月底,和前面的那两笔转账差了十几天。中间还夹杂了十几笔资金到账,从几千到几万块钱不等。

从四月中旬到四月底的这十几天里,张琼琼一直在到处筹钱。张琼琼最终会去找那个人,应该是真的走投无路了。张琼琼自己也知道,那是个惹不起的人。云渺越发好奇了,那会是一个什么样的人?

陆征让人查了查账户信息,发现那是一家境外的银行,国内的权限根本查不到户主是谁,线索到了这里又断了。

云渺叹了口气:"他很谨慎、很狡猾。"

说不定从他打钱的那天开始,就已经想到了这一步。

"没有天衣无缝的犯罪,只要发生过就一定有痕迹留下。"

陆征的语气坚定,云渺被感染了,弯唇笑了。

陆征重新把车子开回队里。

天气太热,这会儿还没到中午,地上已经烫得可以煎蛋了,夏蝉在树上发出一阵阵刺耳的长鸣。他们的车子刚停下,刘宇的车子也开了进来,他见陆征和云渺都在,赶忙下来打招呼。

"王旭那边怎么样?"陆征问。

"我们的人还在盯,暂时没有什么消息。"

昨晚刘宇他们送来的酒杯和酒瓶都已经检验过了,酒液里投放了高浓度的氢氧化钠。玻璃杯和酒瓶上面没有找到任何的指纹,连张琼琼的也没有。凶手是有意处理过那些东西才丢弃的。

前天从现场带回来的资料都在这里,云渺一样样地看过去,她的视线,停留在了张琼琼的手机上，手机作为物证被装进了透明的塑料袋里，上面的指纹也被凶手处理掉了，还有电，云渺按亮屏幕。

张琼琼的手机被凶手恢复过出厂设置，开机密码也已经没有了，里面只剩下一些自带的软件。云渺点开通讯录，翻看了通话记录，空空如也，她在拨号栏输入了自己的号码，点了拨通，几秒钟后，她的手机在小包里震动起来，凶手没有拿走里面的电话卡。智能机的电话卡不像以前的老手机那么好取下来，可能是现场找不到合适的工具。

陆征朝刘宇递了个眼神，说："去查一下，张琼琼四月份到现在的通话记录。"

刘宇出去后没多久就回来了。和银行流水不同，张琼琼的通话记录并没有那么长，人也比较固定，排查难度不大。

刘宇看完，开口："这个张琼琼平时很少打电话，联系的人也没几个人，电话费都是浪费。"

一旁的何思妍道："现在的年轻人谁打电话呀？都是语音通话、视频通话。"

刘宇撇嘴道："那肯定都不是急事。"

即时通信……云渺想到什么，低头，指尖在屏幕上点了点，她用张琼琼的手机重新下载了微信，用手机号加验证码登录了她的账号。

张琼琼的通讯录里有五百多个人，她没有备注的习惯，这五百多个人都是以网名的形式出现的。

"通过微信号，可以找到对方的真实身份吗？"云渺问。

"可以。"就是比较麻烦。

云渺忽然看到了一丝希望，她有种预感，凶手很可能就隐藏在这五百多个人中间。但五百依旧是很大的数据量，而且就算查到了每个人的信息，没有实质性的证据，还是无法破案。

陆征简单分工："思妍，你和技术科一起查一下这些账号的真实信息，最多三天，把所有的名单提交上来。"

五百个账号要全部找到对应关系，只给三天时间，肯定要天天加班到半夜。

刘宇幸灾乐祸地说："何警官，加油哟，我给你提供咖啡、浓茶还有来自同事的关心。"

何思妍恨不得往他嘴里塞上一团抹布。

陆征继续说:"大宇下午跟我们去一趟张琼琼家,结束回来和思妍一起查。"

"行,我去叫上技术科一起。"

"不用叫技术科,那边不是第一案发现场。"陆征提醒道。

刘宇哀号一声,他不想一个人去当电灯泡啊!

"刘警官,你也要加油哟!"这回,幸灾乐祸的人变成了何思妍。

刘宇眉毛气得直跳。

陆征已经牵着云渺出门了。

刘宇跟上去,问:"老大,我们开两辆车还是一辆车?"

陆征把自己的车钥匙丢给了他,说:"一辆就行。"

刘宇无奈地说:"好吧,如果需要,记得喊我闭上眼睛。"

刘宇拿着钥匙去开车门。

陆征叫住了他:"先吃饭再去。"

"回来再吃呗。"平常查案的时候,他们别说按点吃饭了,能在晚上十二点前赶回家睡觉都是好事了。

陆征的语气有点冷硬:"人家柯老师已经跟着你免费工作了,还要她陪着你饿肚子?"

云渺小声说:"我还不饿。"

陆征伸手过来,帮她挡了挡脸颊上的太阳,说话的语气非常柔和:"那就少吃点。"

这人前一秒钟,冰碴子直掉,后一秒钟,如沐春风。这一前一后的对比太强烈了,刘宇惊得嘴都圆了。欸!能把这位阎王变成绕指柔的,也就只有云渺了。

云渺也不是个矫情的人,吃饭的速度非常快。

陆征提醒道:"细嚼慢咽。"

云渺已经放了碗,说:"饱了。"

对面的刘宇见状,飞快地扒完了碗里的饭,起身去外面开车去了。云渺把副驾驶的位置留给了陆征,谁知他跟着她坐在后座。

云渺小声说:"你怎么不坐前面?"

"前面晒人。"他云淡风轻地说。

"这会儿是正午,车里又不晒……"

陆征也懒得掩饰了,弯了弯唇,笑道:"坐前面离你太远了。"

刘宇眉毛惊得跳了好几下，他还是第一次听陆征说这种肉麻的话，忍不住在内视镜里瞄了几眼，很快，他就收到陆征警告的眼神。

刘宇立刻收回了视线，咳，他又不是故意的。

张琼琼家在地铁三号线的沿线上，需要过江，开车过去还是挺远的。

陆征递了只胳膊给身旁的云渺，说："午睡吗？肩膀给你靠？"

"好啊。"她也不和他客气，直接抱了他的胳膊，合眼靠上去。

前排的刘宇，已经快麻木了。他僵着头，视线直视前方，一点也不敢往后看，他怕被陆征灭口。车子上桥又下桥，许久才到张琼琼所在的小区。刘宇把车子熄了火，自觉地从车上跳了下去。

云渺从陆征怀里醒过来，揉了揉眼睛，问："到了？"

陆征点头，他先下车，绕到另外一侧替云渺开了门。

云渺刚睡醒，眼睛乌润又无辜，皮肤瓷白通透，看起来比平常要乖很多。

陆征点了支烟，看着她笑了笑，云渺瞥了他一眼，问："笑什么？"

陆征低头，夹着烟的手靠过来，指腹在她的唇角轻轻擦了一下，说："你刚刚睡觉流口水了。"

云渺在脸上摸了摸，有点羞耻。

陆征吐了口烟，眉毛微动，继续调侃她："我猜猜，你刚刚是不是梦到我了？"

云渺发觉了他的戏弄，"啪"地拍飞了他的手，大步跟上了前面的刘宇。

陆征脸上的笑意更加明显了，他抿了口烟，跟上去。

这一带的老小区正在改造，原本的柏油马路挖出一米多宽的长坑，重新铺装天然气管。不远处，机器打地的声音震耳欲聋。

到了一栋楼前面，刘宇指了指，说："13栋2单元，就是这里了。"

进单元的路，被新开凿出来的沟壑拦住了。刘宇长腿一迈，轻松地跳了过去。云渺跟在后面，目测了宽度，正要跨，脚下一轻，被陆征抱了起来。

双脚落地后，云渺越发觉得羞耻，抗议道："陆征，我刚刚可以自己过来的。"

陆征低头，坏坏地笑了笑，说："噢……那要我再把你抱回去？"

"不用了！"云渺拒绝道。

陆征再度失笑。刘宇已经上了楼，陆征牵住云渺的手往上走。张琼琼家在三楼，进门前，陆征仔细检查了一番门锁，房门没有被人撬过的痕迹。

三个人统一带好了手套。房门钥匙是在张琼琼丢在KTV的包里找到

133

的，开门进去，里面是间一室一厅的公寓，装潢很新。

刚进门，一只深灰色的折耳猫从沙发上跳了下来，跑到了云渺脚边，喵喵喵地叫着。陆征还没忘记之前云渺被猫抓的事，立刻蹲下来把它拎进了一旁的笼子里关上。云渺看它可怜，拿了一旁的猫粮给它倒了一碗，小家伙没花多长时间就把一碗猫粮吃完了。

刘宇说："主人不在家，这猫都饿成什么样了？我们再晚两天来，估计得饿死。"

云渺快速打量着这间屋子，张琼琼的这套房子面积虽然不大，但是五脏俱全。进门的餐桌上放着一台橄榄绿的净水机，这个牌子的净水机价格不便宜，至少五位数起。客厅的地面有点乱，调皮的小猫把纸巾抓得到处都是，茶几上放着一瓶富贵竹，颜色很鲜亮，沙发和地毯的配色也很精致，一看就是主人用心研究过的。

"她的房子是租的还是买的？"云渺问。

"买的。"刘宇说。

"这边地价多少？"

"三万出头吧。"

这里面积不大，又可以贷款，张琼琼自己是完全可以负担得起这套房子的。

云渺检查了一下门口的鞋柜，里面装着满满当当的高跟鞋，鞋柜下面的空格里放着一双女士拖鞋，这里应该只有她一个人住。朝南的阳台很整洁，没有晾晒区，一高一矮地叠放着洗衣机和烘干机，客厅里光线非常明亮。

刘宇在沙发上坐了一会儿，说："哇，真皮的。"

这里应该是张琼琼的秘密空间了，云渺蹲下来检查了一下茶几下面的抽屉，里面整整齐齐地摆着各种纸巾和面膜，沙发边上还放着一个金属的架子。

刘宇仔细看了看那个架子，问："这是做什么用的？"

"追剧神器。"云渺随口说。

云渺的视线在屋内打量一圈后，停在了门口的餐边柜旁。茶褐色的玻璃柜，里面放着各色的酒。张琼琼应该挺喜欢喝酒的，最上面一层的柜子里，整齐摆放着形态各异的玻璃酒杯和醒酒器，其中一瓶红酒喝掉了一半，上面塞着软木塞。

再往下，云渺看到了一样完全不搭调的东西——茶叶罐，云渺蹲下来，将那个茶叶罐抱了出来,里面的包装并没有拆封过。张琼琼应该不爱喝茶,她家甚至找不到一个正经喝茶的杯子。

云渺朝陆征晃了晃手里的茶叶,说:"你觉不觉得有点奇怪?"

陆征被那包装袋上的字样吸引住了。

不巧,不久前,他刚喝过这种茶,漆黑的瞳仁里,光影沉沉。他把茶叶从云渺手里接过来,仔细看了看,俊眉微挑。很快,他转身去厨房烧了一壶开水,轰鸣的水声在屋子里响了起来。

刘宇有些惊讶地说:"老大,你怎么还烧水啊?口渴吗?"

"嗯。"

云渺进了张琼琼的卧室,她柜子里挂着各种款式的性感裙子,有丝质的,也有亮片款。张琼琼的床头柜上倒扣着一本书。

"哟,看不出来,她还喜欢看书?"刘宇感叹道。

云渺俯身拿过那本书,这是一本畅销的漫画绘本,图片为主,字很少,翻了几页,忽然从里面掉出一张漂亮的卡片。卡片的背面有字,写的是一串地址,云渺用手机拍了下来。

刘宇百无聊赖地转来转去,不一会儿,他在客厅的照片墙上发现了异样。

"老大,你们快来看!"

云渺和陆征闻言,不约而同地走了过来。

刘宇指着其中一张相片,说:"你们看看这张!"

刘宇指着的是一张三人合影,前面站着一个小女孩,在她身后并排站着两个二十多岁的女人。

刘宇感叹道:"这三个人也长得太像了吧,简直一模一样!要不是前面那个太小,我都怀疑是三胞胎。"

后面那两个女人应该是姐妹,眉眼间很有几相似,女孩不知道是她们谁的女儿。

这是云渺最擅长的领域,陆征把照片拿下来递给了云渺,照片已经发黄变形了,虽然年代久远,云渺还是一眼认出照片里的小姑娘,就是张琼琼。不过,她很快又有了新的发现,那双水杏眼微微眯了起来,贝齿咬过嘴唇又松开。

"扎头发的这个女人,我们见过的。"

刘宇好奇地问:"谁啊?"

云渺吐了口气道："我们一起在她家喝过茶。"

刘宇更是一头雾水，有这个人吗？他怎么不记得？

陆征不疾不徐地吐出两个字来："张秀。"

张秀、张琼琼……

"她们是亲戚？"刘宇觉得有点不可思议。

厨房里的烧水壶，咔嗒一声自动跳掉了，沸腾的水汽，冲击着金属水壶发出低沉的轰轰声。陆征走进去，提了水壶出来，泡了一杯茶。翠绿的茶尖，在玻璃杯子里滚动，很快，全部立在了底部，淡淡的茶香在空气中升腾起来。

云渺盯着茶叶看了一会儿，又凑近闻了闻，皱眉道："这茶和我们在张秀家喝的好像是一个品种。"

陆队单手插兜，抿紧了唇线"嗯"了一声。

云渺灵光一闪："陆征，你还记得吗？张秀也有一个神秘的男友，查无可查。"

陆征瞳仁漆黑，他记得。

云渺大胆揣测道："张琼琼和张秀的男友，难道是同一个人？"

刘宇听完，惊讶得合不拢嘴。

"不是吧，还有这么巧的事？"

"不是巧合，张秀的死应该也和他有关。"云渺说。

刘宇的眉毛都要拧成麻绳了，他"嘶"了口冷气道："张秀不是自杀死的吗？我们当时都没立案啊。"

陆队说："也许是因为迫不得已的原因自杀。"

云渺重新拿起那张照片，认真地看了看。照片里除了张秀和年幼的张琼琼，还有一个女人，她披着头发，气质上不像张秀那种温顺，也不像张琼琼那般张扬，虽然笑着，眉眼间依然有一种说不上来的忧愁。

刘宇吐了口浊气道："一家三个美人，两个红颜薄命……"

云渺闻言，抬头看了眼陆征，问："是巧合吗？"

陆征也无法给出一个明确的答案，说："去查查。"

见他们要走，那只被陆征丢进笼子里的折耳猫，忽然叫了起来。

刘宇挠了挠头，道："老大，这猫怎么办啊？"

陆征说："找个宠物店寄养吧。"

刘宇耸了耸肩膀，说："也行，一会儿我去找个好点的宠物店。"

车子快到警局时，他们下来，刘宇拎着猫笼，推开面前的玻璃门，里面的老板立刻迎了出来。

"可以寄养宠物吗？"刘宇问。

"可以的。"

老板把猫抱出来做体检，小猫咪几步跳下来，撒娇似的蹭了蹭云渺的脚踝。云渺蹲下身子，在它头顶摸了摸，小猫伸出粉色的舌头在她手背上舔了舔，有些痒。毛茸茸的小动物，很治愈。

半响，她抬头看了眼一旁的陆征，说："陆征，我想把它带回去养。"

"还想打狂犬疫苗？"

云渺小声反驳道："又不是所有的猫都会咬人。"

老板笑了笑，说："我们这里有给宠物打的疫苗，猫猫打完以后，再抓人、咬人都没关系啦。"

云渺站起来，对老板说："那你帮它打。"

老板挠了挠后脑勺，说："可以的，但是疫苗要预定，可能要过几天，猫先放我这里，你留个电话，打完了疫苗，我通知你。"

云渺在他递过来的纸上写了信息，扫码付了钱，小猫很通人性，跳到板凳上继续朝云渺撒娇。

云渺又摸了摸它的小爪子，说："行了，小家伙，过两天来接你。"

下午的阳光，穿过宠物店透明的玻璃照进来，女孩的眉眼弯弯，带着笑，瞳仁明亮如星，粉唇微抿，和地上的小猫一样可爱。

陆征看着她，问："什么时候开始喜欢猫的？"

云渺说："老早就喜欢了呀，但奶奶不让养，你也不让。"

陆征眉毛动了下，问："我不让养了？"

云渺答得自然："嗯，我问过你，你说得等我考上大学才行，不然连给猫铲屎的时间都没有。"

陆征回忆了下，确实有这件事。某天，他从单位回去，小姑娘背着手从房间里出来，脸蛋瓷白，眼睛里含着狡黠的笑意，灵动又娇俏。每每她有事求他的时候，都是这副模样。

"陆征。"她一如既往地对他直呼其名。

"有事？"

"我想养只猫。"她说。

"不行，你没时间照顾它。"

云渺说:"我有时间啊,我每天的作业很早就写完了。"

"小动物不是玩具,需要有充分的责任心,你能保证每天都有空清理猫屎吗?又或者,你能保证它生病的时候,有时间带它去医院吗?"陆征说。

那时候,她每天写完学校的作业还有一堆编程的书要看,觉都睡得很少,时间很紧。

云渺思考了一会儿,说:"我可以挤时间啊,而且,我保证可以把它照顾得很好。"

陆征把手里的钥匙丢到门口的盒子里,笑道:"可是,渺渺,你现在还要我照顾呢。"

云渺撇了撇嘴,不置可否,连带着脸上的光都暗了。

陆征看出来小姑娘不高兴,轻咳一声:"要养的话也可以,但要等你上大学以后。"

小姑娘脸上立刻被笑意点亮了,她语速轻快地说:"陆征,你说好的,可不能骗人!"

"我骗过你?"

"没有。"

那之后的第二年,云渺确实上了大学,不过那时候,她已经不在他身边了,养猫的事,也就不了了之了。陆征探了指尖在那只猫的头上摸了摸,小猫立刻谄媚地蹭了上去。软乎乎、毛茸茸的触感,并不让人讨厌。

时间好像在某个流淌的罅隙里,连接上了。

算了,养就养吧,大不了,他来清理猫砂。

宠物店老板拿了个牌子递给云渺,说:"写一下它的名字吧,好认领。"

名字?她还真不知道叫它什么好。

云渺用胳膊肘碰了碰陆征,问:"陆队,帮忙取个名字?"

"跟我姓?"

云渺不禁乐了。

"陆队,你还有到处当人爸爸的爱好啊?"

陆征随口说:"那就叫阿福吧。"

刘宇觉得这个名字有点土,配不上这只可爱的小猫,但是云渺已经在牌子上写好了名字——陆阿福。

从宠物店出来,云渺和陆征去找了宋婷,"玩壕"还没到营业时间,他们依旧在对面的咖啡厅碰面。

宋婷今天的打扮没有太过夸张，长款的T恤配着一双高帮靴子，云渺把照片从包里拿出来，递给她。宋婷在那张照片上扫过一眼，很快给出了答案："她们是琼琼的姑姑。"

云渺记得她和张琼琼是同乡，问："你见过她们？"

"倒是没见过真人，只是有一次我去琼琼家玩的时候，听她说过一嘴，这两个姑姑里面，有一个就在N市。不过，前几个月死了，琼琼的父母还从老家特意赶了过来。"

云渺继续问："张琼琼和这个姑姑关系怎么样？"

宋婷搅了搅手里的咖啡，低眉道："不怎么样，我们来N市这么久，琼琼都没去过她家。"

"另外一个姑姑呢？"云渺问。

"没听她说过。"

张琼琼的姑姑，根据宋婷提供的信息，陆征查到了这个女人的信息。女人名叫张萍，早在二十年前就已经死了。

"三个人都死了吗？"这也太奇怪了，半晌，云渺又问，"张萍是怎么死的？"

陆征言简意赅地说："生病。"

"会是什么病？"二十年前，她应该就是照片里这么大的年纪，顶多三十多岁。

"没有记录。"

云渺的眉头皱得更紧了。

陆征给殡仪馆那边打了电话，问："通知张琼琼父母过来了吗？"

"昨天已经通知过了，他们在凤城，预计今天下午能到。"

"等人来了，给我打个电话。"

陆征挂了电话，云渺检索了一下张萍的相关信息，她是二十年前的高才生，毕业后回了老家。

没过一会儿，陆征放在桌上的手机响了。

"陆队！"电话那头的声音满是焦急。

"人到了？"

"不是，但是也到了……他们俩在过来的路上出了事故，死了，交警说看着不是意外，尸体刚送到我们这里来，现在怎么弄？一家人全在我们这里了。"

云渺看陆征脸色不对,问:"怎么了?"

"张琼琼的父母出事了。"

陆征挂了电话,提着钥匙出门,云渺快步跟了上去。

刘宇去送了一趟材料,进门碰到陆征和云渺两人急匆匆地往外走,问:"老大,不是刚回来吗?"

陆征语气有些急:"叫上技术科,交通事故。"

刘宇问:"是伤情鉴定吗?"

陆征说:"联系一下法医,不排除他杀的可能。"

刘宇长长地吐了口气,说:"哎,又来案子了?这个夏天真难熬。"

陆征的神色有些复杂,半晌说:"可能不是新案子。"

"嗯?什么意思啊?"

"死的是张琼琼的父母。"

"这个凶手也太可恶了,什么深仇大恨啊,杀人全家……"

陆征没和他废话,径自拉开车门,发动了车子。

下午的阳光把座椅烤得滚烫,平常这时候陆征都会让车凉一凉再走,今天则是直接开走了。车厢里很热,云渺额头上渗出了细密的汗珠。

她把手打成扇子,边往脸上扇风边说:"那人的消息来得好快。"

陆征他们才刚刚知道张琼琼的父母今天要来N市,凶手已经安排了一场意外,等着他们了。

陆征说:"也许是有人通风报信。"

"会是谁?"云渺问。

陆征吐了口气说:"现在还不知道。"

这才是最细思极恐的地方。一个普通的案件,竟然牵扯得这么深。那个凶手究竟是什么身份?

陆征一行人刚进殡仪馆,负责人蔡志勇立刻迎了上来。

"陆队,看到你我就放心了。"

"什么时候的事?"陆征问。

"刚挂完你的电话,交警就给我打电话,让我安排人去拖尸体。"

时间已经过了下午四点钟,烈日当空。

可能是受那种庄严肃穆的氛围的影响,踏入殡仪馆的那一刻,云渺竟然觉得这里比外面要凉快许多。头顶的蝉依旧叫个不停,不过,那点噪音很快就被一些其他的声音淹没了。这里是生死告别的地方,哭声、讲话声、礼炮声还有送葬的喇叭声此起彼伏……

这种地方,云渺从前来过两次,第一次是送父母,第二次是送奶奶。这是第三次。巧的是,三次,陆征都在她身边。这次是单纯的查案,站在旁观者的角度看这里,没有那种痛苦的情绪环绕,她的头脑是清醒的。

张琼琼的父母暂时安置在一旁的停尸房里,气温高,停尸房里开着冷气。这个房子的自然光很差,点着老旧的日光灯,长年累月的浮灰,让日光灯的光线有点发青。

一些没有人认领或者等待做伤情认定的尸体,会暂时被放在这里,空气里有一股隐隐的臭味,不用说也知道那是什么的味道。沿着操作台一排排看过去,黑色的裹尸袋,阴森恐怖。

他们才刚到一会儿,已经有两拨人被送了进来,云渺看着那些漆黑的袋子发呆,人在这里变成了僵硬、冰冷的物件,被人搬上搬下。

"这两天挺忙?"陆征问。

蔡志勇叹了口气:"这还算是好的了,前两天,城西一家宾馆线路老化失火,一下送过来十几个,这地上都摆满了,我们冷库都不够用……"

他常跟死人打交道,难得碰到倾诉对象,就忍不住多说了几句。

陆征打断他:"张向东夫妇在哪里?"

"在里面。"蔡志勇边说话边在前面带路,很快,他在两个漆黑的裹尸袋前停下。

陆征戴上手套,蹲下来,正要打开袋子,蔡志勇忽然说:"他们俩都是车祸当场死亡。"

陆征闻言,停下手里的动作,站了起来,云渺怕血,他没忘。

蔡志勇有点惊讶,陆征平时处理案子的时候,从来不拖泥带水,今天倒是有点保守了,他舔舔唇问:"陆队,不看了啊?"

陆征把手机递给身旁的云渺,说:"渺渺,手机没电了,能帮我把它拿去车上充会儿电吗?"

云渺接过他的手机出去了,停尸房里彻底安静下来,陆征重新蹲下,手指灵活地打开了脚边的裹尸袋。蔡志勇算是看明白了,陆征并不是保守,而是不想让刚刚那个姑娘看到这么血腥的画面。

张向东夫妻两人从裹尸袋里露了出来,陆征那双狭长的眼睛黑沉得如同冬夜里无光的寒潭。

蔡志勇笑道:"陆队还挺会怜香惜玉?刚刚那是新来的跟班?"

陆征手上的动作没停，随口说："女朋友。"

蔡志勇愣了愣，不知是不是错觉，陆征说"女朋友"三个字时的语气，尤其温和。

陆征查看了一下张向东夫妻二人的伤口，两人的致命伤都在头部，血肉模糊，面目难辨。

蔡志勇又说："这要不是他们俩身上带着身份证，还真找不出来是谁，太惨了。"

陆征问："老李他们呢？"

"正在处理事故纠纷，张向东夫妇在高速上翻车之后，后面连续追尾了七八辆小车。黄方高速已经整整堵了一个多小时的车了。"

陆征查看了一番两人的伤势，两人都是右侧的伤比左侧重，女人的伤又比男人重，车子应该是男人开的。

"车在哪里？"陆征又问。

"老李他们拖去交警大队检查去了。"

云渺从冷森的殡仪馆里出去，外面依旧炎热，她启动了车子，将陆征的手机通上电，很快，87%的蓄电量，在屏幕上亮了起来。明明还有这么多电，根本不着急充。

云渺盯着那数字看了半天，联想到蔡志勇刚刚的那句话，忽然笑了。

狡猾又温柔的老男人，好吧，不去就不去。

云渺在车上待了一会儿，刘宇和技术科的人过来了，她看了下时间，已经过去十几分钟了，陆征想要的信息应该都已经查到了。之前在这里办白事的人群已经散了，太阳渐渐西沉，逐渐暗下来的天光，照着殡仪馆的大门有点恐怖。

云渺掀开车门，跳了下来。刘宇见她一个人从车上下来，有些惊讶地问："咦？柯老师，你没和老大一起啊？"

云渺朝他晃了晃手里的手机，说："在给你老大的手机充电。"

一行人走到里面，正好迎面碰上陆征，陆征和法医简单交代几句后，把视线落在了一旁的云渺身上。

"电充好了？"

云渺点头说："嗯，充满了。"

"还挺快？"

云渺也不拆穿他，漂亮的眼睛里含着一抹笑意。

"先出去吧。"

云渺走在前面，陆征跟在后面，昏暗的甬道连接着外面，天边的落日硕大圆满，橘粉色的光照着四周。

云渺回头，见他高大的身影嵌在光里，眉宇间尽是凌厉。

"不等法医结果吗？"云渺问。

"不等，他们会出书面报告。"

陆征走到门口的池子边，洗了四遍手，肥皂、消毒水用了个遍，确定手洗干净了才过来牵云渺。

"走吧，找地方吃晚饭。"

车子开到了不远处的一家面馆前，时间有限，也没有太多的选择，面端上来，云渺吃了几口就放下了筷子。

"不好吃？"陆征问。

"没什么胃口。"

陆征也不勉强，将她碗里剩下的面，全部夹到了自己碗里。

云渺撑着脑袋看他吃面，陆征吃东西时，并不斯文，一筷子下去就是满满一口，有些粗犷，但并不影响他的英俊。陆征抬头发现对面的姑娘正看看自己，手里的动作停住了。

"在看什么？"

"看你呀。"云渺不加掩饰地笑道。

"看了这么多年了，还没腻？"

"没腻，陆队，你要对你的美貌有自信。"

陆征失笑。

云渺又问："你笑什么啊？"

陆征吃完最后一口面，手指在她眉心敲了一下："好好吃面，别犯花痴。"

云渺捏了指尖在他面前比画道："我尽量啦，谁不喜欢帅哥呢？"

陆征俊眉轻挑，笑道："哦，喜欢我。"

云渺难得没有反驳，挑着一双杏眼，大方承认："嗯，是喜欢。"

陆征把手边的面碗推走，隔着桌子捏住了她的下巴。

那双黑沉沉的眼睛望着她，眉宇间有着化不开的深情，他的声音低低的，充满蛊惑："渺渺，要不要再表白一下？"

云渺被他看得有些脸红，一下偏过了脑袋，说："想得美。"

她这么一躲，陆征的指尖碰到了她的唇瓣，手指上一闪而过的潮润，让他眉毛动了动。云渺起身去付了钱，陆征跟上去，重新握住她的手，笑道："渺渺，不喜欢我，请我吃饭啊？"

云渺转身白了他一眼，说："你能不能要点脸啊？"

"娶到老婆再要。"

短暂的休息之后，陆征和云渺去了交警大队，李海瑞见陆征和云渺过来，心里立马涌上来一种不好的预感。

"又有案子啊？"

陆征点头，说："张向东出事的车子查过了吗？"

"事故原因是他车子的右前轮在高速行驶下发生了爆胎。"

"车子在哪里？"陆征问。

李海瑞带路，陆征和云渺很快跟上。蓝色轿车已经完全变形了，前面的挡风玻璃撞得粉碎，钢架变形严重，车子歪在地上，像是被小孩子暴力摔变形的玩具车。

陆征注意到，车身的油漆还很鲜亮，购买年限应该不长，前排座椅上的血迹已经干了，但那股血腥味还在。车子中间的储物格是打开的，里面装的是一份接张琼琼回家入殓的资料。后座和后备厢空空如也，没有什么有用的资料。

陆征下去查看了右前轮，因为突然爆胎，车子的重量全部都压在右前轮上。陆征到隔壁借了千斤顶，慢慢地将那轮子抬了起来。橡胶车轮底部有明显的裂痕，并不是时间久了橡胶的开裂，而是被尖锐的利器割开的，这就是爆胎的原因。除了右前轮，其他三个轮子的触地面也都有比较严重的磨损。

陆征的瞳仁漆黑如墨，云渺注意到了他的表情变化，问："有发现了？"

"右前轮上有明显的人为破坏的痕迹。"

云渺蹲下来看了看，问："割成这样多久会爆胎？"

陆征转身喊了句："老李。"

李海瑞仔细检查了一番车子外胎和内胎，给了专业的回答："高速行驶下，顶多二十分钟。"

陆征又问："事故现场的照片有吗？"

李海瑞在手机里找了一会儿递过来，发生事故的路段有一道很长的刹车印。

"刹车后，车轮发生了爆胎。"陆征总结道。

李海瑞闻言重新去看了车轮，陆征说得不错。

陆征站起来说："这个案子后面由我们重案组接管。"

李海瑞皱眉道："这次又不是意外事故啊？"

陆征点了点头，声音有些冷："准确来说是伪装成意外事故的故意杀人。"

"这事也只能你们来处理，需要我们帮助，尽管说。"

"调一下高速路上的监控吧。"

李海瑞笑了笑说："行，我们这儿也就这么一个作用了。"

张向东夫妻二人在凤城上的高速，云渺查看了一下他们在凤城收费站拿卡的视频。车速虽然慢，但画面并不清晰。她坐下来，做了数据处理，安静的控制室里，指尖敲击键盘的声音格外清晰。车子的右前轮被放大了数倍，橡胶轮胎在视频里滚动着。

云渺目不转睛地看了一会儿，得出结论："轮胎这时还是好的。"

上高速的时候还是好的，那就只能是在中途被破坏的了。正常行驶的情况下，车子上高速后，除非是服务区，在其他地方是不停的。

凤城到 N 市区，一共两千三百多公里，总共途经一百二十七个服务区。距离事故点最近的服务区是 N 市的象山服务区，云渺计算了车程，从象山服务区开到事故发生地，大约需要十五到二十分钟。

"凶手应该是在象山服务区下的手。"

云渺说完，分别查看了象山服务区和前面一个服务区的视频，验证了她的猜测。

法医那边也完成了解剖鉴定，他给陆征打了电话，和陆征预想的一样，张向东夫妻二人的致命伤都在头部。死因就是交通事故。不，准确来说，这是一场精心策划的，置人于死地的交通事故。

第二十二章·如果

如果你在无光的海底，我也愿永堕其中。

天彻底黑了下来，一轮残月挂于中天。被烈日炙烤过的云朵，泛着暗红色的光，辽阔的天幕如同野火燃尽后的荒原。

车子一路往前开到了象山服务区，N市许多路都对黄牌车限行，夜晚，象山服务区就成了大车歇脚的港湾。

陆征和云渺找工作人员，查看了今天下午服务区内的大小监控，下午两点十分，张向东夫妇达到服务区，两点五十分，两人驾车离开，两人前后在服务区停留的时间约四十分钟。

云渺说："停留时间不算长，凶手是有备而来。"

陆征点头。

事实上，张向东他们乘坐的车入镜的画面也很少，只有进入和离开的一段影像。车子到底停在哪里，监控里根本看不到。

云渺自言自语地说："凶手到底是怎么知道张向东夫妻二人要停靠在象山服务区的？"

这并不是他个人主观意愿就能决定的事，即便是用最精确的公式计算，也会出现偏差。而且他还要在短短的四十分钟内，找到张向东他们的车，再避开众人的目光，割破他们的轮胎……

陆征的瞳仁漆黑如墨，许久才说："只能是张向东夫妇主动告诉他的。"

云渺有些不解地问："这次又是熟人吗？哪有人跑到服务区来见老朋友的。"

陆征偏头看向夜风中的一株垂柳，他额间的碎发晃动，漆黑的眼睛看不见一丝温度。

"也可能是别的办法。"

"什么办法？"云渺追问道。

陆征没说话，从口袋里敲出一根烟来，衔在唇边，按亮了打火机。蓝色的火焰短暂地照亮了黑夜，也点亮了他的脸，迷蒙的烟雾升腾起来。很快，蓝色的火焰熄灭，化作他指尖的微弱红光，除了那个红点，他整个人都像是浸泡在漆黑的油墨里。

云渺莫名感受到了一丝压抑，那是一种缓慢的、沉重的、密不透风的情绪，属于陆征的。那是他从不曾展露的另一面。

云渺伸手拔掉了他里的烟，将它熄灭在了一旁的垃圾桶上："吸烟有害健康。"

陆征回过神，深深地看了她一眼。恰巧有车子驶过，大灯照亮了女孩的脸颊，那双眼睛如星星一样明亮，陆征不禁探了指尖在她细白的脸上，轻轻摩挲。霎时间，积压的阴郁情绪，烟消云散。

"陆征。"云渺忽然喊他。

"嗯？"他的眼睛依旧漆黑如墨。

"你知道他是怎么追踪张向东夫妇的，对吗？"

陆征的语气淡淡的："只要有手机号，就能精准定位对方的位置。"

"可你说的这种方法，普通人根本操作不了。"

"嗯，目前只有警方可以实现。"

云渺瞬间愣住了，警方……

黑夜里的鬼怪并不可怕，可怕的是那些烈日下的笑脸。他们戴着人的面具，做着野兽的事。云渺终于明白了他刚刚那抹情绪的由来。

她伸手握住了他的指尖，声音低低的："陆征，无论什么地方都有好人和坏人，我们努力把他找出来，送进监狱。在那之前，我会一直陪着你。"

陆征眼里的光潋滟波动，他伸手将她拉到怀里抱了抱。

"再去找找别的线索吗？"云渺问。

"好。"

他们绕着服务区走了一圈，这里的摄像头很多。整个服务区只有一条线路可以避开中间所有的摄像头，那就是靠着墙的那条道，这是一条小路，连通着卫生间、4S保养店和加油站。这会儿4S店已经打烊了，光线有些暗，云渺沿着路走了一段，鞋子忽然踢到了一个金属物品。陆征弯腰将它捡了起来。

"渺渺，打个光，我看看。"

云渺连忙开了手机的电筒，光从她的手上照到了陆征指尖，那是一把金属锉刀，花纹里，可以看到碎成粉的黑色橡胶。

陆征将它拿到鼻尖闻了闻："是它。"

凶手把作案地方选在这里实在是太狡猾了，来服务区的人都是急匆匆来，急匆匆走，陌生人彼此认识的概率非常小。即便当时真的有目击证人，要找到他也是大海捞针。次日一早，那把金属锉刀被送到了技术科，检测的结果也很快出来了，锉刀上的黑色粉末与张向东出事的车轮上的物质一样。

"有指纹吗？"陆征看着报告问。

"有，不过只有您的。"

显然，凶手是处理完之后才将它就地扔掉的，陆征捡它的时候在上面留下了指纹。

线索又断了……

云渺吐了口气："他藏得可真深。"

陆征捏着手里的报告，说："我反而觉得他暴露了。"

云渺看了她一眼："怎么说？"

陆征不答反问："渺渺，你觉得他为什么要害死张琼琼？"

"被敲诈？"

"会因为什么事被敲诈呢？"

云渺思考了一会儿，说："难道是因为张秀？"

张秀的死亡时间和张琼琼收到钱的时间非常接近。

陆征继续问："那他又为什么要害张琼琼的父母？"

云渺被陆征一连串的问题问住了，凶手的确没必要杀害张琼琼的父母。他们千里迢迢过来，不可能掌握什么实质性的证据。

陆征的指节在木质桌面上敲了敲，说："再想想，他既然收了张秀做情妇，又收了张琼琼做情妇，他和张东强会是什么关系？"

云渺猜测道："认识的？"

陆征微笑着伸手，在她头顶揉了一下。

"走，我们去一趟张琼琼的老家。"

"要去凤城吗？"云渺问。

"嗯，开车去，回家收拾一下。"

其实也没有什么好收拾的，就是拿一下证件，带两套衣服。

临出门，云渺的手机响了，又有快递。

云渺嘟囔道："奇怪，我最近没有买东西。"

陆征对上次云渺拿快递差点被砸的事心有余悸。

"让他把快递送到门卫室，一会儿我去拿。"

主路上的摄像头，可以照到那里，真有什么猫腻，可以查到线索。云渺照着陆征的话说了，那边也同意。

几分钟后，车子开到小区门口，陆征下来，替云渺签收了那个快递。同城的闪送件，黑色的塑料袋上，一个字都没有。陆征没有立即打开，侧耳上去听了听。

云渺已经从车上下来。

"有问题？"

"不太确定。"

陆征转身借了门卫室的剪刀，沿着那包裹的边缘线，小心翼翼地将它打开了，里面是一个透明的储物箱，密封的盖子打开，一股浓烈的血腥味冒了出来。陆征背过身，一把将盖子合上了，云渺没有看到里面的东西。

"是什么？"

陆征抿紧唇线，没有说话。

云渺见他不说话，又问了一遍。

陆征吐了口气，道："阿福。"

云渺闻言，要抢那个箱子来看，被陆征拦住了。

"有血。"他说。

云渺瞬间握紧了拳头。

塑料箱子挪开，底下放着一张纸，上面画着一条细长的小蛇……画面诡异而恐怖。是红蛇，那是无声的警告，是对云渺的，也是对陆征的。

头顶日头正烈，云渺的后背却升腾起阵阵寒意，那个人自信无比、游刃有余，就像木偶戏里的提线人，站在暗处，掌控着一切动向。云渺的身体因为愤怒微微发着抖，太阳将女孩的皮肤照得几近透明。

陆征探手在她后背摸了摸，声音很低："渺渺，愤怒和恐惧都会使人失去理智，不要中了他的圈套。"

云渺抬头，有些惶然地对上他那双漆黑的眼睛，低低地说："陆征，阿福它是我的第一只猫。"

陆征掀了掀唇:"也是我的。"

云渺过了许久,才将情绪调节好。

"知道阿福的存在的人,只有我们、大宇还有宠物店的老板,这几乎算得上是绝密信息了。还有,在通江大学那次,也只有我们两个人。"

他们对她的实时定位掌握得非常准确……

云渺继续往下说:"所以他一直知道我在哪里。"

陆征很轻地咽了咽口水,如果是针对他,他一点也不怕,可是红蛇针对的人是云渺。陆征一把牵住她的手,将她带上了车。

"手机给我。"

云渺倒也不算太惊讶。

"你怀疑他定位了我的手机?"

"嗯。"陆征垂眉快速拔掉了云渺的手机卡,折碎后,发动了车子。

车子在南北畅通的主干道上高速行驶着,碎掉的卡片被窗外的风带走了。

云渺眉头动了动,说:"如果是监听,我能反监听……"

"他知道你的号码,还是不安全。"

这些快递都是因为知道她的号码和地址才寄过来的。

"那怎么办?"云渺问。

"重新换一个手机号码。"

车子在老城区绕了许久,停在了路边,陆征侧身跳进午后炙热的骄阳里。云渺匆匆跟了进去,两侧的行道树都是梧桐,伞盖一样的树荫遮蔽了头顶的烈日,但是炎热丝毫不减。陆征在前面走,步子迈得很快,云渺几乎是小跑才能跟上。

"去哪儿?"

"逛逛。"

陆征说的逛逛,起码走了半个小时,走街串巷。

终于,他在一处书报亭前停了下来,胖老板正在整理刚到的杂志。

陆征说:"三张不记名的电话卡。"

老板头也没抬,说:"四十一张,里面有十块钱话费,一共120元,支付宝还是微信?"

"现金。"说话间,陆征往他面前递进两张100元纸币。

老板挑了挑眉,通常买这种不记名电话卡的都不是什么好人,他也懒得管闲事,给陆征找了钱重新到里面整理书。

陆征绕了这么多弯,就是让云渺的号码保持绝对机密,陆征将那三张卡分别扣下来,号码存进了手机,卡片放进了云渺手机壳的夹层,叮嘱道:"如果发现不对劲就换一张。"

云渺点头。

半个小时后,那个给云渺打电话的快递员找到了。同城闪送件比较特殊,收快递人和发快递的人往往都是同一个。

老实巴交的快递员,见了陆征有点紧张。

"警官,我遵纪守法的……"

"你们寄送快递时不检查?"陆征问。

那快递员支支吾吾地讲了半天:"本来是检查的,但今天太忙了……"

"收件记录呢?"

那快递小哥在随手的包里找了找,递过来一个本子,说:"这个件比较特殊,没有留记录。"

"你有看到那个人长什么样子吗?"陆征问。

"没有,他给我打的电话,东西放在前面的石森公园,我去拿的,钱也给得正好。"

"通话记录呢?"陆征又问。

那小哥在里面找了半天,才找到了那串号码,打过去,那边是一串虚拟的空号。

"东西放在石森公园哪里了?"

"就在大门口。"

陆征和云渺驱车过去,石森公园前不久发生过火灾,最近正在闭园整顿中,没有摄像头,也找不到目击证人,线索又一次断了。这是那个人一贯的作风,谨慎、狡猾,猫鼠游戏,善于玩弄人于股掌之间。

一只乌鸦从烧焦的树顶飞过,叫了两声,格外诡异。

"下一步怎么办?"云渺问。

"去凤城。"他有种预感,这个人和张秀、张琼有着千丝万缕的关系。

陆征把手机关机,把车子丢在某个4S店,然后从朋友那里租了辆车出了N市。

他们走得急,没有告诉任何人。

"思妍和大宇他们找不到你怎么办?"云渺问。

"不用担心,他们知道要怎么做。"

车子一路往北,这个时间段,高速上没有车,陆征的车速很快。

云渺低头说:"明明我们是追凶,却弄得跟逃亡似的。"

"你也可以理解成私奔。"

云渺被他的语气逗笑了,心里稍稍放松了些。

凌晨三点,他们从凤城南收费站下了高速。距离天亮还早,往乡下走的路比较难开,他们在车里稍稍休息了一会儿。

云渺的心绪被各种东西干扰着,睡意很浅,好不容易睡着了,梦里尽是鲜红的血,狭窄的车厢里,任何一点动静都逃不过陆征。他伸手过来,将云渺半抱进怀里,拍了拍。

"渺渺,放心睡觉,有我呢。"

也不知道是陆征的话起了作用,还是他身上好闻的气息给了云渺安全感,她终于不再做梦了。一个小时后,灰蒙的日光穿过玻璃照了进来。云渺先醒过来,陆征的胳膊依旧搂着她,她稍微动了下,陆征在睡梦中收紧了手臂,她只好又重新靠回去。

太阳还没出来,云渺借着那微弱的光打量着陆征。他闭着眼睛,脸部的轮廓依旧凌厉,不甚明亮的光照在他的脖颈里,在那里点亮了一片光。他的衣服扣子不知道什么时候敞开了,藏在里面的锁骨露了出来。

她还是第一次在他的怀抱里醒来,一种美好的情绪在心间萦绕着。也许这就是许多人追求的爱情的真实感觉吧。云渺鬼使神差地探了指尖在他喉结上碰了碰,下一秒,就猝不及防地对上了陆征漆黑的眼睛。

"醒了?"陆征刚醒,睡眼惺忪,莫名有些性感。

云渺不敢直视他的眼睛,小心翼翼地把手撤了回来,陆征盯着她细长的手指看了看。云渺被他看得口干舌燥。

"在想什么?"他的声音里带着些朦胧的笑意。

云渺正襟危坐,轻咳道:"什么也没想。"

陆征伸手勾住她盈盈一握的腰,重新将她带到了怀抱中,声音有些沙哑:"再让我赖五分钟床。"

云渺贴在他的胸口说:"你怎么还赖床?"

"给你找个赖床的理由。"

天光一点点地转亮,太阳还没有完全跳出地平线,远处的树木只能看到隐隐约约的影子。陆征松开云渺,重新设置了车载导航的目的地,十几分钟后,他们到了张琼琼户籍所在地的那个小镇。

夏天的早晨,短暂而忙碌。小镇的市集,人来人往,车水马龙。

陆征下车去买了两份胡辣汤,和云渺坐在车头上,一人吃了一碗。气温还没上来,温热的食物下肚,出了层薄汗,晨风一吹,莫名治愈。陆征做刑警多年,深谙一个道理,人群聚集地往往就是信息的聚集地。

他给一旁卖水产的老板递了支烟,两人攀谈起来。刚一提张向东,老板立马就说认识。小镇就这么大,谁家有个什么底都一清二楚。

"张向东老到我家买鱼,他和我是同年生的,我家女儿和他女儿还是同学。"买鱼杀鱼的人有点多,实在不是谈话的好时候。

云渺指了指他水池里的鱼,说:"这些我全要了。"

那老板笑着说:"姑娘,你买那么多吃不完的。"

云渺说:"没事,我买了送人。"

鱼铺老板一听更高兴了,拿着捞鱼的网抄,把分散在大池子里的鱼捞进桶里送出来。

那之后,所有过来买菜的人都被云渺送了一条鱼。老板得了闲,和陆征聊起了天。聊天是最容易发掘信息的,也比正儿八经的审讯来得活络。

张向东只有一个女儿,在N市上班,赚了很多钱。张向东父母那一代生了两个女儿一个儿子,大女儿死得早,二女儿远嫁。

张家的老太太,也就是张向东的母亲,和他的关系不太好,几年前搬去了养老院。

那老板说着,有个来买菜的人也跟着插了一句话:"我和他姐姐还是老同学呢,当年高考,她可是我们这里的状元。"

云渺问:"哪个姐姐?"

"当然是张萍啊。"

云渺看了眼陆征,他朝她点了下头。

卖鱼的老板从里面出来,说:"张萍可是我们那个时代的风云人物,长得漂亮,脑袋又聪明,谁知道嫁了个草包,要不然也不至于死那么早。"

"谁说不是呢?那两年,城里来我们这里考察学习的人,哪个看了她,不是追着走?"

"她可是我们那一代人里,少有的几个自由恋爱的。"

"都怪张家老头棒打鸳鸯,不然,她跟人去城里,现在肯定过得潇洒自在,哪里会死得那么早?"

"她爸后来也看清了,不是把二女儿硬塞到城里去了吗?"

"张秀啊?听说几个月前死了。"

"怎么死的?"

"自杀。"

那人沉默了一会儿,说:"哎,看来进城也不一定都是好命,还是看个人。"

两人你一言我一语地聊着,云渺和陆征也不打断。桶里的鱼发完了,卖鱼的老板咬着烟,把借给他们用的塑料桶提回去,再转身收拾了摊子。

"听口音,你们俩也不像本地人啊?"

云渺面不改色地说:"我是替我爸爸来找张萍的。"

买鱼的老板闻言,眉毛动了动,问:"你爸?"

"我爸是当年过来研究学习的人里面的一个。"

"你爸是不是叫韩为光?"

云渺点了点头。

那老板叹了口气道:"让你爸不要找了,人早死了。"

张向东家已经没有人了,要去他家取证只能通过当地的公安。

从集市出来后,陆征跟云渺驱车去了派出所。凤城这种小县城,连续多少年都没什么大案,报案的大多是些家长里短的琐事。这里的刑警比其他地方的都清闲,他们那些在警校学的刑侦技能,几乎都没派上什么用场。

陆征表明了身份和来意后,他们立刻重视起来。一家三口接二连三殒命,这可是大案、要案。不到二十分钟,凤城警方就组织了一个调查小组。调查组的组长名叫程轩,他见到陆征有点激动。

陆征和他握了手,说:"程警官,这两天要麻烦你了。"

程轩连忙说:"不麻烦,职责所在,您破的那些案子,我们可都是当教科书在学习。"

这个程警官的年龄和云渺差不多大,说话的语气轻快,全然掩饰不住见到自己偶像的喜悦,跟个小迷弟似的。云渺不禁笑了,陆征眉头微动,看了眼云渺。她轻咳一声,敛了笑意,像水杏一样的眼睛里簇着一颗星星。

云渺太漂亮了,程轩忍不住多看了几眼,到底是年轻,看着看着脸就红了。

"这位警官怎么称呼啊?"

陆征没有正面回答，恬不知耻地牵住了云渺的手。这里是派出所，云渺觉得不太庄重，想把手抽回来，却被陆征霸道地掰开指节改成了十指相扣。

"她姓柯。"陆征说。

程轩的视线在两人交握的手上扫了一眼，干笑道："陆队，真是人生赢家。"

这句话在很大程度上取悦了陆征，他弯唇笑了笑，说："是这样。"

云渺耳根发热，反观某个始作俑者则一副云淡风轻的模样。

车子一路开到了张向东家楼下。前几年，全国大搞拆迁，张向东家从村子里迁居到了镇上的安置房。云渺注意到，这个小区的面积非常大，光是大门就有七八个。

张向东家在小区的最东面，上去四楼，面积并不大，三室两厅的户型。房子里的装修都很新，家具也都是新的，屋子里很干净，在他们进来之前，屋内没有人为翻动的痕迹，茶几上放着一些丧葬行业的名片。

张向东夫妻二人是准备接女儿回来做白事的，谁知把命搭进去了。凶手并没有千里迢迢来这里，这里不是第一案发现场，来这里收集指纹基本也没什么意义。

云渺查看了一下他家的相册，发现里面放的绝大多数都是张琼琼小时候的照片，偶尔能看到一两张张向东夫妻二人的照片。

云渺说："张秀、张萍和张琼琼的关系应该不错，怎么一张她们俩的照片都没有？张琼琼还带了一张到 N 市去……"

十几年前，手机还不像现在这样普及，相机也很少，偶尔有摄影师来的时候，一般都会一次性拍上几十张。

张向东家的门开着，很快有好事的邻居过来敲了门，程轩过去开了门，见开门的是警察，那人也有些惊讶。

"老张呢？"

"张向东夫妻两人在 N 市遇害了。"

那人闻言有些惊讶："不是吧？前两天说女儿死了，现在他们俩也死了，哎，有时候人不迷信不行。"

云渺问："怎么说？"

"这老张家为了拆迁多拿点钱，把自家祖坟都给挪了，他家老太太气不过，直接和他断绝了关系。你们说，这祖坟能随便动吗？那可是影响一

155

家人运气的。"那人往屋子里看了看,越发觉得这个房子邪乎,没过一会儿就走了。

陆征看了眼一旁的程轩问:"张家的老太太在哪个养老院?"

凤城这个小县城,养老院统共有只有两三家,程轩几通电话一打,就确定了张家老太太的下落。车子一路开进了养老院,这是一幢私人住宅改造的养老院,院子里栽了几棵葡萄树,这会儿树上都已经挂了果子,养老院的护工正在剪葡萄藤上已经成熟的葡萄。

程轩表明了来意,剪葡萄的护工立刻到里面拿了来访记录本出来。

层层叠叠的葡萄叶,在院子里构造了个天然的避暑地,许多老人打着扇子坐在那阴凉处聊天,张家老太太并不在其中。

护工领着他们到了老太太的房间门口,程轩刚报了张向东的名字,老太太就出来赶人了。

老太太的身体很硬朗,三两下就把他们推了出去,关上了门,冲外面说:"张向东的事不要来找我,我不认识他。"

那个护工连忙解释:"老太太的脾气比较古怪,你们要不下午两点以后再过来,她每天下午都会出来找人打麻将,赢钱的时候心情都比较好,基本无话不谈。"

陆征点头。

时间正巧也不早了,三人到街上吃过了午饭,稍做休息后,重新驱车回到养老院。天气炎热,老人们都不喜欢吹冷气和风扇,葡萄藤下摆放着的纳凉用的小椅子已经全部收起来了,取而代之的是几张方方正正的麻将桌。

张家老太太那桌已经打了两三局了,陆征他们也不着急立刻找她,几个人围着麻将桌看他们打牌,同桌的一个大爷连续输了几局,找了个理由溜了。

张家老太太气得直叫:"现在跑了,我上哪去找搭子?"

老太太其实早就注意到陆征他们了,转身问:"打麻将吗?"

程轩不会,陆征也不会,云渺已经大大方方地到那个空位上坐下来了。

"奶奶,我陪您打吧。"说话间,她开始摆放散落的麻将,手指灵活得像个老手。

陆征单手插兜,靠在她的边上,问:"什么时候学的麻将?"

云渺头也不抬地回答:"刚刚。"

张家老太太也有些惊讶,从云渺他们过来到现在不过才看了两圈而已,只看了这么一小会儿就学会了?她脸上明显写着不相信。

云渺赢了这一局,张家老太太的庄也被拉了下来。陆征笑了,麻将的算法和那些复杂的计算机代码编程比起来,简直是小儿科。云渺学得快也正常。云渺不仅会算法,她还会算牌、记牌,坐了庄后就一直不下来,面前放了一小堆钱,十块的、五块的都有。

张家老太太倒是还好,另外两个老人家已经急得冒汗了。

这多少有点占老年人便宜的意思,陆征伸手在她肩膀上拍了拍,提醒道:"渺渺……"

云渺眉毛动了动,她明白陆征的意思,故意把一手好牌拆开了胡乱打。

这次她算准了张家老太太要的牌出,不一会儿,老太太就和牌了。总是让她一个人赢,难免太刻意,云渺也设计让两边的爷爷也赢了钱。

不一会儿,云渺面前的钱已经见了底,时间还早,张家老太太还没尽兴。

陆征往云渺手里放过几张一百块的纸币,云渺拿了钱,朝他晃了晃,单手支着脑袋笑问:"陆队,这是给我公费打麻将用的?"

"不是公费,是我给你玩的。"

云渺瞳仁里闪过一丝狡黠的笑意,又问:"输了怎么办?"

"再给。"陆征说。

"行。"

一张桌子四个人,另外三个人轮流赢钱,云渺输了一下午的钱,却收获了三个老人的好感。

下午四点,张家老太太提议说不玩了。陆征和程轩都被张家老太太晾在边上,云渺则被她喊到屋子里吃西瓜去了。张家老太太住的是单人间,里面打扫得非常干净,床头柜上放着一个相册,云渺一眼认出照片里的人是张萍。

"小姑娘,看得出来,你很会玩麻将,陪我们装了一下午的傻瓜,真是为难你了。"说话间,她抱了一个新鲜的西瓜在桌上切,粉色西瓜被她切成了一小块一小块放进了盘子里。

"我们这些老头老太太都是孤家寡人,大多数是没有钱的,你刚刚故意输给他们两个的钱,够他们花好久了。"

云渺笑了笑,说:"那正好,我们陆警官的钱花不完。"

157

她递了块西瓜给云渺，问："你也是警察？"

"不算是。"

"你刚刚说的陆警官是你男朋友？"

"嗯。"云渺大方承认。

张家老太太笑道："这个小伙子正派，靠得住。"

云渺咬了口西瓜，说："我也觉得。"

张家老太太犹豫好久，才问："你们要查什么事？"

云渺说："一个案子。"

"是张向东犯事了？"

"不是。"云渺摇了摇头，在想怎么组织语言，四个受害者都是她的亲人，太残忍了。

张家老太太猛地松了口气，说："不是就好。"

云渺把手里的西瓜吃完了，拿了纸巾清理掉手上的西瓜汁。

她斟酌再三后才开口说："是张琼琼的案子。"

听到孙女的名字，张家老太太的眉头忽然皱了起来，忙问："琼琼怎么了？"

云渺尽量让自己的语气听上去不太沉重："发生了点事，需要找线索。"

老太太的脸色顿时变得有些难看了，问："是什么事？你说给我老太婆听听，我能承受得住。"

云渺犹豫许久才说："命案。"

老太太听完，一下坐在了床上。

半晌，她擦掉眼泪，喃喃地说："你说吧，需要查什么线索。"

云渺说："以前的老照片，您这里有吗？我们去张向东那里找过，他家里都没有。"

张家老太太颤颤巍巍地起身去找放照片的相册。

"这些照片，他们那里是没有的，因为我搬家的时候都带走了，那个不孝子，竟然让人扒我们家的祖坟。"

很快，几本厚重的相册递到了云渺手里，云渺拿着泛黄的老照片一页页往前翻，张家老太太在边上，时不时地补充几句。很快，云渺在里面找到了一张年代久远的老照片，画面有些发黄，依稀可见一群穿着蓝色布褂子的年轻人站在刚刚开凿好的河边。

"这是四十多年前的老照片了，你要找的人应该不在这里面。"张家老太太说。

云渺没说话，视线在那些面孔上一个个扫过去，很快，她发现了韩为光，他的左手边站着张萍，张萍边上站的人有些眼熟。云渺仔细辨别了一下那个人的轮廓，发现这个人是吴远波。云渺翻遍所有照片，吴远波只出现了这么一次，谨慎起见，她把这张照片拍了下来。

张家老太太低头，摸了摸那张照片里的张萍，说："我这辈子，唯一对不起的就是我家大女儿……那时候，她自由恋爱，谈了个对象，我极力反对她远嫁……"

说到这里老太太还掉了眼泪，声音哽咽："后来，她心思重，生了病，不久就没了。"

云渺仔细看了看张萍，这个时期的她，还没有那种忧郁的气质，张琼琼和这个时期的张萍竟然有八分相似。

云渺不禁感叹："她真漂亮。"

张家老太太忽然想起非常久远的回忆，眉眼间很温柔，说："是很漂亮，当时追她的人也很多。"

云渺指了指照片里的韩为光，问："追到她的人是这位吗？"

"要是他，我也放心些，"张家老太太指了指边上的吴远波说，"是这个……萍萍生病那年，小韩来看过她好几趟，小吴就没来过。"

吴远波和张萍竟然谈过恋爱，云渺眼底的光，黑沉如墨。

张家老太的话匣子已经打开了："那时候我家有间空瓦房，他们俩就被安排到了我家，萍萍是他们的农业老师，两人互称对方为同学，实际上却是情敌。"

"只有他们两个吗？"云渺问。

"嗯，人多了也安排不下。"

云渺脑海里滑过一堆细碎的记忆，韩为光是被一个自称是他同学的神秘人叫去泰国后殒命的，韩为光家门口的芍药和市局走廊里摆放的花朵同源，张秀自杀，原因不明，背后的神秘人不见踪迹，张琼琼被神秘人所害，查无可查。那人具有相当高的反侦察能力、阴险狡猾、冷漠……

那些记忆就像散落在各处的珠子，被一根若隐若现的丝线串联到了一起，吴远波，身居要职，掌控着无数信息，联络着复杂的关系网。他们看到的，也许只是冰山一角……

云渺后背出了一层冷汗。那种令人窒息的感觉倾轧着她的四肢百骸。

云渺推门出去,一眼看到了几步之外的陆征,他正抱臂靠在之前的麻将桌前等她,头顶的葡萄叶间倾泻下来的点点光亮,落在他线条流畅的脸颊上。

见云渺出来,陆征弯唇喊了声:"渺渺"。

不等她应答,陆征已经抬腿走了过来,他很高,一下挡住了西斜的太阳,熟悉的气息靠得很近。云渺鼻子发酸,不知怎么的,莫名心疼他。

陆征一手握住她的指尖,一手在她额头上摸了摸,柔声问:"手怎么这么凉?里面开冷气了?"

"没开,里面比外面热。"云渺这才发现同行的警员不在了,问,"程警官呢?"

陆征牵着她边往外走边说:"这里暂时没有什么需要他调查的,让他先回去了。"

云渺点头,心里还是有点慌,刚刚那一瞬间,她的脑海中闪过的想法竟然是那个人会去通风报信。下一秒,她又松了口气,他们还没有找到实质性的证据。到了车边,陆征把云渺塞到了副驾驶座位,说:"我已经帮你打听过了,凤城这边的美食街离这里不远。"

云渺看他,表情有点严肃。

"你不问我查到了什么?"

"路上说。"

云渺握住了他的手腕,陆征低头深深地看着她的眼睛。

"路上说不安全,而且,现在还不是我们放松警惕的时候。"云渺用尽量平和的语气和他说,"韩为光的同学找到了,是……是吴局。"

陆征的瞳孔瞬间放大。

云渺吸了口气,继续说:"他曾经和张萍是情侣,张萍英年早逝后,他先后找了张秀和张琼琼做情妇,我猜想是因为她们长得像,尤其是张琼琼简直和张萍一模一样……"

陆征脸上的表情已经完全冷了下来,从他记事开始,吴远波就常来他家里做客,母亲去世后,吴远波也一直在照顾他。他对吴远波除了上下级的情感,还有一丝亲人的情感夹杂其中。

他没有说话,云渺已经敏锐地察觉到了他的痛苦,她松开安全带,伸手抱了抱他。

"陆征,现在这还只是我的猜测,没准这只是误会……"

陆征吞了吞口水,说:"张琼琼家还有张秀家里的茶叶,和他办公室里的茶叶也是一样的。

"这些都不够逮捕他，还需要更多实质性的证据，"说到这里，云渺停顿了片刻，"你如果觉得痛苦，后面的证据我来收集……"

陆征将她按到了胸口，许久才说："渺渺，我说过，我永远只会站在正义的一边，不论他是谁。"

他的信仰从未改变过。太阳西坠，残阳如血，染红了大半个天空。

云渺长长地吸了一口气："陆征，如果，有一天你发现我是坏人……"

陆征打断道："你不会。"

"我是说如果……"

陆征松开她，漆黑的眼睛盯着她。

"渺渺，你不一样。如果你是长夜，我愿意是星火；如果你是河流，我愿意是扁舟；但如果不幸，你在无光的海底，我也情愿永堕其中。"

云渺的眼里泪意涌动，睫毛上染了些湿意，陆征屈着指尖在她的脸上擦了擦。

"渺渺，我们拉过钩了，我没有忘记。"

云渺看着他。

陆征忽然又朝她伸出了小拇指，说："柯云渺，再做一个约定吧。"

"什么约定？"

"等这个案子结了，我们就结婚。"

云渺看着他的指尖，笑道："所以这次又回到了骗小姑娘的戏码吗？"

"算是吧。"

云渺伸手钩住了他的小拇指，笑道："算了，照顾老年人。"

陆征松开她，启动了车子。

"可惜，美食街去不了了。"陆征说。

"没事，有机会再来，反正以后时间长着呢。"

他们在路边随便买了些吃的，便上了高速。

次日下午，两点。陆征和云渺重新回到了 N 市。陆征把手机递给云渺让她开机，一时间，无数条信息轰炸进来，基本都是刘宇和何思妍发来的。

云渺看了眼陆征，问："要不要给他们回一个电话？"

"不用，他们有事会再打。"

果不其然，云渺刚把手机放下来，刘宇的电话就又打了进来。

161

蓝牙连接着音响，车里很快响起了刘宇咋咋呼呼的声音："老大，你的电话可算打通了，已经超过二十四小时了，我差点报失踪案，后来想想，失踪也是我们自己管。"

"有事？"

"案子还没破呢，怎么能没有事？"

"十分钟之后到队里。"

刘宇的八卦之心不死，说："我听思妍说柯老师的手机也关机了，我猜你们肯定是去哪里旅游去了。"

陆征语气淡淡地"嗯"了一声。

刘宇还想讲什么，忽然看到有人进来，铁质的大门被来人敲了两下。刘宇匆匆挂掉陆征的电话，站了起来。

"吴局，您怎么有空过来？"

吴远波在办公室里看过一圈后，问："陆征人呢？"

"马上到，他出去查案去了，您稍坐一会儿。"说完，刘宇麻溜地到里面去倒了杯水。

正巧天气热，吴远波坐下来，问："这两天，他去哪里查案去了？打他电话也不通。"

刘宇面露难色，他也不知道陆征和云渺到底上哪儿去了，只好说："我们陆队办案有他自己的方法。"

"办什么案需要把手机一直关机？睡觉前总归要开手机的吧？你们还包庇他。"吴远波说话的语气透着些不悦。

刘宇擦了擦额头的汗，没说话。

几分钟后，陆征他们的车子开到了门口的院子里。陆征下车后，又绕过车头去接云渺，两人十指相扣，一路走到办公室门口，刘宇想给陆征通风报信，但已经来不及了。

吴远波站在台阶上，视线扫过两人十指相扣的手，立马蹙紧了眉头，连带着声音都拔高了许多："陆征，你不要告诉我，你带着女朋友约会去了？"

陆征并没有立刻松开云渺，而是搂住她的肩膀，将她半抱在怀里，笑着说："是出去了一趟。"

云渺似笑非笑地看了眼吴远波，这只笑面虎，分明是过来刺探虚实的。

吴远波拍了拍陆征的肩膀说："张琼琼这个案子是重案，一下死了三个人，要尽快破案，省局让我亲自来督促你们办案。"

陆征打了个哈欠，捏了捏云渺的手，看向吴远波说："行，我正好想找您休几天假。"

陆征忽然这么说，吴远波有点出乎意料。

吴远波问："休什么假？"

"我上岗也有十年了，还没有请过年假，最近想请个年假，陪陪女朋友。"

吴远波不懂陆征的葫芦里到底卖的什么药，皱眉道："休一天，后天到岗。"

陆征伸了两根手指，说："两天。"

"你这案子都没破……"

"有您在，不怕。"说完，陆征握住云渺的手，将她带了出去，到了门口又说，"吴叔，您记得别给我打电话，不然我这假休没休没啥区别。"

吴远波骂了一句，没再说别的。

天太热，陆征将云渺重新牵回了车里，他们去了一趟郊区，把停在那里的车开了回来。

云渺问："你干吗要主动退出？"

"是狐狸都会自己露出尾巴。"

"这么自信？"

陆征笑了下说："正好转移一下他的注意力，我们好做点别的。"

与其敌暗我明，不如把他放到太阳底下。

第二十三章·领证

他们都无依无靠地活在这世上，他曾给过她一个家，这次，轮到她了。

车子重新开上主路，窗外阳光如织，车内凉风习习。

云渺偏头看向陆征，问："我们现在去哪儿？"

陆征语气轻松："回家睡觉。"

三天两夜都在路上奔波，身上都要臭了，云渺进了门，直接抱了衣服去洗澡。

陆征让云征查了最近几天的监控，昨天晚上，八点十二分，有人来过。和之前的那次一样，那人穿得严严实实，戴着墨镜和口罩，他在门口敲了几次门，确认无人在家就走了，前后停了五六分钟。

陆征调慢了播放速度，一帧一帧地回看，云渺从浴室出来时，陆征正表情严肃地盯着屏幕。

她搬了个小凳子在他的边上坐下，问："是他？"

"嗯，之前也来过一次。"

"什么时候的事？我怎么不知道？"

陆征侧头看了她一眼说："不久之前，我谎称车子坏掉的那天。"

云渺想起来了，笑着问："你那天就是因为这个赖在我家的？"

"嗯。"

"还挺坦诚，"云渺把小板凳往前拽了拽，伸手过来靠近他，"我来看看他到底是谁。"

她刚洗过澡，手臂洁白而冰凉，就像两段柔软的藕，紧紧地贴着他的胳膊。

陆征挑挑眉笑了。

"渺渺,非礼我啊?"

"嗯?"云渺有些不明白他的意思。

陆征指了指他们贴在一起的手臂,他的皮肤比她要深一些,紧贴在一起,毫无缝隙。他伸了小手指,暧昧地碰了碰她的手背,就像某种暗示。

云渺的耳根子一下热了,她把电脑往边上移了移,陆征单手撑着下巴,轻声笑:"脸怎么红了?"

"没怎么。"云渺随口说。

边上的云征机器人看热闹不嫌事大地补充道:"主人,检测到您的心跳频率过快,皮肤温度过高。"

陆征眉毛微动,一本正经地问:"云征,分析一下原因。"

云征机器人张口就来:"主人喜欢你,而且现在正在害羞。"

云渺有点恼,抗议道:"云征!你以后不许再汇报我的健康数据。"

小机器人挨了批评,头上感应器顿时耷拉下来。

陆征伸手在小机器人头上摸了摸,哄道:"云征以后可以汇报爸爸的健康数据,爸爸不害羞。"

云征机器人闻言,立刻支棱起了头上的感应器,一秒变开心。

云渺见状,无奈地笑了笑,她把电脑移动到面前,进行3D建模,屏幕上很快出了一组数据,包含那人的身高、体重、脚长和手长。

云渺皱眉道:"这个人不是吴远波,他比吴远波要高,而且比他瘦。"

陆征凝视着屏幕里转动着的模型,瞳仁一片漆黑,红蛇是一个组织,盘根错节,或许他就是他们见过的路人甲和路人乙。

云渺见他眉头紧锁,朝他摊了摊掌心,说:"把你手机也给我。"

陆征回神,看了看她莹白的指尖,眉毛动了下。

云渺说:"放心,不做违法的事,设个小程序帮你引开他们。"

陆征把手机递给她。

云渺看了眼屏幕,问:"屏保密码。"

陆征随口报了一串数字。

云渺发现这几个数字连起来是一组日期,不禁打趣道:"陆队,你这该不会是前女友的生日吧?"

陆征给了她一个眼神,让她自己体会。

云渺嘴角扬着,笑得娇俏可爱。

"也是,你好像没有前女友。"

陆征伸手捏了一下她的鼻尖，语气温柔地说："这个日期和前女友没关系，但和你有关。"

和她有关？云渺盯着那串数字来回研究了许久，笑了，这正是那年她离家去美国留学的日子。

"你干吗设这个日期？后悔啊？"

"你说呢？"那双漆黑的眼睛，看着她，里面波光潋滟，款款深情。

云渺故作惆怅地叹息："早知道你这样，我就早点回来了。本科四年的内容，我一年半就全部修完了。"

"那么厉害？"

云渺小声说："学习是可以冲淡思念的。"

陆征的胸口莫名被刺痛了。

云渺看他眼里的光暗了暗，忍不住笑出了声："骗你的，我只花了三天就把你忘得一干二净了……"

陆征一把将她拉进怀里抱住，擂鼓似的心跳就在耳边，云渺推了推他，说："行了，你赶紧洗澡去，臭。"

陆征将她抱得更紧了。

"嫌弃我？"

"当然！赶紧去！"

陆征把她从怀里拎出来，在她的眉心亲了亲，终于松开了她。

云渺调转了页面，将写好的代码导出来，通过蓝牙共享给了陆征。如果再有人要跟踪他的手机，会被定位到西班牙的一座孤岛上。

陆征出来的时候，云渺已经靠在沙发上睡着了，小机器人把面前的风扇调成了摇头模式。女孩额间的碎发，在光洁的额头上晃动着，红唇被光照得宛如果冻上的樱桃。他俯身过来，在她的唇上印了一枚吻。

一旁的餐桌上放着他的手机，底下压着一张纸条，云渺在上面写了一行方方正正的小字：*这两天办案辛苦，特许你睡床。*

那串文字的后面还跟着一个可爱的笑脸。

陆征看完了，很轻地笑了一声，他的女孩啊，是这个世界赠予他的无价之宝。

陆征当然不会自私到一个人睡床，云渺醒来，发现自己正枕着某人坚硬的胳膊，窗外是沉沉的夜色。她从没睡过这么久的午觉，眼睛都有些胀，翻了翻身，陆征也跟着醒了，夜色混合着城市的灯火全部落到了他眼睛里。

云渺靠近他,在他脸颊上亲了一口。

"陆队,我们现在就出门去干一票大的吧,案子还没破呢。"

陆征被她那嚣张的语气逗笑了,问:"去哪儿?"

"我刚刚给你写反追踪代码的时候,顺便改了一下对方放在你手机里的代码,只要定位你,就可以反向跟踪对方的位置。"

陆征笑道:"以其人之道还治其人之身?"

"当然。"说完,她打开灯,坐了起来。

因为睡觉的缘故,云渺睡衣上的纽扣散了两粒,露着一段雪白的脖颈,女孩姣好的线条在睡衣里若隐若现。

陆征看得挪不动眼,轻声笑道:"鬓垂香颈云遮藕。"

云渺反应过来,骂了句"流氓!",立刻起身,穿好衣服出去了。

屋子里静悄悄的,半响,陆征无奈地笑了。

以前他在警校时,忍耐力测验总是满分,警校的同学和老师都戏称他为非人类。可刚刚,他的表现分明就是不及格。

云渺迟迟没回来,陆征吓跑了小姑娘,只好出来哄。

云渺正伏在桌上,目不转睛地盯着面前的电脑屏幕,脸上的表情认真而专注。

陆征往她手里递了一杯水,问:"怎么了?"

云渺拧着眉说:"那个人在移动。"

陆征看着屏幕上的地址,发现那个红点正是吴远波所在的小区。

"是他。"

"吴远波?"

"嗯。"

已经十一点半了,吴远波出门干什么?红点正在快速移动,最后停在了平川路28号。陆征眼里划过一抹晦涩的光,平川路28号,那正是之前在张琼琼家找到的那个地址。

"这会是你让他故意露出来的狐狸尾巴吗?"

这个地址,他们查到后,还没有去过,也许,杀害张琼琼的动机就隐藏在那里。又也许是别的,红蛇……

陆征到门口换了鞋。

云渺跟了过来,说:"我和你一起去。"

"目前不知道什么情况,你在家待着。"

云渺坚持道："我在家，红蛇也会来找我的。"

陆征深深地看了她一眼说："他之前两次都是在八点多的时候来，今天这么晚了，不会再来，早点休息吧。"

云渺在他出门的瞬间，一把拽住了他的衣服下摆。

陆征回头，只见云渺仰头看着他，撒娇似的道："陆征，让我跟你一起去吧，我不放心。"

他到底还是心软了，掀了掀唇："行。"

陆征去警局取了配枪，车子一路向北开到了平川路。28号是一处没有院子的三层独栋别墅，这会儿，只有一楼的灯还亮着。

里面有人，还没走，能让吴远波大半夜来见的人，肯定不一般。门口停了一辆没有牌照的黑色商务轿车，灯还亮着，似乎是在等人。

陆征把枪拿出来，快速上了膛，一把将云渺拉进了身后的阴影里。空气里有股栀子花开到了极致时的香味，还有一股浓郁的火药味，燃放殆尽的爆竹里常常有这种味道。不过，两者之间有着本质的差别。

这时，一个瘦高的男人从屋子里走出来，几步到了车前，车子的大灯太晃眼，云渺除了他的身形，再也看不到别的。

她的心几乎卡在了嗓子眼，瘦高男人和商务车司机交代了几句，车子往前开了开，云渺他们的视线被彻底挡住了。很快，男人上了车，车子发动，车窗玻璃被人摇下，漆黑的枪管探了出来。

枪响的片刻，陆征几乎是靠着本能将云渺护在了怀里。空气里栀子花的香味很快被血腥味盖了过去……云渺抱着陆征，指尖摸到了汩汩而出的血液。

那辆车击中陆征之后，彻底消失在漆黑的夜色里。见到血的那一刻，无数个如梦魇般的画面出现在云渺的脑海中，她缩在陆征的怀里止不住地颤抖。陆征顾不得中弹后的无力感和尖锐的疼痛，一遍遍喊她的名字。

云渺在万千混乱的声音里捕捉到了一丝熟悉的声音。漆黑的画面在那一刻被光劈开了一道裂缝，她拼命朝着那道光亮跑去，无数碎片被她踩在了脚下。陆征站在那一条闪着微弱光亮的缝隙边上，朝她张开了双臂。

云渺被那道声音，猛地拉回现实，陆征还以刚刚的姿势抱着她，他的T恤早已被血染红，她的身上也全是他的血。

云渺彻底清醒了过来，喊他："陆征！"

"我在。"他尽量让自己的声音听上去和平常无异。

血液流失的同时,他的身体也在微微颤抖,女孩温热的眼泪落到了他的手背上,声音低低的,染上了一抹悲戚,格外让人心碎:"陆征,求你,别死。"

"好。"

救护车在十五分钟后到达,简单的止血措施之后,陆征被抬进了救护车。车里灯光明亮,他的脸色很是苍白,透明的氧气面具罩在他脸上,各种机器的声音"滴滴滴"响个不停——

"血压过低。"

"脉搏正常。"

"体温偏低。"

云渺的眼里满是担忧,她见过他无数面,意气风发的、冷若冰霜的、坚定不移的……没有一面是这样的,虚弱的、苍白的,就像是一张纸。她没忍住,别过脸去,眼泪不争气地掉了下来。很快,她又觉得不吉利,倔强地用手背抹掉了。云渺的手背上刚刚沾了陆征的血,这么一抹,白皙的脸上瞬间沾染了斑驳的鲜红,破碎感非常强。

陆征的意识还是清醒的,他朝她勾了勾手指。云渺靠过来,陆征探了指尖,在她的脸上擦了擦,但他的手没什么力气,那些血已经干了,擦不掉了。

透明的氧气面罩下,他艰难地挤出一抹笑来,薄唇掀了掀,声音不大:"脸花了。"

简简单单的三字,听得云渺再度泪意汹涌。

"你别说话了,留点力气。"

救护车一路飞驰。海平医院的急诊室,灯火通明,担架床一路送到了手术室。外科医生已经在门口等着了,做手术需要家属签字。

"你是病人的什么人?"

"女朋友。"

"联系一下他的父母吧。"

陆征的父母早就不在了,也没有别的亲戚。

云渺抿了下唇,说:"我可以签吗?"

医生看了她一眼,道:"不行,必须是家属。"

那一刻,云渺才发现,陆征和她一样,无依无靠地活在这世上,不同的是,他曾给她营造过一个家。

"他是警察,可以让单位签吗?"云渺问。

医生"啪"地将手里的本子合上了。

"找不到亲属的话,只能让他本人签字了。"

厚重的大门合上。云渺一动不动地坐在门口的长椅上,人来人往,几乎看不到她脸上的表情变化,时间好像被胶水黏住了,忽然,一个穿着白大褂的医生在她的面前停了下来。

"渺渺?"

云渺抬头,发现来人是陆征的同学——李彤。

那一刻,云渺百感交集,她想,如果和陆征在一起的是李彤,也许他今天就不会碰到枪击。那个人是冲着她来的……

李彤问:"你脸上的血是怎么回事?"

云渺掀了掀唇,声音有些颤抖:"是陆征的。"

李彤走了回来,皱眉问:"陆征怎么了?"

"中了子弹……"

李彤看着紧闭的手术大门,一下明白过来。她打了一通电话,并从口袋里掏了一包纸巾递给云渺,叹了口气道:"擦擦脸吧,已经问过了,他没有伤到要害部位,正在取子弹,很快就出来。"

云渺木然地点了点头:"谢谢。"

李彤在云渺边上坐了下来,和她一起等,她的眼里蓄积着一缕柔光,许久,叹了口气道:"陆征做了这么多年的警察,总共中过两次子弹……"

云渺握着纸巾的手,抖了一下。

李彤顿了顿,又说:"两次,你都在。"

两次都是为了救她……

"也许这就是剪不断的羁绊吧。"

云渺愣了愣,她看着那扇紧闭的大门,声音低低地说:"以前我总是想,他要是喜欢我就好了。就在刚刚,我想,他不喜欢我也行啊,只要他活着,和谁在一起都行……"

李彤闻言,没有说话,她有些意外,云渺竟然会和她说这些话。

云渺说:"你本来是有机会成为他女朋友的。"

李彤淡淡地笑了下,问:"何以见得?"

云渺坦白道:"我给你们俩使了绊子。"

李彤背靠着墙,吐了口气,说:"不用你使绊子,我也不会成他女朋友,他不喜欢我，我知道的。"

云渺不知道怎么接她的这句话。

李彤说话的语气很淡："我见到你的第一眼就知道，最后能和陆征在一起的，就只有你。因为你们太像了，倔强、执着、桀骜。"

云渺沉默了一会儿，问："陆征小时候是什么样子的？"

李彤斟酌了一会儿词句，说："在他七岁的时候，他的父亲在一场爆炸中失踪，十六岁的时候母亲病死，幼时失怙，少时丧母，靠着家中仅存的一点钱和亲朋好友的帮助读完了高中。"

云渺的目光晦暗不明。所以，那时候，他才会千里迢迢的去看她，一遍又一遍……她经历的那些，他都懂，他身披坚硬的盔甲，却将全部的柔软都给了她。

又过了许久，楼道里几乎看不到什么人了，李彤不再讲话，时间变得缓慢且沉闷。

灰白的大门打开，护士推门而出，摘掉了口罩，说了一句："子弹已经取出来了，正在缝合伤口。"

李彤问了一堆专业的术语，云渺听不懂，只是站在那里静静地等。

二十分钟后，陆征被推出了手术室，他换上了病号服，脸色有些苍白，精神却很好。从里面出来，陆征就在找云渺，看到她的那一刻，他很轻地笑了下。站在一旁的李彤见他平安，不再逗留，起身走了。

云渺则走到了他的面前，陆征开口的第一句话是："渺渺，有没有去喝点甜水？"他还惦记着她刚刚发作过的恐血症。

云渺摇头。

陆征又问："头晕不晕？难不难受？"

云渺眼窝发热："我不晕，也不难受，很好。"

"那就好，"说完，他又提醒道，"给思妍和大宇打电话，让他们多带些人去小楼查一查。"

云渺点头。

陆征被送进了住院部，很快，他发现这是一间vip病房，只有一张病床。三甲医院的床位非常紧张，这种单间可比五星级酒店贵多了。

"渺渺，看来你这是花大钱了啊？"

云渺拿了一条热毛巾，给他擦了把脸，说："心疼钱就早点好。"

陆征握住她的手，故意逗她："跟我说说，机器人是不是超赚钱？"

"也还好。"其实,云征机器人的专利费够她花十辈子了。

云渺看看他的眼睛,郑重其事地说:"陆征,刚刚医生找人签字的时候,我想了一件事。"

"什么事?"

云渺一字一句地说:"我要去你家拿户口本,和你领证。"

陆征挑眉问:"这是想通了?"

"以后我可以做你的家人。"女孩的眼睛乌润晶莹,里面像是点缀着光芒,满是坚定与柔情。

"以身相许啊?看来我这一枪挨得挺值?"他故意用轻松的口吻说。

"嗯。"

"那等天亮了就去?"陆征说完,笑了。

云渺白了他一眼,小声嘟囔:"哪有你这么着急的?"

陆征笑了声,语气里带着一抹漫不经心:"嗯,没办法,我年龄大了。"

麻药还没有过去,陆征可以活动的范围非常有限。云渺搬了张椅子在他旁边坐下,握了握他的手,轻声问了句:"伤口痛不痛?"

陆征的语气有点不正经:"一点点,没有生孩子痛。"

"说的好像你生过一样。"

"那倒也没有。"

"感觉你在哄我开心。"

"这都被你看出来了?"

时间已经很晚了,护士进来关掉了灯,房间里暗了下来,远处清冷的光照进来。云渺把家属陪床打开,在他边上躺了下来。她没什么睡意,但还是强迫自己闭上了眼睛,那声沉闷的枪响在脑海里萦绕,陆征也没睡着,云渺忽然开口说:"刚刚那个人,不是吴远波?"

"嗯。"

"会是红蛇里的人吗?吴远波为什么要亲自去见他?"

"也许是为了车子上的东西。"

"车上会有什么?"

陆征没有回答这个问题,而是说:"睡吧,不想了。"

次日一早,何思妍、刘宇过来了。

刘宇的嗓门大,扯着嗓子说了一路:"这个人弄伤了老大,等逮到他,我一定好好招呼他一顿。"

四周的人都在看他们，何思妍连忙提醒："在医院呢，你小点声。"

刘宇稍微压低了声音："你给柯老师打个电话，问问到底是在哪一间病房啊？"

云渺听到动静，起身到外面迎接去他们俩。

刘宇在外面咋咋呼呼，一进病房立刻安静了。

"老大……"

陆征问："昨晚查得怎么样？"

"人都跑了，三层楼从上到下都空荡荡的，这些个孙子。"

"其他线索呢？"

"一楼的地上有残留的火药屑，二楼都是废旧的破烂，别墅的主人在国外，联系不上，他们应该是看人不在家，直接霸占了房子。"

"现场有采集到指纹吗？"

刘宇吐了口浊气，道："没有指纹。我也纳闷了，他们是仓皇逃跑的，照理说，应该没有时间清理指纹。"

"他们戴了手套。"云渺补充道，她有看到。

红蛇是一个隐秘的组织，它盘根错节，深不见底，目前唯一的突破口是吴远波，他可以和红蛇主动联系。

"张琼琼的案子查得怎么样了？"陆征问。

刘宇欲言又止，脸色有点难看。

陆征察觉了不对劲。

刘宇摸了摸后脑勺说："吴局不让我们继续跟了，说是避嫌。"

"避什么嫌？"

刘宇只好说："他查了那天的包厢记录，发现我们四个都在KTV，说什么存在犯罪的可能性，反正就是不能查了，而且……"

"而且什么？"

"他盘问了工作人员，得知那天晚上九点左右，死者在卫生间碰到你和柯老师，你们还和张琼琼还说了话，有过接触。"

KTV的监控坏了，人证是唯一的证据，然而，人也是最容易操控的。

陆征的语气淡淡的："所以，我成了嫌疑人。"

刘宇听完，皱起了眉头，反驳道："怎么可能？你之前和她都不认识。"

边上何思妍的神情也有些蔫蔫的，她叹了口气说："我进重案组这么久，这还是第一次有重案来了，我们查不了的，以前总是盼着放假，现在，真的放假了却觉得坐立不安了。"

云渺忽然说:"他开始行动了。"

刘宇不太明白,看着她问:"谁?谁开始行动了?"

云渺抿了下唇,道:"吴远波。"

何思妍和刘宇惊呆了,云渺仔细地观察了一番两个人的微表情——他们的瞳孔因为恐惧骤然缩成了一个很小的黑点。

"吴局做了什么啊?"刘宇过了大半天才消化掉这条信息。

"韩为光、张秀、张琼琼以及张琼琼的父母的死应该都和他有关。"

刘宇的嘴巴已经张得可以塞下一个鸡蛋了,他吞了吞口水,问:"这……不太可能吧,是不是弄错了?"

云渺看了一眼何思妍,说:"张琼琼的微信通讯录,你都实名比对过了吗?"

"还没有查完,信息量太大了。"

云渺又问:"张琼琼的手机呢?"

何思妍说:"已经作为物证上交了,不过我走的时候把那个文件发我手机里了。"

云渺回头看了眼陆征,问:"吴远波的微信你有的吧?"

陆征把吴远波的主页调出来,递给了她。

何思妍接过,对着那长长的表格一个个比对,过了好一会儿,惊道:"吴局是张琼琼的微信好友。"

云渺说:"吴远波应该就是张琼琼的那个神秘的长期客户。"

刘宇皱着眉,喃喃地说:"但这也不能证明他就是凶手啊,顶多只能说明他们存在不正当关系。"

"昨晚陆征出事前,他去过平川路28号。"云渺从相册里调了张照片出来,"这个地址是在张琼琼的书里找到的。"

何思妍和刘宇都惊出了一层冷汗。

"那……那现在怎么办?"刘宇问。

云渺说:"可能需要你们到我家帮忙拿下电脑,我追踪吴远波的程序在里面。"

刘宇点头同意。

云渺从随身携带的小包里找了钥匙递过来,何思妍跟着一起出去了。

一时间,病房里只剩下云渺和陆征两个人,她挑了个苹果,靠在窗边慢慢地削，阳光将她皮肤照得闪闪发光。

"渺渺，我记得你手机里有定位程序。"

"嗯。"云渺手上的动作没停，苹果皮从她的指尖一圈圈落下来成了长长的条子。

"这算是对我的人进行忠诚度考验吗？"

最后一圈皮削掉，她垂眉将那苹果分成等量的小块，表情严肃地说："一起走下去的人，这关必须过。"

陆征闻言笑了笑，说："你怎么不考验我？没准我是骗你的呢。"

云渺走近，递了一块苹果到他唇边，说："那你自证清白。"

"我还真自证不了。"说完，他就着她的手咬了口苹果。

云渺看着他的眼睛，说："陆征，你不可能是坏人。"

"对我这么信任啊？"

"嗯。"

云渺的电脑设置了特定的程序，一旦有人打开或者拷贝了里面的文件，云征机器人都会远程提醒她。半个小时后，何思妍和刘宇回来了，两人通过了云渺的考验。云渺打开电脑，指尖在键盘上飞快地敲着。

大约过了十几分钟，云渺说："今天早上他又去了平川路28号，而且他认识张琼琼、张秀以及张琼琼的父母，他曾经和韩为光是同学，也是他叫韩为光去的泰国。"

刘宇站起来，愤怒地道："我现在就去告发他。"

云渺叫住他："别冲动，现在去会打草惊蛇。"

刘宇看了眼陆征，陆征示意他冷静。

云渺继续说："张秀是自杀，韩为光死在国外，张琼琼的酒杯上没有指纹，张琼琼父母死于轮胎爆炸后的交通事故……"

一切可以证明他杀人的直接证据，都被他抹掉了。

刘宇在桌上捶了一拳。

"可恶，明明知道是他。"

陆征说："你们俩还是先回队里，他可能会有下一步行动。"

何思妍和刘宇点头。

云渺一整天都在医院陪陆征，哪里都没去，陆征挂了四瓶水，她就在那里安安静静地坐了几个小时。每次吊瓶里的水快没了，她都会立刻起来按铃，到了下午，她还是寸步不离。

"渺渺，可以去楼下转转，总待在这里无聊。"陆征说。

云渺摇头："不无聊。"主要是，她舍不得留他一个人在这里。

"累不累？"

"不累，就是有点困。"说完她还打了个哈欠。

陆征往里面挪了挪，将床空了一半出来，说："到这里来躺会儿。"

云渺犹豫道："我怕碰到你的伤口。"

"没事。"

云渺脱掉鞋子，爬上去，小心翼翼地避开他的伤口躺下，陆征将她揽进怀里，两个人的心里都装着事，但靠在一起，那种不安就消去了大半。

"陆征，我们会赢吗？"

"会。"陆征的语气很坚定。

云渺在他唇上亲了亲。

在接下来的一个星期里，吴远波一直没有其他动作，他基本就是两点一线，白天在重案组查案，晚上回自己家。第八天晚上，吴远波回家后，又开车去了枫林路的某个小区，在那里待了一个多小时。

云渺给那个小区的物业打了电话，发现吴远波在那里买了一栋楼，这个小区已经很老了，附近都是厂房，人流量非常小，根本没有投资意义。如果不是为了投资，吴远波买这栋楼又是为了什么？会是因为红蛇吗？

云渺给何思妍和刘宇打了电话，三人驱车去了那里。吴远波买的那栋楼在小区的西南角上，非常偏僻，除了物业几乎没人会去。一行人在路上碰见了一个扫地的大妈，大妈看他们往西南角上走，眉头直皱。

云渺见状，主动搭讪："阿姨，我们要找16栋，是这边吗？"

"当然不是这边。"

"我朋友说，16栋是最安静的一栋，我们以为是这里。"

大妈压低了声音说："肯定不是这里，这栋楼闹鬼的。"

"闹鬼？"

大妈神神秘秘地说："我跟你们讲，这里面根本没人住，但是晚上常常能听到有人在里面叫。我们搞卫生的都不进去里面的，我刚来的时候不知道，去过一次，发现楼道里面的窗户都被封得死死的，一点光都没有。"

"那是有点吓人。"何思妍说。

"何止是吓人，你们可能不知道，有些地方的公墓很贵，一平方米可能要十几二十万，一些买不起墓地的人，就到其他地方买房子给死人住……"

大妈越说越起劲,这时,草丛里忽然蹿过去一只野猫,她吓了一跳,话也不说了,连忙走了。

云渺看着那栋楼,瞳仁漆黑,吴远波到底在这里藏了什么秘密?

刘宇说:"这楼是挺邪乎的,你们俩要是怕的话,我去看看?"

云渺说:"一起去。"

到了门口,他们才发现楼道的大门上了锁,刘宇打电话联系了一个开锁师傅。过了好半天,锈迹斑斑的栅栏门终于被打开,楼道里黑洞洞的,潮湿阴冷,透着一股霉味。

地上的灰尘积得很厚,顺着手电筒的光,能看到台阶上清晰的脚印。

刘宇蹲下来查看了一会儿,说:"这些脚印都是一个人的。"

"吴远波。"云渺言简意赅地说。

这栋楼一共有五层,脚印停住的地方在三楼。

刘宇打着手电筒照了照,说:"看样子就是这里了,老余,麻烦再开一下这个门。"

开锁师傅立刻开始找工具,就在这时,屋子里忽然响起了窸窸窣窣的响声和"哎哎哎"的声音。这里一点光都没有,那声音在黑暗里听起来格外恐怖悲戚,让人汗毛直立。

何思妍的心脏怦怦直跳,忍不住问边上的云渺:"柯老师,这里面是什么?"

云渺冷静地说:"人。"

"会是……谁?"

云渺没说话,她也不知道。

刘宇语气轻松地说:"何思妍,你要是怕就抱住我胳膊,我可以借给你一点儿胆子,不用还。"

"谁要找你借!"

"我还不是看你害怕。"

说话间,开锁师傅已经把锁打开了,他正要推门进去,被云渺拦住了。

刘宇立刻反应过来,叮嘱道:"老余,你先走,这个案子要保密。"

开锁师傅和刘宇是多年的朋友,自然也知道避嫌,不由分说地下了楼。

刘宇推开门,走在最前面,房间里面比外面更黑,这里的每一扇窗户都被封上了,屋内密不透风,一股食物腐烂的味道扑面而来。

一道黑影一下从里面蹿出来,砰的一声躲到了桌子下面,"呃呃呃"地叫了起来。

何思妍被吓到了,一把抱住刘宇的胳膊。

云渺看着那团黑影,一步步走进去。

"柯姐……"

云渺在桌子下面蹲下来,问:"你是谁?为什么会在这里?"

黑影还在叫。

云渺继续问:"是吴远波把你关在这里的吗?"

听到吴远波三个字,黑影慢慢平静下来。

刘宇他们已经到了面前,透过手机微弱的光线,云渺看清了黑影的脸,这是一个男人,五十多岁,枯瘦的脸,青白色的唇,深陷的眼窝,披头散发。

云渺柔声道:"别怕,我们是来救你出去的。"

黑影往外爬了爬,整张脸映在了光里。

何思妍张了张嘴说:"柯姐,你觉不觉得他像一个人?"

云渺平静地说:"吴远波。"

再次听到这个名字,影子仿佛恢复了一点意识,他从桌子下面爬了出来,看向他们,"呃呃呃"地指向自己嘴。

何思妍惊了片刻,说:"他没法说话。"

"什么?"

这里不是说话的好地方,云渺说:"先出去再说。"

影子非常瘦,几乎没有什么力气,刘宇把手机递给何思妍,弯腰将他背了起来。到了光亮里,影子忽然开始"呃呃呃"地哭了起来。他虽然不能说话,但三个人都能感觉到他难过的情绪。到了车上,云渺给陆征打了一通视频电话。

"陆征,吴远波有没有一个双胞胎兄弟?"

"有,但是二十多年前死了。"

云渺大概猜到了一些事情,又问:"他叫什么名字?"

"吴远涛。"

"也是警察吗?"

"不是,他是在码头边扛包卸货的工人。"陆征说。

云渺把摄像头转过来,对着前面的男人。

"你辨认一下，是不是他？"

男人看到陆征的一瞬间，干枯无神的眼睛顿时亮了起来，他朝着陆征手舞足蹈地比画着。云渺注意到，他一直在指自己的肚子，像是在着急让陆征辨认似的。

云渺连忙同前面的刘宇说："大宇，帮他掀一下衣服的下摆。"

男人非常瘦，干瘪的肚皮上有一块深灰色的胎记。陆征还是小孩子的时候，曾经对吴远波和吴远涛这对双胞胎无比好奇，他试图在两人脸上找到不同的地方，但是失败了。

"双胞胎真的是一模一样吗？"年幼的陆征问。

当时吴远波和吴远涛两人同时撩起了衣服下摆，吴远波的肚子上有一片深灰色的胎记，而吴远涛没有。

陆征一眼辨认出来，说："您是远波叔？"

影子使劲地点头，眼泪落了满脸。何思妍和刘宇两人均倒吸了一口冷气。他是吴局，那他们认识的那个吴局又是谁？

云渺深深地吐出一口气，道："狸猫换太子。"

双生子弟弟将局长哥哥关起来，再伪装成了他的样子四处作恶。

同卵双生的兄弟，生物基因测序一模一样，要证明他的身份并不容易。

吴远波的身体状况不太好，身份又太特殊，城市里的摄像头太多了，云渺便提议暂时把他送到乡下托专人照顾、保护。

云渺安排好吴远波后，打算回家去拿换洗衣服。

刚进小区，云征机器人就给她发来了警报："主人，那个人又来了。"

云渺查看了云征发来了视频——穿黑衣戴黑帽的男人，正使劲按着她家的门铃，见一直没有人来开门，他狠狠地瞪了一眼头顶的摄像头。

云渺立刻把车子调头开走了，到了医院病房，她还在发抖。

陆征皱眉问："怎么了？"

云渺没有隐瞒，说："他刚刚又去我家了。"

"碰上了？"

"没有。"云渺摇头。

陆征朝她招招手说："过来。"

云渺徐徐走近，陆征握住她的手，将她拉到怀里抱住，宽阔的掌心在她后背拍了拍。

云渺回抱住他，声音很低，依旧有些颤抖："我刚刚有点害怕。"

"我知道。"

"陆征,我不想变成胆小鬼。"

"你不是胆小鬼,渺渺,你已经很勇敢了。"

云渺在陆征的胸口靠了一会儿,稍稍平复了一下情绪,才说:"吴远涛最近还暴露了一条线索给我们。在张琼琼出事那个晚上,到底是谁看到我和你在长廊里?"

除了张琼琼就只有凶手本人了,那天他们都穿的便装,身上没有任何东西能看出他们的身份,作证的人却能一口报出陆征和云渺的名字,这也太奇怪了。作伪证的人就是突破口。

"明天和大宇他们查查是谁作的证。"陆征说。

"嗯。"云渺在他怀里应了一声。

次日中午,十一点四十,绿村巷。

烈日正当空,聒噪的蝉鸣打破了午间的宁静,食物的香味断断续续地从各家各户的窗户里飘出来。顾峰哼着歌,从一家卤菜店里慢悠悠地走出来,塑料拖鞋摩擦地面发出啪嗒啪嗒的声响。

刘宇见时机差不多了,从车上下来叫住了他,顾峰顿了步子回头,脸上的诧异之色明显。

刘宇朝他走过去,出示了证件,说:"警察。"

顾峰仿佛早就知道警察会来,脸上的表情很淡定。

"警官,我没犯事吧?"

"找你问点事。"刘宇说。

顾峰不动声色。

云渺走了过来,悄悄打开了口袋里的录音笔,说:"你在张琼琼的案子里做了伪证。"

顾峰眉头蹙了蹙,撇嘴道:"我不知道你在说什么。"

云渺笑着说:"问你一个问题,我叫什么名字。"

"你们警察那么多,我怎么可能知道你叫什么名字?"

云渺漂亮的眉毛挑了下,语气轻快:"可你在作证的时候,明明知道我叫柯云渺啊。"

顾峰的脸色有些发白。

云渺打破砂锅问到底:"说吧,是谁告诉你我的名字的?"

顾峰脸上的心虚之色明显，舌头有些打结："没……没有人……"

"刑事案件里，故意包庇凶手做伪证，可是要判刑的……"云渺眯着眼睛，故意拖长了尾音，她身上冷冽的气场和陆征非常接近。

顾峰有点心慌，云渺注意到他手里还拿着一个透明的盒子，里面放的是芭比娃娃。这肯定不是买来给自己玩的。

云渺抱臂，看着他的眼睛，问："你如果坐牢的话，准备把你女儿托付给谁照顾？"

顾峰脸上表情终于绷不住了。

云渺晃了晃手里的录音笔，问："现在我们已经找到了你说谎的证据，如果你不说实话，包庇罪肯定是逃不了的了。"

顾峰紧张地说："是……是有人让我做了证。"

"是谁？"

"是……是你们的那个局长。"

刘宇冷哼道："这种事你都敢瞎编，你不吃牢饭真对不起你。"

顾峰拔高了声音说："我没有瞎编，他还给过我一笔钱。"

云渺问："他给你的是现金还是别的？怎么证明？"

顾峰的额头上都是汗粒，一下全说了："是转账……警官，我都告诉你们了，能不能不算我作伪证啊？"

刘宇叉着腰道："把转账记录打开！"

顾峰依言把转账记录调了出来。

天气依旧炎热，刘宇跳上车说："这下证据总算是全了，但是现在我们被吴远波给架空了。老大在住院，谁信我们的话呀……"

何思妍说："要不然，我们上报省厅。"

刘宇皱眉道："一层层审，太慢了。"

云渺忽然说："我有办法。"

刘宇问："什么办法？"

云渺用手机连接了云征系统，顾峰的那段录音，还有一段关于吴远波的视频，被她剪辑过后发给了几个微博大V，一时间，吴远波事件发酵升温，多家媒体都在报道这件事。

陆征病房里的电视机，正好在放这段新闻，他看着，忍不住笑出了声。小姑娘还和十几岁的时候一样，有仇必报。

十几分钟后，三个人重新返回病房。

陆征朝云渺招了招手，何思妍和刘宇立马识趣地走了。

云渺走近，陆征握住了她的手，说："速度挺快。"

"你看到了？"

"嗯，好几个新闻频道都在放，很难看不到。"

云渺笑道："都什么年代了，竟然还有人喜欢看电视。"

"你不在，太冷清了。"

他本来也就是开着电视听听声音，也没认真看，直到那条新闻跳出来……

病房里的午饭已经送过来了，云渺发现陆征还没动筷子。

"你还没吃饭？"

"我拿筷子的时候，扯到了背后的伤口，疼。"

陆征说了一半实话，伤口确实疼，但那疼痛在他的忍耐范围内。真正原因是，云渺没回来，他没胃口。

云渺不等陆征说话，已经替他把床尾的桌板支起来，拉到了他面前。云渺把塑料袋打开，陆征刚要伸手来接，云渺已经夹了一筷子饭菜递到了他的唇边。

陆征笑道："对我这么好？"

"你刚刚难道不是在等我喂你吗？"云渺说。

陆征的嘴角几乎要弯到天上去了，声线依旧淡定："嗯，是在等。"

何思妍和刘宇去了趟警局回来，刚到病房门口，就撞见这一幕，非礼勿视！两人立马撤了。

云渺收拾完桌子，见陆征正盯着自己看。

云渺问："有事？"

"渺渺，我的病号服口袋里有东西，帮我拿一下。"

云渺不疑有他，把手探了进去，发现那是一个四四方方的绒布盒子。

云渺问："里面是什么？戒指吗？"

"是不是又俗气了？"陆征轻声笑道。

"是有点儿。"云渺低头将盒子打开，里面确实是一枚戒指，简洁的圆环设计，镶着一粒钻。圆环的背面有一圈数字，那是陆征的警号，云渺将戒指拿出来，正要往手上套，被陆征拦住了。

"结婚戒指不能自己戴。"

陆征左手握住她的无名指，右手捏过那枚戒指。

阳光照进室内,他低着头,眼里的光比指尖的钻石更亮,说话的声音也好听:"总归要有点仪式感。"

下一秒,就听到他故意拿腔捏调地说:"柯云渺小姐,请问你是否愿意嫁给陆征,无论贫穷、富有、健康、疾病?"

云渺被他逗笑了,故意说:"如果我不愿意的话会怎么样?"

陆征把戒指徐徐套进了她的无名指,柔声道:"那我只好逮捕你了。"

云渺对着戒指看了看,午后的阳光将戒指照射成了闪亮的星星。

"你这戒指哪来的?"

"店里送来的。"

这是定制戒指,后面那圈字也不是一时半会就能刻上去的。

"以前订的?"云渺问。

陆征说:"也不是特别久的以前。"

云渺弯着唇,语气里都带着笑意:"你说说具体的细节嘛,比如为什么突发奇想去订戒指?我想听。"

陆征伸手摸了摸她的后脖颈,笑道:"别问了,我害羞。"

"害羞什么?"

陆征故意叹了口气,说:"我想结婚,听起来多羞人。"

云渺拆穿他,道:"可你的表情,看上去一点也不害羞。"

护士进来给陆征换药水,他下午还有三瓶水要挂。

陆征说:"麻烦帮我把针拔掉,我有事。"

那护士拒绝了。

陆征举着胳膊说:"你不给我拔,我自己也会拔。"

半个小时后,陆征带齐资料,和云渺到了办理结婚登记的窗口,他们来早了,工作人员还没上班。陆征已经连续看了好几次手表了,皱着眉,表情有点严肃。

"都下午一点二十九分了,这些人工作太不积极了。"

云渺觉得有点好笑,问:"陆征,你真的这么想结婚?"

陆征捏住了她的指尖,说:"怕你反悔。"

"我干吗要反悔?"

"老牛吃嫩草,不自信。"

云渺语塞。

等到拍照的环节,工作人看到陆征身上穿着病号服,问:"你要不要去换一身衣服?结婚证上的照片,要保留很多年。"他还没见过有人穿病号服来拍照的。

陆征想想,觉得工作人员说的有道理,正打算出去找人借件衣服,却被云渺拉了回来。

"我不介意。"

两人板板正正地坐着,陆征虽然在病中,但颜值依旧在线,云渺对照片很满意,拍了一张存在手机里。日头很烈,陆征在出工作大厅前,拉住了云渺,云渺回头,见他目光灼灼地看着自己。

"渺渺,喊我一声。"

"嗯?"云渺没明白他的意思。

陆征晃了晃手里的红本子,说:"现在我们俩的身份变了,喊我什么?提醒一下,两个字。"

后面正好跟着一对新婚夫妇,两人你侬我侬地喊着"老公""老婆"。

云渺张了张嘴,就是喊不出来,耳根烧得通红。

"陆征,你能不能别那么肉麻?"

陆征将她拉到怀里抱住,贴在她耳边小声说:"行吧,听老婆的话,不肉麻……"

云渺的那条视频引起了轩然大波,无数媒体人举着相机涌到了省公安厅门口,省厅面临的压力也空前巨大。

下午四点,厅里派人过来,接管了"吴远波"在市局的所有工作,何思妍和刘宇把云渺他们收集到的证据,全部汇总上去。晚上八点,吴远涛被请进了审讯室——他打进门开始就保持了缄默。

到底做过多年局长,吴远涛的气场和余威还在,审讯他的两位警员一时不太能转换角色,神情有些拘谨。

"吴……您还是说实话吧,证据确凿了,我们早点结束。"

吴远涛始终一言不发,几个人就这么僵持到了晚上十一点半。

吴远涛终于说了第一句话:"我要上厕所。"

两位警员松开他手上的禁锢,陪同他去了卫生间,吴远涛进了卫生间隔间,两个警员在门口等,忽然响起了一声沉闷的巨响……

"不好!"

两人推门进来,见吴远涛倒在马桶旁,血流了一地。

收到消息,陆征和云渺立刻驱车去了队里。

大大小小的警员来了不少，满屋子都是人，见陆征进来，众人主动让出一条道。

"陆队。"

负责审讯吴远涛的两位警员，见陆征来了，才终于定了心。审讯室是全程录音录像的，两位警员没有撒谎。

吴远涛出事的卫生间，已经被拉上了一圈黄色的警戒线，里面的血腥味很重。

陆征看了眼云渺，说："在外面等我。"

云渺点头。

法医已经完成了相关的检查，技术科的人员正在里面拍照。

陆征进来，问："死因是什么？"

法医言简意赅地回答："颅骨骨折，排除他杀。"

殡仪馆的人来得很快，吴远涛的尸体被盖上白布担到外面。

"等一下。"

云渺走过来，掀开白布的一角。吴远涛的长袖衬衫剪开后，里面的手臂露了出来，上面有一道暗红的文身。

只是，这个红蛇的花纹和她记忆中的那个人的身上的花纹并不一样——吴远涛手臂上这条蛇盘了两圈，看起来相对温和，而那个人手上的红蛇吐着深红的蛇信，更具侵略性……

云渺的目光暗了暗。

陆征看了眼旁边的刘宇，说："大宇，开车，去吴远涛家。"

九年前，那场围剿行动，正是由吴远涛亲自发起的，他清楚计划里的每一个流程，也是他设的局，将那些无辜的警察全部送上了绝路……

车子还没开到吴远涛住的小区，此起彼伏的消防车的声音就灌进了耳朵。这情形和当年火烧警局的情形无比相似……

陆征瞳仁漆黑，橘红色的火焰在黑夜里格外刺目。

云渺仰头，眼睛里被火光染成了红色，她的声音里带了一丝不甘心："他来过了，我们来晚来了一步。"

大火一个多小时后，才彻底被扑灭。

"老大，还查吗？这案子都破了。"刘宇问。

陆征拧着眉说："张琼琼的案子是结了，但另一个案子才刚刚开始。"

刘宇不太明白，问："还有什么案子啊？"

陆征看着眼前被大火和水冲刷过的屋子,说:"十几年前,有一个神秘的红蛇组织,四处作案,警方几经波折打掉了它的分支。后来,该组织的头目,出现在徐家岭附近的一处民房里,警方信心满满地去围剿,却中了对方的圈套……那之后,很长一段时间,红蛇再没出现过,所有关于这个组织的痕迹也都被人抹去了。"

刘宇张了张嘴,红蛇的事他只听过一次,还是在他刚进队里的时候。陈年旧案,没人能说得清楚各中细节,传得神乎其神,好像说去的警员里只有陆征一个人活着回来。

空气里弥漫着浓浓的汽油味,是有人故意纵火,火是从书房开始烧的,里面的损毁最为严重,文件几乎没有什么存留。客厅是保留比较完好的地方,只是被烟熏黑了。

打开玻璃展柜,里面放着吴远涛这么多年来得到的各种奖项,云渺一张张看过去,见其中一个奖杯下面,压着一张纸。

那是一封信,准确来说,是某本书上撕下来的书本内页,署名是张萍。信的内容很短,大致意思就是让他去凤城看她。

书页已经泛黄、发旧了,却能清楚地看到书名——《水浒传》……

陆征也看了一下那封信的内容,说:"韩为光的书架上也有一本《水浒传》,内页被人撕掉了。"

云渺忽然想到了什么,说:"这本书是张萍托韩为光带给吴远涛的,但是韩为光却没有给他,那之后不久,张萍就死了。吴远涛因此憎恨韩为光,并借红蛇的手,解决了他。"

陆征点头。

吴远涛家里的每个角落都查过了,没有找到任何关于红蛇的线索,刘宇他们查看了小区的监控,凶手是从楼梯上来的,避开了电梯间里的探头。

好不容易才有了一些头绪,现在线索全断了,云渺有些沮丧。

陆征忽然说:"渺渺,还有一条地方没查。"

"哪里?"云渺问。

"吴远涛的车。"

车钥匙就在门口的架子上,这是这场大火里仅剩不多的东西。

众人立刻去往车库,刘宇检查了后备厢和后座,里面空空如也。云渺则检查了前面的储物格,里面放着一些零散的票据,有的是停车场收费的小票,有的是加油的发票,还有一些高速收费站的票根……其中一张收费站的票据时间，和张琼琼父母去世那天的时间完全吻合。

这恰巧印证了他们前面的猜测。

云渺联系交管部门后，用云征系统检索了吴远涛的车牌号，发现近三个月，他除了警局和枫林路，去的最多的地方就是平川路28号，能让他这种级别的人主动碰面的人，绝对不是红蛇里的小头目。

云渺脑海里突然闪过那辆黑色的车，还有那个漆黑瘦长的影子。

"可能张琼琼无意中发现了这个地方，并且以此来要挟吴远涛，却招来了杀身之祸。张琼琼的父母很可能也知道这些，所以，吴远涛才会在他们和警方见面前，解决掉他们。"

平川路28号，应该就是红蛇在N市的根据地。

"大宇，召集警力排查最近在平川路附近出入过的人员和车辆，派人继续盯着那里。"

"收到。"

云渺皱着眉道："但是，我还有一点始终没有想通。吴远涛为什么要让张秀死呢？她没有泄露他的秘密，也是张萍最接近的替代品……"

陆征和刘宇都没法回答这个问题。

从吴远涛家离开后，云渺和陆征又去了一趟市局。省厅派来的调查人员正戴着白手套在清查吴远涛的东西。见陆征进来，他们相互点了点头。

云渺看了眼陆征，省厅的人来得很及时，这里许多东西都没来得及清理。陆征戴了手套，开始查看那些资料，这里面很多都是以往案件的汇报总结。吴远涛心思细腻，绝对不会把那些东西放在这么显眼的地方。

云渺仔细打量着吴远涛的这间办公室，这间办公室是由一个大间和一个小间组成，里面的小间放着沙发和茶几，是个接待室。

接待室和外面的办公室之间，原本有一道墙，墙面拆除，改成了两面用的柜子，只是接待室里的柜子打不开，全部都是假门。

靠墙的书柜很浅，两个房间中间有个近一米宽的区域没有被利用。这个空间，就像是某种夹层。

云渺仔细观察后，发现了其中的奥秘，有一排书架是可以移动的，那上面有一个按钮。

云渺在那上面按了一下，书柜弹开一道缝，云渺将架子拉到底，光照进去，里面是一个全封闭的空间。

众人全都愣了，这里还有密室？

陆征打开灯照进去,和外面一样,密室里也放着两排高高的书架,只是上面放着的资料和外面完全不一样。

陆征翻开其中一本资料,那是几年前的一个案子的卷宗,吴远涛在上面用红色的马克笔打了叉。

陆征记得,这个案子涉及的嫌疑人,已经全部死掉了,另一本资料打开,还是卷宗,嫌疑人也是全部死亡。这些案子有一个共同的特点,它们都和红蛇组织都有着千丝万缕的关系。

陆征的目光停在了一个最近发生的案子上,死者是张秀的丈夫,张秀的死,也许只是吴远涛完成红蛇任务中的一个环节。

她是谁、她像谁或许都不重要,重要的是她和红蛇牵扯上了关系,就得从这个世界上彻底消失。

有吴远涛这道屏障在,红蛇可以被完全掩盖在光亮之下。

除了书架上的资料外,桌面上也还有一沓文件,陆征翻开看过一眼,顿时僵在了原地。

云渺就在他边上,一眼看到了卷宗上的名字——柯严洪,这是云渺父母的那个案子。这是很多年前的案子了,却被吴远涛单独选出来放在了桌上。

云渺叹了口气,说:"他发现了,我是他的漏网之鱼。"

所以,最近她才会有那么多意外。

红蛇案牵连甚广,排查难度巨大,省里建立了一个特别调查小组,由陆征担任总负责人,警力和物资全部由他调配。

那些孤零零的名字,从数据库里拉出来,警员们明察暗访,各个击破,最近一个月,嫌疑人抓了一批又一批,审讯室几乎二十四小时亮灯。

这些嫌疑人都有一个共同的特点,他们只肯交代自己的犯罪事实,所有关于红蛇组织的事都三缄其口。他们涉及的犯罪领域众多,有网络诈骗、传销、经济犯罪等。

经过一段时间的调理,吴远波的身体状况和精神状况都有了很大好转,云渺开车去了趟乡下。

吴远波见云渺过来,把轮椅摇了过来。

"吴叔叔,我可能还需要问您一些问题,是关于吴远涛的,您方便吗?"

吴远波点了点头,从轮椅下拿出本子和笔,示意云渺说。

"他为什么要把你关起来？"

吴远波拿着笔的手抖了抖，接着在纸上缓缓写道：

那天，我们俩一起喝酒，他告诉我他犯了事，想让我帮他脱罪，我不答应，想拉他去自首，他不肯。后来，他喝酒，骂我，我也陪着他喝了很多，我们都醉了。等我醒来，就发现自己被他关了起来，全身疼得厉害，腿也断了……

"然后他就顶替了你？"

吴云波点头。

"您那时候是什么职位？"

吴远波又写：刑侦支队的队长。

"吴远涛当时不是投江了吗？"

吴远波在纸上写：那是他为了脱身演的一出戏。他在众目睽睽之下跳江，就是为了脱身，让人对他的死信以为真。他会游泳，而且他早就安排好了人搭救自己，根本死不了。他跑都跑了，自然也捞不到他的尸体。

云渺又问："你不能说话……"

吴远波继续写：他弄的。

"即使是双胞胎，两个人长得一样，但性格、习惯、生活方式也大相径庭，顶替另一个人，难道不会被发现吗？"

吴远波一笔一画写道：

我们的性格差不多，都比较内敛。父母早亡，我们两个也一直没有谈恋爱结婚，跟亲戚也很少来往。

我最初是在P市的警局工作，那段时间这里不太平，我担心他的安全，就申请调了过来。

他顶替我的时候，我才刚调过来没几天，和周围人也不熟，那个时候也没有指纹识别、人脸识别这种技术，他没有被发现也在情理之中。

云渺点了点头，继续问："他……为什么这么恨你？"

吴远波仿佛是想到了什么，眼里划过一丝痛楚，颤抖着继续往下写：

小时候家里穷，只能供一个人读大学，我成绩好，父母就把钱给我念书了，他一直记恨，觉得是我抢走了他的前程。

相同的脸，一样的出身，天差地别的社会地位，吴云涛嫉妒哥哥似乎也在情理之中。

"我发现他常常去看你。"

吴远波笔尖不停：对，他会把他做过的坏事一桩桩讲给我听……

云渺抿了抿唇，问了她最想问的问题："我们调查的时候，发现他和一个叫红蛇的组织有联系，您知道吗？"

吴远波点点头，写道：他顶替我不久之后，就加入了红蛇，红蛇为了培养他做保护伞，故意犯罪为他铺路，短短一年时间，他破了许多要案，连升几级。

"您了解红蛇吗？"云渺又问。

吴云波摇了摇头。

从乡下回来，正好赶上晚饭时间，云渺订了些饭菜送到队里。在长廊里遇见出来抽烟的刘宇，刘宇接过她手里的袋子闻了闻，眉毛也跟着愉悦地动了动。

"谢谢嫂子，我天天就指望着美食救命。"他指了指塑料袋上的饭店标志说，"这家的饭菜不便宜吧？"

云渺笑着说："花的是你们老大的钱。"

刘宇又和她聊了几句："花我们老大的钱是不稀奇。稀奇的是，你不声不响地跟他领证了。等你们办婚礼那天，我召集队里的兄弟穿制服给你们捧场，保证惊艳百倍。"

云渺想象了一下，说："是挺特别的，不过陆征可能会让你们当场把制服脱下来。"

刘宇灭掉手里的烟，笑道："这倒是他会做出来的事。一点也不懂浪漫，要不然也不会新婚宴尔，拉着你在队里住一个月。"

陆征出来找云渺，正好听到刘宇的这句吐槽。

刘宇赶紧往回圆。

"老大，我刚刚纯粹是胡说八道的，你是全心全意为人民服务……"

陆征没接这句，而是问："嫌疑人审得怎么样了？"

刘宇叹了口气，说："还是老样子。关于红蛇的事一个字也不说，而且这个人更奇怪，看上去很清白。"

陆征点头，半响，又说："你刚刚的建议不错，可以采纳，到时候让老王给你们提前发新的警服，打扮得帅气一点，弄点发胶什么。"

刘宇没想到陆征会又绕回这个话题，嘴巴都张得合不拢了。一旁的云渺没忍住，笑出了声，陆征把手压在她的头顶。刘宇见状，立刻找了个理由溜了，他可不想留下来被虐。

长廊里热风习习,不远处的树上,知了聒噪地叫个不停,长廊里却很静。
　　陆征站在云渺身后,俯身在她的耳郭上亲一下。
　　"老婆,你觉得我是不是他说的那样?"
　　温热的呼吸钻到云渺的耳朵里,麻痒顺着耳郭一直蔓延到了脊柱,她半个背都酥掉了,反问道:"哪样儿?"
　　"不浪漫。"
　　云渺轻咳一声说:"案子要紧,浪漫……以后慢慢再说。"
　　陆征用手指钩住她的手指,暧昧地捏了捏,提议道:"今晚回家住。"
　　"案子还没结。"云渺说。
　　"再晚也要回去,省得你也觉得我不解风情。"
　　"我没有。"
　　陆征钩着她耳畔的一缕碎发,在指尖绕了绕,用只有两个人听到的声音说:"嗯,是我。"
　　云渺耳朵红得能滴出血来。
　　陆征终于不再调戏云渺,径自去了审讯室,云渺也跟了进去。
　　和红蛇案相关的嫌疑人,陆征都会亲自督查。
　　太阳已经坠入西天,审讯室里亮着一盏灯,光线有些凄清的冷。
　　"陆队。"
　　"柯姐。"
　　坐在刘宇对面的嫌疑人,见云渺和陆征进来,略带嘲讽地笑了笑,说:"哟,你们领导来了。我跟你们说,谁来了都没用,我没犯事,你们就得放我出去。"
　　云渺抱臂,沉默地打量着他,男人四十多岁,右手手臂上有一道清晰的红蛇印记。
　　陆征拉了张椅子,在他对面坐下,问:"手臂上的文身哪里来的?"
　　那人晃了晃手,说:"这个啊?文身店五十块钱弄的。"
　　陆征语气低沉:"哪家文身店?"
　　男人表情放松,吊儿郎当地说:"他家早就倒闭了,你们找不到的。"
　　陆征又问:"你做什么工作?"
　　"理发店里给人做头发的,大龙发廊,就在紫枫府门口。"
　　陆征有印象,这家发廊就在云渺家楼下。
　　陆征看了眼他头上的爆炸头,问:"你店里烫头发怎么收费的?"

男人没想到陆征会问他这个,他愣了愣,说:"一百一次,良心价。"

陆征的视线在他的手指上停留几秒,而后朝后面的刘宇示意道:"抓错人了,赶紧放了。"

刘宇心有不甘,爆炸头已经站起来,大摇大摆地往外走了。

陆征发现男人的走路姿势有点奇怪,他的身体会情不自禁地往右边使劲,好像在保护左脚一样。他一时想到之前袭击云渺的人,左脚受过伤,身高在170-175cm之间,体型偏瘦,家住云渺家附近……

陆征起身对刘宇说:"通知线人盯着爆炸头,切记不要打草惊蛇。"

云渺问:"怎么了?"

"爆炸头就是那天在天台上往下扔花盆的人。"

刘宇闻言,眉头紧皱:"那就这么把他放了啊?"

"你有证据拘留他?"陆征问。

"没有……"刘宇答。

红蛇会把这么重要的事安排给他,说明这个人并不简单。

陆征翻看了桌上的卷宗,男人名叫秦松。

秦松……这个名字好熟悉。

他的父亲陆衍,曾经是某实验室的负责人,当时实验室里有一个研究员,也叫秦松。不过,那个秦松是个白白净净的小伙子,二十岁出头,满脸青涩,一说话就脸红,他还教陆征怎么折纸飞机。

后来,陆衍所在的实验室发生了爆炸,秦松和他的父亲一起失踪了……

一个荒诞、怪异的想法从脑海里划过,很快又消失了。时间过去太久,他早已不记得那个秦松到底长什么样子了。

云渺看他有些不对劲,碰了碰他的手,问:"怎么了?"

陆征回神,道:"渺渺,需要你帮忙认一个人。"

云渺点头。

陆征牵着她出了审讯室,因为紧张,他的手无意识地收紧,云渺的手都被他捏疼了。

"陆征,你到底怎么了?"

陆征这才意识到自己的失常,他松开了她的指尖,说:"抱歉。"

他脚下的步子迈得飞快,云渺几乎是一路小跑才能跟上。

进了办公室,他拉开椅子,迅速打开电脑,在搜索栏里输入一行字——

0831 实验室爆炸。

  xxxx年8月31日，N市最大的生物实验室因为仓库内的丙酮和酒精存放不当，发生爆炸，事故造成13人死亡，2人失踪。

  陆征的指尖快速滚动鼠标，最终停在了一张照片上。

  云渺俯身看过来，问："这是谁？"

  "一个二十多年前失踪的人。"

  云渺盯着灰白照片上的面孔看了一会儿，惊讶地说："他不就是刚刚审讯室的那个人吗？"

  陆征沉默良久，才缓缓开口道："和他一起失踪的还有我爸。"

  他说话的声音很低，有强装出来的镇定，但云渺还是感受到了他的痛苦。记忆的碎片在脑海里回放着——

  "陆征小朋友，你长大想做什么呀？"

  "我要做警察，用枪消灭一切坏人。"

  "我看你就是想玩枪。"

  "我才不是，我爸爸说枪不是用来玩的，是用来保护好人的。"

  "哟，小伙子有志气。"

  ……

  云渺第一次感受到了陆征的脆弱。

  她伸手从身后环住了他，轻声道："陆征，是你说的，不要被恐惧和黑暗啃噬了心智。"

  陆征回头，看向身后的女孩。

  半晌，他喉结动了动，低声说了个"好。"

  现实并没有给他们太多的时间来调整情绪，一个小时后，有线人汇报说秦松去了N市郊外的一处工厂。

  陆征提了钥匙出门。

  云渺在他上车前从他手里接过了钥匙，说："我今天手痒，我开车。"

第二十四章·死别

与你相处的每一天都是上天的馈赠。

陆征把车钥匙递给云渺，又折回去拿了点东西，再出来时，他已经换上了黑色的防弹衣。云渺上一次见他穿这样的衣服，还是几年前。岁月没有带走他的帅气，反而在他身上增加了一抹沉稳，过去和现在重叠交错，云渺看得有些呆了。

陆征垂眉，看了她一眼，问：“渺渺，在看什么？”

云渺仰着脸，轻声笑：“看你呀，不给看吗？”

"给，随便看。"

"这还差不多。"

陆征示意她抬起胳膊，他掀开手里的防弹衣帮她穿上。

他已经帮她拿了最小的号，还是有点宽，腰两侧的带子需要调整，陆征弯着腰站在那里帮她细心整理。

"会碰到他吗？"云渺问。

"不一定，安全起见还是穿上好。"

腰上整理好了，他又站起来帮她整理肩头的绑带，云渺的身高差不多到他的肩膀，陆征低头帮她整理肩带的时候，两个人的脸靠得很近。

云渺就这么安安静静地看着他，从眉眼到下颌，他的每一处线条都是凌厉利落又英俊的，尤其是那双眼睛，微风簇浪，像散了满河的星星。他的唇线也好看，嘴唇很薄。

陆征和她温柔地对视，笑道："还没看腻？晚上回家慢慢看。"

云渺没说话，耳根莫名泛热。

肩带弄好后，陆征往她头上扣上了一顶防弹头盔。

"这个我可以自己戴的。"云渺强调道。

陆征笑了下,已经垂头帮她戴好了,还顺手抓了她的指尖在那防弹头盔上摸了摸,嘱咐道:"这个是护目镜,需要的时候拉下来保护眼睛。记住,再好的防弹衣也不能挡住所有的子弹,一会儿还是跟着我。"

云渺点头说:"好。"

到了车边,云渺忽然握住了他的手。

陆征回头,云渺认认真真地对他说:"陆征,一会儿如果有突发情况,你先保护你自己,可以吗?"

女孩的眼睛在月光下晶莹潋滟,他的心也莫名柔软了几分。

陆征伸手在她脸上捏了下,语气中带了几分宠溺道:"渺渺,我对国旗宣誓过,誓死保卫人民群众的生命、财产安全。保护你既是责任也是义务,所以,你不用觉得有压力或负担。从前是,现在是,今后也是。"

云渺没有反驳,眼窝隐隐有热意涌动。

陆征已经牵着她上了车。

车子一路开到了城郊的废弃工厂,这一带尽是拆迁区,居民搬走后,路灯也不开了。陆征将车子停在路边,和云渺一起下了车。

四周一片漆黑,只有头顶的月亮撒下些许微弱的银光。夜很静,偶尔可听到虫鸣鸟叫和衣服布料摩擦的窸窣声。杂草丛走到头,前面的厂房里亮着一束火光。陆征让云渺待在一棵榕树后,自己则顺着墙根一路到了厂房门口。那束亮着的火光是废旧物品燃起的火堆,因为没有人往里面加可燃物,火势慢慢转小。确认没有危险了,陆征才朝云渺招了招手,她从树丛后面跑出来,到了他身边。地上只剩下一团暗红色的余烬。

"我们来晚了一步,人已经走了。"说着,他打开随身携带的手电筒,在屋子里照了照。

这是一间废旧的服装厂,用来做引火物的是一些碎布条,空气里残存着烧焦的臭味。车间中间有一张烂了腿的桌子,有人移动过它的位置,地上有清晰的拖拽痕迹,桌子拽到这里来应该是要摆放什么东西的。

云渺要往那里走,被陆征拦住了。

"小心!地上的钉子。"

云渺拿手电筒照过后,才发现潮湿的地上散落了着几枚银色的图钉,图钉落在水里却没有生锈,说明刚刚掉下来不久。那边有个架子,木板上有被图钉留下的小孔。

"他们在这里开了会?"云渺问。

陆征蹲下来查看了一番地上的脚印,说:"来的人不多。"

"有几个?"云渺说话时有些紧张。

"三个,其中一个是秦松,他先过来,后面的两个人是一起来的。"

陆征打着灯在灰烬里照了照,那里面除了布条,还有一张烧得只剩下一个角的纸片。上面只剩下三个不连贯的字:红、体、美。

从里面出来,陆征又检查了门口。

"有车子来过。"门口的草被车轮碾压过。

这四周都是没有监控的野路,四通八达,一切都似飞鸿踏雪,无踪可寻。

"会是上次在平川路的那辆车吗?"

"有查过它吗?"陆征看了她一眼,问道。

云渺的眼神暗了暗,连带着语速都有些快:"查过,但是车子从平川路上消失了。我猜想,应该是停到了某个私人车库里。"

"如果是它,那今天它应该开过不少地方。"

两人立刻驱车去了李海瑞那里。

半夜来开门的大叔,不太高兴地看着陆征和云渺。

"二位,我们晚上是不开门的。"

陆征去隔壁的二十四小时营业超市,买了两包烟给他。老大爷立马不说别的话了:"我到传达室等你们,好了喊我。"

云渺看了眼陆征,打趣道:"陆队,我以为你的脸到哪里都可以刷。"

陆征睨了她一眼,道:"我是可以刷脸,但是他可能会唠叨到你头皮发麻。"

"有这么恐怖?"云渺的眉毛动了动。

"想试试?"

云渺一把拽过了他的胳膊,扯了扯嘴角,说:"不了,查案要紧。"

控制室的电脑打开,云渺以最快的速度检索了平川路以及与之相连的凤麟路和飞燕路,视频滚了好久,但是从头看到尾都没有看到那辆车。

云渺稍稍有些沮丧,从陆征的角度,正好可以看到她垮下来的嘴角。

很少看到她这样的表情,他伸手在她头顶揉了揉,稍做安慰。

"明天去平川路上,挨家挨户地排查,他今天没开出去,那辆车就一定还在原地。"

云渺闻言,略松了口气,她看了看时间,问:"一点了,现在回家吗?"

"回。"他说。

陆征的情绪也已经平复了,回去的路上,他开车,云渺补觉。到了下车的时候,云渺才发现陆征把车子开到了他家。

"怎么开到这边来?"

陆征握住她的指尖,笑了笑说:"忘记我和你说的了?这是我的婚房。"

她故意打趣道:"别人家的新娘进婚房,都是哥哥抱上去的,不能自己走。"

"这个不难。"说话间,陆征已经弯腰将她抱了起来。

云渺还记挂着他背上的伤,忙说:"我和你开玩笑的,你放我下来,我自己上去。"

"不放。"他的步子迈得飞快,三两步上了楼。

沿路的声控灯,亮起又渐渐熄灭,楼道里格外安静。

到了最上面的一级台阶,陆征将她放下来,挑着眉毛说:"柯云渺,哥哥抱你上来了,喊声哥哥听听。"

陆征脸上出了一层细密的汗,眉眼间尽是温柔的笑意,被光照着,灼灼的,满含深情。云渺的心脏怦怦直跳。她咬着嘴唇,故意避重就轻道:"你又不是我哥哥……"

陆征忽然倾身靠过来,云渺往后退了一步,被他挤到怀抱和门板之间,唇靠得很近,呼吸也是,云渺下意识地闭上了眼睛。陆征拿过钥匙,指尖若有若无地擦过她的腰身,云渺的眼皮掀动着,像是一只受惊的小动物。

陆征有些忍俊不禁,轻声笑道:"渺渺,我拿钥匙开门,你闭眼睛做什么?想让我亲你?"

云渺又羞又恼,睁开眼睛,仰头反驳道:"我才没有!"

头顶的声控灯熄灭的一瞬间,他忽然低头吻住了她的唇瓣,声音夹在唇齿间:"错了,是我想吻你。"

钥匙碰撞过钥匙发出"叮叮咚咚"的声响,陆征摸黑将门打开,将她抱了进去。进门之后,云渺的脚都没有着地,他抱着她,穿过长廊,径直去了最里面的主卧。

灯没有开,卧室里漆黑一片,眼睛看不见,其他的感官变得愈发敏锐。炙热的吻,从唇上往下转移到了耳郭。

彼此都出了汗,有些热,云渺推了推他,声音有些沙哑,染了几分情动:"陆征,能不能把空调打开,热。"

他起身去找了遥控器,回来后,又将卧室里的灯全部打开了。

眼睛之前适应了黑暗,骤然转了强光,刺得难受,云渺拿手背挡住了眼睛。陆征将她的手背拿开,低头过来吻住了她的眼睛。温软的、满含柔情与珍惜的吻……

"渺渺……"他喊她。

"嗯。"

"去洗澡?"

"好。"

云渺刚说完,陆征已经又一次将她抱了起来。

浴室的灯被打开,他将她抱进了浴室。

云渺一夜无梦。

醒来时,陆征还在,而她正枕着他的手臂。时间不早了,阳光从厚重的窗帘后面漏进来一道金边,满室静谧。空气里有股甜意,凉意散了大半,稍稍有些热。云渺想起床,却发现头发被陆征胳膊压住了,她刚动了一下,一道低沉的声音忽然从身后响起,带着清晨露水里的柔和:"醒了?"

"嗯。"云渺转身,侧躺过来,对上他那双狭长的眼睛。

室内的光线不算明亮,正好看清他唇角漾起的笑意。爱意总在无言时,缱绻、渐浓。云渺探了根手指,沿着他的眉峰轻轻扫过。

大约是觉得不够,她又凑过来,在他唇上啄了一口,说:"陆队,我才发现,醒来看到你是一件这么美好的事。"

女孩的发丝像瀑布一样散落在雪白的肩膀上,被倾泻进来的朝阳照得像绸缎一样,泛着微微的光,脸颊上则带着刚刚醒来时的粉色。

陆征在她鬓角上摸了摸,说:"以后总有看腻的时候。"

"那得等到很多年以后了。"

"嗯,听起来就很令人期待。"

云渺往他的怀里靠了靠,将脸靠在了他的胸口,问:"陆征,你知道云征机器人为什么会认得你吗?"

"因为喜欢我?"说完,陆征在她的脸颊上点了点。

云渺狡黠地笑了下,说:"嗯,它确实是我做出来送给你的礼物,但它本质上是个小间谍。它会记录你的心跳频率、呼吸频次、情绪变化,然后全部汇报给我……"

"为什么要记录这些?"陆征问。

云渺缓缓地吐了口气,道:"当时想的是,如果最后留在你身边的不是我,有云征在,至少我永远都可以听到你的心跳声。"

不需要经过任何人的同意和允许,她可以做个光明正大的"小偷"。

陆征的目光一滞,他伸手握住她的指尖,按到自己胸口,指尖感受到的心跳和机器捕捉的是不一样的,滚烫的、炙热的……

"渺渺,迄今为止,它只为你一人狂热地跳动过。以后,也只会是你,除非某天,彻底停止了跳动。"

"时间久了,是不是就变成了亲情?"云渺笑着说。

陆征没有直接回答这句,而是说了些别的:"我们每次出特殊任务前,都要留下紧急联系人的电话。从前,那一栏,我一直是空着的。可自从你住到这里的那一天起,我忽然把那一栏填上了。渺渺,你早就是我的家人了。"

云渺没忍住,眼泪落了下来。陆征用指尖轻轻地拭去她流淌的泪水,继续说:"所以,渺渺,我们和别人是不一样的。我们先有了亲情,然后才有了爱情,但无论是哪种情感,你都是我最重要的人。"

云渺推了推他,小声说:"你一大早就开始煽情。"

"不煽情了,起来去见见爸妈。"说完,他低头吻掉了她脸颊上的泪水。

云渺稍稍有些疑惑,陆征的父亲失踪多年,母亲也去世很多年了。

不过,她还是起来,跟了出去。陆征让她见的是他父母的相册。陆征的容貌几乎完全继承了母亲,只轮廓和那双眼睛像父亲陆衍。

云渺对着照片非常诚恳地说:"爸爸、妈妈,以后我会替你们照顾陆征的。"

陆征不知道在哪里变出来几个红包,压到她的头上。

云渺有些惊奇地问:"这是什么?"

陆征答得自然:"改口红包。"

"那怎么有三个?"

"一个替我妈给的,一个替我爸给的。"

云渺抽出其中两个,问:"那还有一个呢?"

"当然是我给的。"

"你给什么改口费?"

陆征故作惆怅地叹了口气,道:"老婆,你昨晚改的口,总不能赖账吧。"

云渺整张脸全红了。

这时陆征的手机突然响了起来,云渺看到他脸上的笑容,在几秒钟内,消失殆尽。

"怎么了?"云渺问。

陆征的语气冷漠:"红景寺地铁站,发现了定时炸弹。"

云渺惊讶地说:"炸弹?"

陆征来不及解释太多,快速换了衣服出门,云渺也没有耽误,套上衣服往外飞奔。

"我跟你一起。"

"别去,危险。"

云渺深深地看着他的眼睛,说:"陆征,我是你们的特邀专家,也是你的战友,现在还是你的妻子。"

陆征犹豫了几秒后,反牵住她的手,一路飞奔下楼。

十分钟后,云渺和陆征到了红景寺地铁站。黑压压的人群,已经陆续从地下转移到了地面层,每个人的脸上都写满了惶恐与不安。警车、消防车、救护车都第一时间到了现场,各种声音交错混杂在一起,此起彼伏。

现场的警员见到陆征过来,都松了口气。

"陆队。"

"什么情况?"

"定时炸弹,发现得及时,还没爆,排爆专家已经下去了。"

云渺皱眉,这是N市人流量最大的地铁站,嫌疑人把炸弹放到这里,用心之险恶可见一斑。她有预感,这件事是红蛇做的。

"下去看看。"

"等会儿。"陆征握紧了她的手腕。

即便是最优秀的排爆专家,也不一定次次都能完成任务,这个时候盲目下去是很危险的。又过了几分钟,排爆组的季离亭上来了,他一手提着工具箱,一手解开那厚重的排爆服,警帽摘下来,一张俊脸上尽是汗水。

他朝陆征远远地点了下头,众人都松了口气。

发现炸弹的工作人员,跟着他们下去。负一楼非常空旷,平日里排着长队的食品铺子都关了门,只剩食物残留的香味在空气里飘着。

地铁停靠在负二楼,一路往下,橘红色的地铁停靠在那里,白色的灯亮着,门敞开着,车厢内空无一人。炸弹是列车员在交班时发现的,有人把它固定在了列车员休息室旁边的柱子上。除了工作人员，很少有人能进入这个区域。

"休息室的管理员呢？"陆征问。

"我给他打电话。"那人说完，立刻开始拨号，然而对方的电话许久没有人接听，那人喃喃地道，"奇怪，老李跑哪儿去了？"

云渺去总控室调取了录像，这里的人流量实在太大了，摄像头里捕捉到的人不计其数，偏偏这个休息室又没有摄像头。

"炸弹体积不小，看看他们有没有提箱子。"陆征说。

云渺点头，眼睛一动不动地盯着屏幕看。

过了一会儿，陆征看云渺暂停了画面，问："找到了？"

云渺指了指画面中某个灰色的影子说："是秦松。"

画面放大，调整清晰度后，秦松穿着地铁工作人员的衣服出现在了屏幕里。

"他是假扮成工作人员进来的这里。"所以才逃过了车站人员的严格检查。

这时，车站用来播报到站消息的广播，忽然响了起来。如同鬼魅一样的笑声在空旷的车站里回荡："怎么样？这个游戏是不是很有趣？这还只是个开始哟！"

云渺脑灵机一动，忽然想到了昨晚那张残缺不全的纸片——红、体、美……

红景寺……

"不好！"

"怎么了？"

"昨晚那纸条上的三个字，对应的应该是三个地点，那张 A4 纸如果写满的话，至少有十几个地方。"

云渺打开云征系统，根据人员分布密度，大致推测出那个"体"指的是体育公园，那里正在举办一场农交会，"美"应该是 N 市最大的商场"美琴广场"。

然而，这只是冰山一角。

云渺的脸色煞白，连带着声音都有些颤抖："陆征，疏散群众。"

陆征立刻给省厅打了电话。这已经不单单只是一件刑事案件了，武警部队迅速赶到现场，实施反恐预案。因为不知道凶手下一步的计划是什么，他们只能把人群一批批地从拥挤的地方请出来。

城市应急广播全部响起——"请大家不要恐慌,暂时放下手里的工作,按照武警队员的指示,有序撤离到安全地带。"

排爆部队出动,警犬在大楼里穿梭来回,陆续有炸弹被找了出来。

绝对的安全还没有到来。远处飘来一团漆黑的积雨云,电闪雷鸣之后,暴雨大作。空荡荡的路面很快被雨水浸湿……

云渺满眼忧虑地说:"只有找到他,这一切才能结束。"

红蛇,他才是整个事件里最恐怖的存在。

陆征带人去平川路。大雨降低了能见度,车子在路上开得很慢,平川路上都是居民楼,两层的小洋楼,一楼自带着个小院子。挨家挨户地找过去,镂空的围墙可以清楚地看到里面的情况。

车子开到路的尽头,那里有一栋楼。这是这条路上唯一一栋密封的院落,荷枪实弹的武警立马将这里包围。他们敲了门,却迟迟等不到人开门。事出紧急,武警队员破门而入。那辆无牌照的黑色跑车就停在院子的中央,整栋小楼全部找遍了,空无一人。别墅的后面有一扇大门,那里可以通往另一条路,泥泞的路面上可以看到清晰的车辙印。

陆征蹲下来在那泥土上碰了碰,皱眉道:"他们也刚走。"

云渺说:"这条路是主路,车子好找,我去找李队,让云征定位他,你去追他。"

陆征点头,云渺快速转身往车上跑,陆征追了过来。云渺摇下车窗,雨丝混合着风一下卷了进来,呼呼作响。陆征从口袋里找到纸巾将她头发上水珠擦掉了,云渺看着他,目光深情温柔。

"陆队,特意追过来,就为了给我擦头发呀?"

他立在雨里笑了笑,说:"总不能总做让自己后悔的事。"

那年春雨如丝,她头发上的雨雾在他的心里记了好几年。

陆征擦干云渺头发上的水珠,在她的眉心印下一枚吻,嘱咐道:"渺渺,万事小心。"

云渺隔着窗户看着他:"你也是。"

陆征笑了笑,雨太大了,他身上已经湿透了。

云渺比了比心脏的位置,看着他说:"陆征,你不是想再听我说一句喜欢你吗?现在我想明确地告诉你,我不止喜欢你,我还爱你,永远爱你。"

陆征的喉结动了动。

云渺发动车子,大雨将一切都模糊了,陆征在糊掉的后视镜里变成了一个点,不见了。

窗外,大雨如注,室内安静沉闷。

云渺的指尖在键盘上飞快敲着,电脑屏幕上的画面也迅速跳动着。平川路上的车流量并不大,暴雨时分,来往的车辆更少。

刚刚那个院子里有泥巴,云渺的视线在那些高速行驶的车轮上扫过,有泥土且在大雨里出现的,只有一辆无牌的白色跑车。云渺登入云征系统,用大数据计算出几种不同的行驶路线。她专注地盯着屏幕,手指在键盘上一刻不停,画面在所有可能的线路上跳过。那辆车的实时运行轨迹,终于找到了。陆征收到了云渺发的共享定位。

她给他标注了最近的拦截路线,并用语音告诉陆征:"最快的路线,在前面左转。"

雨水在高速行驶的警车后面飞溅出去,发动机发出躁动的轰鸣声,陆征拐弯时几乎没有怎么减速。

云渺看着屏幕上的绿点忽然停了下来,心也一下提到了嗓子眼。

"陆征,他在距离你五百米的路口停下来了。"

"好。"陆征立刻做了紧急制动。

跟在后面的几辆警车,迅速将那辆白色跑车围住了,车门打开,里面出来的只有秦松一个人。他举起双手,站在大雨里,脸上挂着一抹得意的笑。

陆征立刻用枪指着他。

秦松的脸上并无惧意,语气里带着抹嘲讽:"陆征,你长大了,真的成为警察了。"

陆征走近,将手里的枪上了膛,问:"他人呢?"

秦松的眉毛动了动,只是毫不在意地弯了弯唇。

冰冷的枪口抵住了秦松的脑门,陆征开口,语气冰冷:"再问你一次,他在哪儿?是谁?"

秦松"嗤"了一声道:"陆征,你真的猜不到他是谁?也是……时间太久了。"

陆征手里的枪抵得更紧了,雨水在他的脸上滚落着。

秦松的话并没有停下来:"陆征,你就从来没有想过,那年,去了那么多警察,他为什么独独留了你一命?"

无数碎片拼凑在了一起,轰的一声在他脑袋里炸开……陆征的脑海里徒剩下一片空白，握着枪的手在颤抖。广厦楼宇，顷刻崩塌，碎成齑粉。

耳机里的共享声音没有关，秦松的话云渺听得一清二楚。

"陆征——"她焦急地喊他。

秦松笑着往下说："是谁在和你说话呢？是那个被你藏起来的小女孩吗？当年你把她从医院接走后，造了个假死的局，偷梁换柱，我们都以为她已经死了。我在那个营养液里放了让人厌食的药，她只要再挂上几天就会神不知鬼不觉地死掉……"

云渺终于知道自己成为红蛇漏网之鱼的真正原因了，不是红蛇忘记了她，而是陆征让红蛇忘记了她。

瓢泼大雨，渐渐转停，风未散，层层叠叠的黑云一路往西滚动着。

秦松在陆征的肩膀上拍了拍："做大事的人，千万不能有软肋，她不该存在，今天就是个好日子。"

陆征的神志瞬间清明。

"陆征……"女孩的声音穿过层层雨幕，灌进耳朵里，焦急而清晰。

"渺渺。"

下一秒，耳机里声音戛然而止——有东西啪嗒一声落到了地上。

"渺渺！"陆征喊她，却无人应答。

秦松眯着眼笑，问："结束了，是吗？"

陆征眼睛猩红，他一脚踹中了秦松的肚子，立刻有警员冲上来将秦松摁住。陆征跳上车，以最快的速度往交警队开……

一分钟前，云渺正伏在桌上调距离陆征最近的监控，控制室的大门，忽然被人从外面推开了。进来的人不是李海瑞，而是一个男人。他踏着一双漆黑的皮靴，身穿黑色的风衣，脸上戴着黑色的口罩，指尖还裹着黑色的皮手套，高且瘦，如同秃鹫一般的眼睛看着她。

他站在那里，摘掉了口罩，控制室的灯没有完全打开，男人的脸，一半掩在阴影中，一半暴露在光亮里。风衣的袖子，卷了一截上去，消瘦的手臂上，有着一条鲜艳的小蛇，那条蛇栩栩如生，吐着红色的蛇信……

记忆里那个始终看不见脸的人，忽然看清了。

是他，怎么会是他！陆衍。

几个小时前，她刚刚见过他的照片，还和陆征一起喊了他爸爸。只是，眼前的陆衍和照片里的人有很大的差距，他右边的半张脸毁容了，丝毫看不到当年的英俊。云渺瞬间站了起来，耳机从耳朵上掉到了地上。

男人朝她晃了晃手里的机械箱，这个箱子和他们在地铁中看到的如出一辙，里面是什么不言自明。

"谈谈？去那边楼上，还是在这里？"男人指了指不远处的一幢高楼说道。

他的声音冰冷，像是刚从坟墓里出来的幽灵，云渺禁不住打了个寒战。

暴雨骤歇，外出出勤的交警，正在往大楼里走。

云渺强迫自己冷静下来，说："去那边。"

陆衍刚刚指的那栋楼是一栋商用大楼，几分钟前，武警官兵已经将那里的群众全部撤走，并用黄线围上了。在那里爆炸，死伤程度会降到最低。

云渺和他从控制室出去，迎面碰上了李海瑞。

"查好了啊？"

"嗯。"云渺讳莫如深。

男人戴着口罩，跟在云渺后面。

李海瑞的眉头动了下，问："小柯，这是你朋友啊？怎么没见过？"

云渺随口说："这是我在东北认识的朋友，他来这里十八天了，我带他去对面吃饭。"

李海瑞说："那你们小心点，别往人多的地方去，外头乱得很。"

云渺点头，再无别的话。云渺在前，陆衍在后，出了交警大队。

陆衍不知道是夸赞她，还是旁的，冷冷地说了句："倒是很勇敢。"

对面的天台之上，暴雨已停，天光不甚明亮，风却很烈，视野里的乔木被风卷得往一个方向扭曲晃动。

陆衍按住她往前走，云渺的长发被风卷着往后翻飞着。她在来的路上，试过防身术，但是这一招在陆衍面前根本没有用，而且他身上还有枪。

陆衍将她拉到一旁的栏杆边上，从口袋里掏出一副镣铐将云渺锁在栏杆上，然后蹲下来设置了爆炸时间。红色的倒计时数字，飞快地往下降。

"你要杀我，根本用不着这么麻烦，直接开枪就好了。"云渺说。

陆衍从风衣口袋里摸了一支烟，迎着风点上，轻蔑地说："本来是不用，但你刚刚不是想做救世主嘛，我只好成全你，你和你爸妈一样，不自量力。"

听他提及自己的父母，云渺的眼底涌起无尽的恨意，她发疯似的要冲过来打他，但是却被手上镣铐固定住了。

陆衍往后退了一步，冷笑一声："再过一会儿，你就可以去见他们了。"

陆衍打了个电话，站在那里抽完了两支烟，风把他的脸吹得冷酷而阴鸯。陆征的轮廓遗传了陆衍，但两人的气场完全不一样。陆征的气质冷冽，但眼睛里有温度，陆衍则从里到外都是狠厉。到底是什么让他变成了这样？他曾是陆征最尊重的父亲啊。

"你为什么要建立红蛇组织？"

陆衍看了她一眼，不答反问："死之前最后的好奇？"

云渺说："总要明明白白地去见阎王。"

陆衍倒也不介意告诉她。

"几十年前，国内有几个高才生，为了理想和抱负，建立了一个生物实验室。他们研究出了世界一流的药物，但是他们中一个叫王竟的研究员，自私地将研究成果据为己有，悄悄注册了专利，并把它卖给了一个医药商。实验室的其他成员打算去报警，王竟害怕身败名裂，策划了一场意外爆炸，十三名研究员丧生，两人在爆炸中失踪，尸骨未见。"

"专利审核很严格，他没被发现？"

陆衍看了她一眼说："他本身就是大学教授，有自己的实验室，只要把我们的数据嫁接过去就行。"

"你和秦松就是那两个失踪的人？"

"对。"

"那你们为什么……"

陆衍打断道："我们为什么没有死？爆炸那天，我和秦松在顶楼的办公室，距离爆炸的中心最远。但我们还是被爆炸时产生的冲击波震伤了，等我们清醒过来时，大楼已经被大火吞没了。消防车和救护车都没有来，我们着急跑出去，还没到门口就被他发现了。他带了帮手，我和秦松受了伤，根本不是他们的对手。原本，他想把我们往火场里赶，但是远处响起了消防车的声音，他就把我们捆上车带走了……"

"他把你们带去了哪里？"云渺问。

"境外。"

"路上那么远，车子不可能没停过，你们没有试过逃跑？"云渺蹙着眉问。

"我们不能跑。他给我们看了两张照片，一张是小征，一张是秦松的父母。我们如果逃跑或者报警，他们就有危险。"

云渺又问："那你们最后又是怎么逃出去的？"

"王竟到了边境就回去了，他嘱咐那两个杀手把我们在那儿解决了。

只不过，那天刚好下了大雨，山里又湿又滑，开车的那个人对路不熟，又喝了点酒，开得摇摇晃晃的，车子就冲到了山崖下面。坠崖时车子被树挡了一下，车头落地，那两个杀手当场死亡。虽然我和秦松在后排也受了伤，但勉强保住了性命。我们艰难地从车里爬出来，把车子推到了一旁的河里，然后离开了那里。"

"然后你们就打算回来复仇？"

"对。"

"你们为什么不报警或者去找媒体曝光他们？"

"我们没有找到实验室其他人的尸体，而且几个月以来，小征他们一直被王竞派人监视着，我们也没有直接证据去检举王竞。"

"你们是怎么复仇的？"

"我们设计将他骗了出来，让他交出售卖专利的钱，逼他去自首。但他反抗辱骂，争执时，秦松失手杀了他，我们就将他的尸体埋到了山里。"

"没人发现吗？"

陆衍面无表情地说："没有，过去那个时代不像现在，到处都是摄像头，通信也不发达，他们连尸体在哪都没找到。"

云渺想到了陆征，又问："尘埃落定之后，你为什么不回家？陆征那时候还很小……"

陆衍的眼里划过一抹扭曲的痛楚，半晌才说："王竞死后，实验室的爆炸就真的成了意外。我是实验室的负责人，如果活着回去，无疑会被追究刑事责任，也会面临高额罚款。小征也不能实现他的警察梦想了，我在爆炸中失踪，才是最好的选择。"

"这些和红蛇又有什么关系？"

"红蛇组织就是我们建立的。我和秦松还是想继续做科研，我们隐姓埋名，用王竞卖专利剩下的钱，建立了红蛇组织。红蛇吸引了许多和我们一样有梦想的年轻人，但是那笔钱很快就花完了，药品的专利，王竞只卖了五百万……"

"所以你们就为了获取科研经费，开始四处作恶？"

陆衍冷哼一声："恶？什么是善，什么是恶？你说的坏事就是骗点钱？死一两个人？人类进步的哪个阶段没有死人。死几个人而已，没什么了不起的，我们的医疗成果问世后，可以救更多、更值得活下去的人……"

云渺顿了顿，又问："那你们为什么要杀我的父母？"

陆衍看了她一眼说:"他们是红蛇建立后,第一批招进来的高才生,有理想有抱负,我对他们寄予了厚望。然而,当他们发现红蛇作恶后,便开始一面在我面前虚与委蛇,一面扇动组织里的人离开,甚至还联系了警察来围剿我们。他们的死就是自找的。"

云渺拔高了声音:"你们作恶本就不对,他们有什么错?"

陆衍冷笑道:"有什么错?他们背弃了自己的同伴,背弃了理想,还不叫错吗?还有你!你引着陆征去查红蛇,我已经多次警告过你,你置若罔闻。既然我们的理想被你覆灭了,那就让这个世界给我们陪葬吧。"

"你做这些事就从来没有想过陆征吗?"

陆衍打断她:"在他的人生里,我早就是一个死人了。你是他生命里的意外,不过,马上你也要从这个世界上消失了。"

陆征到了交警大队。

李海瑞见他火急火燎地冲进来,跟丢了魂似的。

"云渺,她人呢?"

李海瑞说:"早走了,没碰到?"

"她去哪了?"陆征问。

"你老婆,你打个电话问问不就知道了。"

陆征拨了号码,云渺的手机在里面的房间响了起来……

李海瑞皱眉道:"奇怪,刚刚她还说要请她那个朋友吃饭,手机没带,怎么付钱啊?"

陆征闻言,一把揪住了李海瑞的衣领,问:"什么朋友?"

李海瑞拍掉他的手,嫌弃地撇了撇嘴道:"没说,你小子疯了吧,扯我衣领干什么?"

陆征又问:"她走的时候有没有和你说什么话?"

李海瑞想了想,开口:"也没说什么,就说她那个朋友要来这里玩十八天。"

"没了?"他几乎是在吼了。

"哦,她那个朋友是东北的,他们要去对面吃饭。"

"还有呢?"

李海瑞舔了舔唇,说:"他们急着走,她也就和我说了这么一句话。"

云渺向来聪明,走之前特意和李海瑞说的话,绝对不可能是没用的信息。

东北……陆征往外看去，对面的东北角有一栋大楼。那栋大楼一共有十七层，十八层是那里的顶楼，他松开李海瑞，飞快跑出去。

"陆征，到底怎么了？"李海瑞意识到不对劲，追出去问。

"那人是炸弹案的主谋。"

"你早说啊！"

几分钟后，对面的高楼上，一架直升机从远处飞过来，停在了楼顶，巨大的扇叶轰鸣作响，风卷在脸上有些难受。与此同时，顶楼的大门也被人推开了，云渺看到陆征喘着气站在那里。

一时间，云渺百感交集。

陆征快速把枪上了膛，大喊："转过来，别动！把手举起来！"

陆衍抬眉看了过来，眼中并没有强烈的情绪，语气也很淡："陆征，你好好看看，你手里的枪指着的是谁？难道你真的不认识爸爸了？"

陆征在看清他的脸时，眼里划过巨大的痛苦。陆衍虽然只和陆征在一起生活了七年，但自己儿子身上的弱点，他全都知道，他重视家人，内心柔软，不然也不会救柯严洪的女儿。

陆衍朝着陆征走了两步，笑着说："小征，爸爸有不得已的苦衷，把枪放下，咱们爷俩谈谈心。"

他还要往前走时，陆征一枪打在了他面前的水泥地上，火花迸溅，陆衍的脚步顿住了。陆征的枪依旧对着他，他拔高了声音道："把手举起来。"

不远处的云渺看到陆征的眼眶一片通红。

"倒是挺像我年轻的时候。"陆衍看了眼地上的炸弹，还剩最后几分钟了，笑道，"行了，小征，先跟爸爸离开这里，爸爸答应跟你去警局自首。"

陆征看了眼云渺手上的镣铐，说："钥匙给我！"

"钥匙被我扔了。"陆衍没有丝毫的悔意，语气也很冷。

时间在一分一秒流逝，炸弹上的数字一刻没停。

云渺焦急地喊道："陆征，来不及了，别管我，你先走！"

陆衍见时间不多了，往前走了几步，企图来抓陆征的手。

"小征，什么样的女人找不到……"

陆征颤抖着，朝他腿上打了一枪，血腥味很快在空气里弥漫开来。陆衍还要再往前走时，陆征把枪对准了他的眉心。

"我再说一遍，把手举起来！"

陆衍不可置信地看向陆征，缓缓地举起了双手。

陆征看了眼炸弹上的倒计时，快步跑过去检查云渺手腕上的手铐，可是没有钥匙，那手铐无论如何也打不开。

时间只剩下最后几分钟了。

"别管我了，快走！"

云渺用力把他往外推，她推他一次，又被他紧紧抱住。

"求你，快走……"云渺脸上的泪水全部擦到了陆征的衣服上，她打他推他，他就是不松手，"陆征，我们相处的每一天对我来说都是上天的馈赠，余生，忘了我吧……"

陆征哽咽道："不要！"

倒计时一刻不停。

一旁的陆衍也急了，冲他喊道："小征，你快跟爸爸走！"

云渺使劲推他、吼他："走！"

李海瑞他们已经在往这边走了，天台上站了十几个警察。

再待下去，所有的人都要死。

陆征松开云渺，转身，毫不犹豫地提起炸弹，等陆衍意识到陆征要做什么时，陆征已经跳上了直升机……

第二十五章·警号

从现在开始，我就是你了。

"陆征……"云渺拼尽全力喊他。

陆征在门口转身，最后看了一眼云渺，仿佛要用那一眼记住关于她的一切。

云渺想冲过去，手腕却被那镣铐固定得死死的，陆征的唇瓣动了动，说了话，但直升机的扇叶太吵了，根本听不清。他们之间明明只隔着二十多米的距离，却永远都到达不了。

云渺的眼泪不可遏制地滚落下来，她扯着嗓子嘶喊："陆征，你下来，我求你，求你……"

陆征用指尖朝她比了比心脏的位置。

下一秒，他转身进了机舱，将那个驾驶员赶了下去，巨大的轰鸣声消失后，天台只剩下悲戚的哭声。

云渺紧紧地握住面前的栏杆，视线一动不动地看着那架飞机消失的地方，如同一个被抽离了灵魂的木偶。

不远处的陆衍，忽然掏出怀里的手枪，朝云渺开了一枪。子弹穿肩而过，血液涌了出来，云渺低头用手碰了碰伤口，本该很痛，奇怪，她竟然没有一点感觉。

血越流越多，浸透衬衫，滴落在地上，云渺转过身来，有些愕然地看着陆衍，原本清澈的眼睛，变得空洞无神。

就在陆衍要朝她开第二枪时，李海瑞冲上来，一脚踢飞了陆衍手里的枪，子弹走火，迸在地上，火花四溅。

陆衍被捕，红蛇案也暂时告一段落，何思妍和刘宇的脸上却看不到一丝笑容。

直升机爆炸的地方，在三十公里外的高空，飞机爆炸后，碎片落在了附近的荒山里，现场没有找到陆征的尸体，方圆几十公里被搜警队找了个遍，也没有找到任何人体组织碎片。这算是个好消息，陆征或许还活着。局里已经加派人手去找了，只是现在还没有消息。可飞机都炸成碎片了，人存活的概率能有多大呢？

技术科恢复了秦松手机里的照片，局里安排警员顺着照片去找，找到了全部的炸弹藏匿地，城市炸弹危机终于解除。

人们从拥挤的防空洞里走出来，脸上带着劫后余生的欢喜。雨后的傍晚，出现了两道彩虹，他们边走边说那是祥瑞。

"我真恨不得冲上去，让他们一个个都不许笑，至少今天不许……"刘宇说了几句，有些哽咽。

何思妍没有说话，眼里泪意涌动，她永远都忘不了，在她加入重案组那天，陆征说的话——

"世界上总有阳光照不到的角落，我们刑警要做穿破黑暗的那束光，因为总有人在黑暗里等着我们。"

何思妍擦掉眼泪，说："我现在最担心的是柯姐。"

云渺被枪打中了动脉，子弹的位置离心脏不远，非常凶险。

手术之后，云渺高烧不退，一直昏迷不醒。她做了一个特别漫长的梦。陆征和她说过的每一句话，他们之间发生的每一件事，她都记得清清楚楚。

陆征说话的语气总是凶巴巴的，可次次惹哭了她以后，他又会来哄她，他哄她的语气是极其温柔的。她和他吵架，生他的气，故意找碴，陆征全都包容了她。

画面一转，天空又在下雨，雨水灌进衣服，冲进鼻腔，陆征在雨里变成了一团漆黑模糊的影子，她一路跟着他狂奔。

"陆征！陆征！"云渺在梦里不断呓语着。

主治医生站在床边，摇了摇头，道："已经两天了，明天再不醒来，就凶险了。"

"那怎么办？"何思妍满脸忧愁地问。

医生又问："陆征是谁？"

"是她的爱人。"

"让他过来一趟。"

何思妍哽咽道："他……不在了。"

主治医生闻言，叹了口气："你们手机里有他的视频或者语音吗？放出来给她听听也行。"

何思妍摇头，陆征平常连照片都不愿意拍，更不要说视频了。他给他们布置任务或者交代工作，也全部都是打字，几乎从来不发语音。

刘宇瞬间想到了云渺家里的那个机器人，说："小机器人里面或许有。"

两人火急火燎地去了云渺家里，云征机器人被他们带来了医院。

小家伙见云渺病着，头上的传感器也跟着耷拉下来。云渺在梦中的呓语，触发了云征机器人的操作指令，被云征放大的陆征的心跳声在房间里响起。

何思妍和刘宇都愣住了。

云渺终于停止了梦中的呓语。

她在大雨里追上了陆征，他依旧穿着那身蓝色的警服，黑暗褪去，他周身皆是白光，他伸手在她的眉心点了点，十分深情地说："渺渺，回去吧，好好的。"

"你去哪儿？"云渺紧紧地抓住他的手不肯松。

陆征握住她的手放到胸口，声音很轻："渺渺，我喜欢你，我会永远留在你的身边，不信你听。"

掌心下是他的心跳，炙热的，如同擂鼓一般的心跳。

许久，云渺醒了过来。

云征机器人还在循环播放陆征的心跳声，见她醒了，立刻移动过来。

云渺眼里的泪落下来，打湿了枕头，声音低而沙哑："云征……爸爸他不见了。"

何思妍和刘宇忍不住抹眼泪，把脸别了过去。

云征机器人忽然放了一段陆征的录音，这是他假装车子坏了那天，住在她家时录的——

"渺渺，此刻，你睡着了，我却醒着，因为害怕和恐惧。

"他今天来你家了，他发现了你，他终于发现了。此刻，我们只剩下和他战斗这一种办法了，我没有办法说服你放弃，因为我也想找到他。只有他消失了，你才能真正地安全，因为那是环绕着你的黑暗。

"前路未卜，我会用尽一切办法找到他。但假如某天，发生了意外，我不在了，你不要伤心，不要难过，不要恐惧，你要勇敢地走下去，找到他，亲手劈开黑暗，做自己的光。我会和每天的朝阳、日落一起陪着你。"

此刻正值傍晚，落日熔金，橘色的光穿过玻璃，落在窗沿上，云渺仿佛看到陆征站在那里对她笑。

许久，她转过头看向刘宇，声音是灼烧的干哑："他呢？"

刘宇克制住哭音说："直升机发生了爆炸，我们只在现场找到了一些烧焦的飞机残骸和碎片，老大他……他还没有找到，但我们不会放弃的……"

残骸和碎片……

陆征……

云渺攥着被子的手在发抖，整张脸上尽是泪痕，她的声音很低："找不到，是不是代表他还活着？"

何思妍强忍着眼泪说："柯姐，你别想这些了，把身体养好。"

云渺摊开掌心，小心翼翼地让落日的余晖照到掌心里来，再轻轻握住，低声说："陆征，我才不要朝阳和日落，我只要你……"

何思妍眼窝一热，再度别开了脸。

云渺出院后，去城北监狱见了陆衍，和两个星期之前相比，现在的陆衍眼窝塌陷、头发苍白，俨然成了一位迟暮的老人。

隔着厚厚的玻璃，陆衍坐下来，拿起电话，等看清外面的云渺时，忽然皱了眉。

"怎么是你？"

"你是陆征的爸爸，我是他的妻子，他不在，只能是我来。"

"陆征他……"陆衍听到陆征的名字，脸上划过一丝显而易见的痛苦，他欲言又止。

云渺深深地吸了一口气，眼中满是悲伤，她掀了掀唇："飞机爆炸后，他……失踪了。"

陆衍痛苦地捂住了眼睛，哭声止不住地从听筒里传过来。

他哭，云渺只是安静地看着。

许久，云渺才缓缓开口："但凡你有一丝悔恨，就把红蛇的事全部说出来，你们的研究成果和数据，警方会申请提交给有资质的研究部门继续跟进，陆征没有未完成的事，我会替他完成。"

陆衍沉默良久，最终将一切对云渺和盘托出。

根据陆衍提供的线索，庞大的红蛇组织终于露出了它的真面目。"红蛇案"涉案人员多达一千余人，涉案地区多达十四个省、直辖市和自治区，涉及的刑事案件高达两千多起，线索收集、公诉花了很久。

时间如白驹过隙，转瞬即逝。一转眼，距离那场爆炸，已经过去了整整一年的时间。

陆征一直杳无音讯。

这一年以来，云渺一直在队里做技术支持。她从来没有放弃过对陆征的寻找，每隔一个月，她就会对云征系统进行一次升级。

只要有像陆征的人出现，无论多远，她都会赶过去，但那些人，一个个都不是他……

一次次奔波，换回一次次失望、一次次痛苦。身边的人都劝云渺不要找了，毕竟那种情况下，飞机都炸烂了，人又怎么可能还活着？

那天，不知谁在网上透露的消息，说那天是陆征的忌日。

在去年那场爆炸中幸存的人们，接二连三地涌来了警局，他们有送锦旗的，有送白菊的，有写悼念词的，哭声连天。

云渺被那种气氛搅得肝肠寸断，她冲出去一遍遍地对他们强调——

"陆征没有死！"

"他还活着！"

只可惜，云渺的声音太小了，她喊破了喉咙，依旧没有人理她。她一个个地把他们往外赶，头发散落，鞋子也被人踩掉了，整个人像是疯魔了一般。

何思妍忍着眼泪将她拉回了办公室。

云渺坐在地上，把脸埋在膝盖上，声音低低地说："思妍……他没有死，只是我还没有找到他，我能找到他的……"

"姐……"何思妍抹掉眼泪，声音哽咽，"当时专家组去现场看过，确定不可能有生还的可能……再说……老大他……他如果活着，都已经一年了，他为什么没有回来？姐，放下他吧，重新开始新的生活，重新认识新的人，重新嫁人，让他……成为过去吧。你过得不快乐，他又怎么能安心？"

云渺颤抖着，大声哭了出来。

其实，她知道陆征活着的概率几乎为零，找寻越久，越绝望，也越窒息。

那天，她在那里呆呆地枯坐了一整天，像木头一样。当最后一缕阳光在她指尖消失时，她站起来，抹掉了脸上的泪水，对着空荡荡的房间说："陆征,从今天开始,我再也不找你了。我要去喜欢别人了,你最好吃醋、上火,赶紧出现在我面前……"

第二天,云渺去法院递交了宣告陆征死亡的申请书。

那之后不久,队里给陆征举办了正式的告别仪式,陆征的警号也将被永久封存。

云渺穿着一身黑衣服去了现场,陆征的照片被放在那些菊花中间,云渺走过去,指尖在他的眉毛、眼睛上轻轻抚摸。

"陆征,我来送你了……"

一旁的何思妍没忍住红了眼眶。

参加完告别仪式,云渺找到了陈阔。

"陈厅,我有一个小小的请求。"

陈阔看着云渺,点头道:"你说。"

"陆征的警号可不可以不封存?"

陈阔愣了片刻,说:"依照惯例,因公殉职的警员的警号,我们会永久封存,作为纪念。除非一种情况,警号才会被重启,那就是他的孩子做警察,传承衣钵……"

一个警察,一生只有一个警号。

可他们之间并没有孩子。

云渺诚恳地看着他说:"我正想跟您申请,加入重案组,成为一名正式的技术警察。我曾经辅助队里破了很多案子,也有很多技术专利,我可以不要工资,您也可以对我进行检验,任何考试我都愿意参加。陆征的警号,能不能由我替他戴?"

陈阔拒绝不了云渺,她太真诚了。

一个月后,云渺顺利通过了警队的招新考试,陈阔让人给她送来了正式的聘用合同和一套女士警服。

陆征的警号,原封不动地贴在胸口的口袋上,白底黑字,那串数字和她戒指上的数字一模一样。

云渺找何思妍借了一把剪刀,去了卫生间,那里有一面镜子。

云渺将固定头发的皮筋松开,长发像瀑布一样散落下来,她拿着剪刀,一点一点地将长发剪短,露出漂亮的额头和干净白皙的耳朵,她的瞳仁乌黑,眼神锐利而干净。

镜子里的女孩看起来陌生又熟悉,是她,又不是她。

"陆征，如果你在，会不会气得又要跳脚？"

"不过，你肯定舍不得真的骂我。"

"你总是故作深沉。"

云渺脱掉衣服，将那件警服换上。她一丝不苟地将金属纽扣一粒粒扣好，整理好警裤，最后，对着镜子把帽子戴上。

"陆征，以前我总是偷偷穿你的衣服，衣服太大，总也不合适。现在这件刚刚好，不大也不小，你看看，好看吗？"

没有人回答她，头顶的灯闪了一下，仿佛真的是他在冥冥之中看着她。

云渺抬头看了看那盏灯，眼眶微微泛红。

"陆征，我知道的，你看到了。从现在开始，我就是你了。"

云渺的业务能力比起陆征一点也不逊色。

加入警局的半年内，她破了无数要案，与红蛇有关的案子也相继结案，她一升再升，成了重案组的队长。

何思妍、刘宇已经完全适应了有云渺在的日子，她虽然年龄不大，但是做事的方式方法和陆征几乎如出一辙，大家都服她。

刘宇拉了张椅子坐下，说："这积压如山的事终于处理完了。我现在感觉浑身轻松，局里说给我们放几天假，安排其他人来值班，要不我们出去旅游几天？"

何思妍说："柯队去，我就去。"

刘宇转向云渺，问："柯队，去不去？这两天去海边最好了，吹吹海风，不冷不热，再整点海鲜吃，多惬意。"

云渺笑道："你们俩去吧，我去就成了你们的电灯泡了。"

何思妍和刘宇同时红了脸。

何思妍轻咳一声："呀，你搞错了，我和他是八竿子打不到一起去的。"

云渺看了眼刘宇，仿佛是想到了什么，说："大宇，看来你少了一竿子，能在一起的时候就要珍惜。"

刘宇牵着何思妍的手，笑出了声："听到没，队里下的任务，让你早点喜欢我。"

何思妍的脸红成了柿子，骂了一声："你这人好烦啊。"

"嗯，你不烦？成天在我心上蹦迪。"

云渺垂眉，看了一眼桌上的台历，明天是陆征的生日。

何思妍心思敏锐，立刻察觉到了云渺的情绪变化，她朝刘宇递了个眼色，两人走了出去。

云渺打开抽屉，从里面取出一片黑色金属，那是她从爆炸现场捡回来的飞机残骸。

"陆征，你想要什么样的生日礼物？我们之前说要去藏区旅游，一直没去，我们去藏区拍婚纱照好不好？"

没有人回答她，云渺将那枚碎片放进包里，笑着说："你看，你现在只能听我的了。"

次日，云渺驾车从 N 市出发，一路上了高速，从 N 市到藏区，开车要走五十多个小时。

第三天，云渺终于到了藏区。

秋天是大自然勾兑出来的调色盘，尤其是山里，层林尽染，红翠交织。天近云低，这里人烟稀少，静谧得就像是另一个世界。路上偶尔可以看到穿着彩色衣服的藏民和散养在草地里的牦牛。

云渺将车子停在路边，换上婚纱，提着裙子，从车上下去，没有摄影师，她自己将手机镜头翻转过来，将那片飞机残骸握着手心，想象着他站在身边的样子。

"陆征，你太高了。"

云渺把手机往前送，留出了左边的空白。

她的头发依旧很短，不过，已经超过了耳朵，她的那双眼睛亮得像星星一样。

山风舒爽，她坐在车头盖上，一张张翻看刚刚拍的照片。奇怪，她好像真的能从里面看到陆征，他看着她，对着她笑，那双眼睛锐利却又满含柔情。

过了一会儿，云渺重新回到车上，继续往前行驶，她完全是随心走。不管目的地，全凭感觉往前开。

时间一晃，到了傍晚，云渺这才发现车里的油不多了，好不容易找到了一个加油站，那里却关门了。

这时，山间起了风，不远处，半旧的加油站牌子被风刮得乱响。山风带来冷意，露在外面的肩膀感觉到了明显的凉意。

云渺回到车上，重新调了导航，不知怎么回事，手机信号变得非常差，只剩下两个很小的信号柱。这时如果有人给她打电话，肯定是不在服务区。

还好，车子有自带的导航功能，云渺查看一番，发现最近的加油站在六十公里以外，而且山路盘旋曲折，开过去，至少要两个小时。

车子越往目的地走，路上的风也越大。

方才还晴朗清澈的天空，忽然变得乌云密布，这里地势高，云朵积压在头顶，有种摇摇欲坠的感觉。云越积越厚，气温降低了许多，挡风玻璃上渐渐起了一层白色的水雾。

雨丝落了下来，天空黑压压的，像是随时要倒下来。雨停了，可雪粒却接了雨的班，不断往下落，雨刮器扫过去，模糊了大半的视线。

路面结了冰，山路蜿蜒曲折，云渺不得不降低车速。

天色一点点暗了下来，天空飘落的雪粒不一会儿就变成了鹅毛大雪，车子只开了十几分钟，整个世界就变得白茫茫一片了。

车里的油所剩不多，这里前不着村后不着店，云渺都不太敢开暖气。

藏区的暴风雪，她此前从未见过，急促而凶猛，风在山谷里呼号，如果不是在车里，人都要被风吹走。

雪积得很快，车子已经开不动了。

气温骤降，现在的位置距离地图上的加油站还很远，再往前走，她很可能就要因为抛锚冻死在路上了。

云渺将车子停在路边，打开车载的信号放大器，拨通了救援电话。接电话的是个藏民，普通话不是很标准，云渺听了几遍都是云里雾里的。

那人忽然说："你等会儿，南加！南加！来帮忙听个电话，有人困在暴风雪里了……"

电话被放了下来，一阵窸窸窣窣的响动声过后，那个叫南加的男人接通了电话。

"喂，你好。"

他只说了三个字，云渺却瞬间落了泪。

这个声音和陆征太像了，她是做人工智能的，辨声识人、辨图识人对她来说，从来不是难事。现在，她觉得电话那头的人就是陆征。

"喂？"对方见她迟迟不说话，又说了一个字。

云渺的声音染了几分哽咽："这边风雪太大，我的车没油了。"

男人问："在哪里？"

云渺看了下导航，报了一串地址。

男人说:"暴风雪,路上难走,我们这里过去可能需要两个多小时。"
云渺眼泪还在往下落,声音却有些哽咽:"嗯……"
南加也听出来她在哭,问:"害怕?"
云渺吸了吸鼻子,道:"有点……"
"你叫什么名字?"南加问。
"柯云渺。"云渺说话时的鼻音很重。
"你开的什么颜色的车?"
"红色。"
"车上有几个人?"
云渺说:"就只有我一个人。"
"好的,云渺,别怕,把车灯打开,待在那里不要走。"
"嗯。"

电话很快挂断了,云渺当然知道这不是陆征,只是一个声音和他像的人而已。在她疯狂寻找他的那一年里,她听过很多和他相似的声音。

风雪没有停,车子渐渐被雪埋了进去,云渺裹着衣服下来,爬上车头盖,将挡风玻璃上的雪清理掉。再回到车里,衣服湿了一些,更冷了。

雪下了近一个小时,终于转小,油越来越少,云渺将车子熄了火,只留大灯亮着。

车内残存的暖气,一点点被冷空气吞没,云渺抱膝坐在椅子上,她的手、胳膊、脚、脸都冻得发硬了,很痛。后座上的抱枕被她拿过来,裹进了衣服里。她的牙齿也在打战,全身上下都在隐隐作痛。

她试着用最后的油发动了车子,但是吹出的风却是冷的。

四周是死一般的寂静,意识在一点点地变模糊,云渺紧紧捏着那枚飞机残骸,如果现在能去见陆征,倒也很好,至少她今天穿着婚纱……

一辆越野车从很远的地方开过来,车里跳下来两个人,边走边说话:"哥,是那辆车吧?这雪太大了,哪里还看得到车的颜色,给她打电话也不接。"

南加说:"救人要紧。"

他们在车窗上敲了敲,然而里面的人,没有一点反应。

南加一下拉开了车门,扑簌的雪落到了他的脚背上。

车里的灯还亮着,卓央探了指尖在云渺鼻尖试了试,松了口气:"还有气,冻晕了,这车里竟然没开暖气。"

"没油了，怕我们找不到她。"南加说。

南加俯身将她抱了出来，白色婚纱裙露了出下来。

卓央满是惊讶："哇，原来是个新娘啊，这姑娘长得真漂亮……"

南加的视线在云渺的脸上扫过，一股熟悉感扑面而来。他似乎见过她，却不记得在哪里。南加把身上的衣服脱下，将云渺裹了进去，她迷迷糊糊中喊了声："陆征。"

卓央感叹道："这都说胡话了。"

南加把云渺抱到了越野车上，里面的暖气很足，云渺迷迷糊糊地抱住了他的腰。

卓央的眉毛挑了挑，说："南加，你这是吃人家豆腐啊？"

南加垂眉看着她，想把她的手拿走，心上却没来由的生出一股不舍来。女孩身上的味道很好闻，也很熟悉，栀子的味道，不是这雪原上的花。他的视线停留在她齐耳的短发上，总觉得她似乎不该是这个样子……

一个小时后，卓央把车子开到一家诊所门口，南加抱着云渺下来。

这家诊所是卓央的姐姐开的，一半用于日常生活，一半做了隔间，用来治病。卓央一进门就到隔壁找他姐姐去了。

风雪都被阻挡在了外面，屋内一片静谧。

南加把云渺抱进来，放在了病床上，从刚刚进门起，他的视线就一直停留在云渺的脸上。女孩的皮肤很白，耳畔的碎发沾了雪，湿了一片，他伸手替她把湿头发从脸上拨开了。

卓玛很快进来了，南加退后一步，让她替云渺检查。

南加披在云渺身上的衣服被卓玛拿开了，女孩纤细如玉的肩膀露了出来，左肩上有一块红色的疤痕，触目惊心。

卓玛皱眉低声说了句："这姑娘是做什么工作的呀，怎么身上还有枪伤？"

南加闻言，眉头跟着紧了紧，胸口也莫名刺痛起来。

卓玛检查完后，对卓央说："这姑娘失温了，还不太严重，注意保暖，等下就会醒。外面风雪太大，你们今天就住我这里吧。"

卓央点头。

卓玛检查了云渺的手，发现她的掌心一直紧紧地攥着什么东西。她想替云渺拿出来，刚碰上去，却见她握得更紧了。

云渺的掌心被那个东西割破了，有细密的血珠渗了出来。

卓玛叹了口气,道:"什么东西啊?这么宝贝?"

卓央说:"我猜多半是什么定情信物,小姑娘失恋了,独自一人到我们这里来散心,谁知碰到了暴风雪,想想都可怜……"

南加的视线又移到了云渺的手上,女孩纤细的无名指上戴着一枚银色的戒指。奇怪的是,他竟然也觉得似曾相识,再看到她手心的血珠时,心脏那抹刺痛顿时被放大了数倍。

卓玛去隔壁抱了床羊绒被过来,替云渺盖上,说:"她很快就会醒来,卓央,你跟南加去吃饭,顺便去装点热牛奶和乳酪过来。"

卓央立马转身出去了,南加却站在那里没动。

"发什么呆呢?饿死了。"卓央道。

南加说:"你先去吃,我等会儿再过来。"

卓央拍了拍南加的肩膀,笑着打趣道:"我说,南加,你该不会看上这姑娘了吧?人家穿着婚纱又戴着戒指,没准是哪家的新娘。"

南加的脸色瞬间沉了下来,这人一板脸就给人一种莫名的压力。

卓央有点发怵,轻咳一声说:"行,你在这儿照顾她,我去给你拿吃的。"

卓央走后,屋内再度恢复安静,女孩的呼吸声很轻。南加蹲下,视线一动不动地落在女孩苍白的脸上。

他记得她在电话里说过,她叫云渺。

"云渺。"他轻轻地喊了一声。

云渺没有回应,他犹豫许久,终于伸手碰了碰她的手背。

睡梦中的女孩感受到了熟悉的温度,紧紧攥着的手放松了些,他看到她掌心半干的血痕和一小片黑色的金属,就是这个东西割破了她的手心,南加动作轻柔地拨开她蜷曲着的手指,那块金属片,啪嗒一声落到了地上。

那一刻,云渺忽然醒了过来,南加弯腰捡起那枚碎片,两人四目相对。

云渺在看到他的那一刻,眼泪扑簌着落了下来。南加有些局促,不知该怎么应对。

她已经扑过来,一把抱住了他的脖子。

"陆征!"

云渺的身上有股栀子花的清香,好闻又熟悉,南加僵在那里没动。

她还在哭,滚烫的眼泪全部沾到了他的脖子上,心脏很疼,像是被什么东西狠狠地碾压过,南加愣了半晌,缓缓伸手回抱住她。很奇怪,从抱住她的那一刻开始,他胸口的疼痛感骤然消失了。

他不知道这个叫陆征的人是谁,但是那一刻,他特别羡慕他……

云渺靠在他的胸口,声音低低地说:"陆征……我死了,对吗?所以你来接我了?"

南加翕动着嘴唇,没有说话。

卓央端着牛奶和乳酪进来,正好看到这一幕。他将手里的东西放下,把南加扯开,骂了一句:"南加,你怎么乱抱人?"

云渺看着眼前的陆征,满眼悲痛地问:"你叫……南加?"

南加沉默了一会儿,回答了云渺的第一个问题:"你没有死,还活着。"说完,他略带歉意地朝她点了点头,转身要走。

云渺忽然追上来,一把拉住了他的胳膊,南加顿了步子,视线落在她赤裸的双足上,眉头很轻地蹙了蹙。

"你还没回答我的问题,你叫什么名字?"云渺追问。

"南加。"他说。

"你能看着我的眼睛说话吗?"

南加看着那双水盈盈的眼睛说:"我叫南加。"

他看她的眼神像是在看一个陌生人,云渺绝望地松开了他的衣服袖子,声音很低:"对不起,我认错人了。"

那一瞬间,他看到她眼里的光熄灭了。

南加掀开门帘出去了。

卓央把手里的牛奶和乳酪放下,说:"姑娘,我这朋友,以前脑子受过点伤,你多担待着点。"

头受过伤?

云渺忽然想起一种可能性,问道:"南加是这里的人吗?"

卓央答:"不是。"

"他从哪里来的?"云渺问。

卓央摇头,打开了话匣子:"一年前,我姐夫开车去S省送货,回来发现车上有人。我们根本不知道他是从哪里来的,什么时候来的,也不知道他姓什么,他当时就晕倒在车上。我姐姐刚好是这边的医生,就帮他治了病,不过脑袋没治好,他不记得以前的事了。"

云渺皱眉道:"然后,他就留在这里了?"

卓央点了点头。

云渺眼里的光亮起来，她已经基本能确定南加就是陆征了，N市正好在S省到藏区的必经之路上，她不知道飞机爆炸那天陆征到底是怎么死里逃生的，但他最后应该是掉进了卓央姐夫的车里。

不论怎么样，他还活着。

云渺说："我认识他。"

"你你怎么认识他的？"卓央的眼中写满了不可置信。

云渺斩钉截铁地说："我是他老婆。"

卓央撇了撇嘴说："我们这里的女孩，都喜欢南加的那张俊脸，倒贴他的人多的是。"

云渺想到以前的事，笑着说："巧了，我们那里的女孩也是。"

这时，南加端着了一碗热粥进来。

卓央惊奇地看着他，问："你怎么又来了？"

南加没有回答卓央，而是看了眼云渺，询问道："饿吗？吃点东西。"

云渺看着他说："南加，你能走近一点吗？"

南加依言往前走了走，云渺忽然伸手在他后背摸了下。

"你这里有一道伤疤，"说话间，她的指尖隔着厚厚的衣服往下，停在了他左侧肋骨下方，"这里也有，这里是两道，连在一起的。"

南加看着她，彻底愣住，云渺说得分毫不差。

他的喉头滚了滚，灼灼地看着她："我是谁？"

"你喂我吃饭，我就告诉你。"云渺往床沿上靠了靠，眼睛亮亮的，她朝他晃了晃她手心里的伤口，浅笑着说，"我手痛。"

卓央心想：南加肯定会拒绝这种妖艳货色。

谁知，南加竟然真的听话地端着碗到了她面前，挖了一勺粥送到了她唇边。

放了牛奶的粥，又甜又香，云渺吃了一勺又一勺，食物给予的热量让她全身变得暖融融的。许久，一滴眼泪落到了南加的手背上。

南加手上的动作忽然顿住，他看着手背上的眼泪，有些无措，但更多的是心疼。今晚这种感觉，已经在他五脏六腑间转了好几趟了。他也不知道为什么，本能地伸手去擦云渺眼角的泪珠。

"为什么哭？"南加轻声问。

云渺抓住他的手，乌润的眼睛凝望着他，轻声说："陆征，你真的不记得我了吗？一点印象都没有？"

南加有些茫然地看着她，不知该怎么接，他虽然不记得以前的事，但他能确定，他喜欢她，舍不得她。而且他想抱她，想亲近她，控制不住，就好像上瘾了一般……

"陆征，你太坏了，把一切都忘了。"云渺把脸埋进膝盖里，哭了出来。

南加那种窒息的心疼感，一瞬间又漫了上来，原来，他就是陆征……

南加犹豫了一会儿，把手里的碗放下，将云渺抱进了怀里，说："对不起。"

许久，云渺从他怀里出来，抹了把脸，像是在做一个决定："好了，陆征我原谅你了。"

他能活着，已经是最大的奇迹了。

"你现在喊我一声。"云渺说。

"云渺。"

云渺靠近他，继续说："有点接近了，你再亲我一下。"

陆征没动。

云渺垂眉，叹了口气道："算了，你还不好意思，毕竟，现在我们还是陌生人，是我太心急了。"

陆征伸手轻轻地钩住她的下巴，将她的脸抬了起来，云渺还没明白他要做什么时，一枚浅浅的吻落在了她的唇上，如蜻蜓点水，微风过境。

云渺的声音低低的："陆征，你不是什么都不记得了，对吗？"

陆征直视着她的眼睛说："嗯，记得喜欢你。"

卓玛听说云渺醒了，又回来替她做了检查。卓玛穿着藏服，但云渺依旧从她做事的方式上看出她是一名医生。

云渺刚刚从失温中恢复过来，脸色还有些苍白，卓玛递给云渺一支温度计，然后把带来的衣服放在了一旁的凳子上，叮嘱道："你身上的衣服都湿透了，一会儿换上干衣服，注意保暖。"

云渺微微抬了抬胳膊，任由卓玛将温度计放到她的腋下。

陆征一直盯着云渺看，他在她抬胳膊的时候，别开了眼睛。

云渺敏锐地发现了这一点，嘴角几不可察地弯了弯，失去记忆的陆征，莫名有点可爱。

"姑娘，你是从哪里来的？"卓玛问。

"从N市过来的。"云渺在和卓玛说话，余光却一直偷偷地看陆征，他似乎没有要走的意思。

卓玛问:"那很远,有三四千公里,卓央说你一个人开车过来的?"

"嗯"

"那一定很累吧?"

"路上也歇了很久,但还是有点累。"云渺说着话,眼睛却一直在打量陆征。

陆征也在看她,漆黑的眼睛,如星似墨。

温度测量得差不多了,云渺抬手,这次她故意放慢了动作,陆征清楚地看到了她漂亮雪白的肩颈线和光洁的腋窝。云渺的身上有股致命的魔力,像是一张无形的网,罩住了他的心。

卓玛查看了温度,见体温计上的数字正常,她也略松了口气。

"你这也太不安全了,川藏线每年都会发生一些事故……"

"虽然危险,但我觉得非常值得,"说着,云渺看了一眼几步之外的陆征,"因为,我见到了我最想见的人。"

卓玛问:"看你身上这打扮,是来找他结婚的?"

云渺笑了笑,说:"嗯,我们领了证,但因为一些事情,还没有正式举行婚礼,我来是找他拍婚纱照的。"

"他在藏区工作吗?"卓玛问。

"嗯,他就在这里。"云渺说话时眼里尽是温柔。

卓玛有些惊讶地道:"在我们这里?"

云渺低眉,从手机相册里翻出一张她和陆征结婚登记那天拍的合影。

卓玛看完"呀"了一声:"天呐,原来你是南加的妻子?"

云渺点头说:"嗯,不过来这里之前,我一度以为他已经死了……"

"那你怎么还会来这里找他拍婚纱照?"

云渺沉默了一会儿才说:"我想他,太想他……"

卓玛感动得落了泪,连忙说:"如果你没来藏区,南加不记得你,你们不就一辈子错过了?"

云渺点头道:"嗯,这是有可能的。"

陆征心尖的酸涩感,又升腾起来,那股涩意一直冲到嗓子眼,他喉结滚了滚。这些他从来都不知道,而且,他甚至都不记得她。

这多混蛋啊!他有点恨自己。

云渺看着他,低笑一声说:"但是我来了啊。"

陆征再也克制不住那股情绪,他踩过地上的毛毡,走过来,一把将她扯进怀里，一遍遍地说："对不起。"

云渺感受着他胸膛的剧烈起伏——南加在哭。

不，是陆征在哭。

卓玛擦了擦眼泪出去，把这间屋子，留给他们。

云渺在他后背抚了抚，哭着说："陆征，对不起，让你在这里等了我这么久才来。"

陆征捧住她的脸，两人脸上的泪水沾到了一起，温热、滚烫。

许久，陆征松开云渺，将先前卓玛放在凳子上的衣服拿给云渺，说："把湿衣服换下来睡觉吧。"

他说的是很纯洁的换衣服，云渺的耳根还是肉眼可见地红了。

"要换衣服啊？"云渺问。

陆征轻咳一声道："我出去一趟。"

他不知道自己之前和她发展到哪一步了，即便他对她有情，也不能贸然做出逾矩的事。他觉得，他们需要一点时间来重新熟悉彼此。

云渺明显察觉到了陆征身上的那抹别扭，有点无措，又有点害羞，像个纯情的少年。

也是，他什么都不记得了，成了一张白纸。

陆征已经走到了门口。

云渺眉头挑了挑，忽然把放到后背的手收了回来，喊他："陆征——"

陆征闻言，定了步子，转身看向她。

云渺有些无辜地看着他说："我需要你帮下忙。"

陆征又走了回来。

云渺转过身，把背留给他，说："这个拉链有点紧，我手疼，弄不下来，你能不能帮我解开一下？"

云渺的短发干净利落，后背洁白柔软。他犹豫片刻，才伸手捏住了那枚细小的金属拉链头。指尖往下，拉链缓缓敞开，纤薄白净的背在视线里展露无遗。

云渺突然转过头来，陆征始料未及，指尖碰到了她裸露的皮肤，云渺轻易地捕捉到了他喉结隐秘的滚动。

她忽然伸手按住了他的指尖，柔声道："陆征，我还觉得有点冷，你能不能抱抱我？"

陆征伸手从身后揽住了她的腰……

227

因为克制,他这个动作有点僵硬,只是虚虚地抱着她。

云渺转过来,回抱住他。刚刚从身后抱她,他还可以把手放到她的腰上,云渺一转身,他的手几乎就没地方放了。

云渺仰着脸看他,声音低低的,带着几分哄骗似的娇软:"你抱我呀。"

陆征将手微微放在她的背上,指腹碰到了她冰凉柔软的皮肤,他能明显感觉到自己身体的紧绷。

他犹豫着正要把手拿走,云渺忽然踮起脚尖在他的下巴上亲了一口,说:"我好想你。"

陆征一遍遍地吻她的唇:"我爱你。"

房间里暖气蒸腾着,有股淡淡的檀香在空气里萦绕。

怀中的女孩已经睡着,睫毛在眼睑上落下了一片影子,她的皮肤很薄,呼吸很轻,柔软得像只小兔子。

几个月来,他常常有种惶惶然的感觉,就像飘在漆黑大海里的一块浮木。直到刚刚,他第一次在大海里找到了归属感。

陆征的视线扫过她光洁的额头、小巧的鼻梁,柔软的唇,脖间暗红的吻痕,最终落在她肩膀上的那片粉色的伤口上。

胸口没来由一阵刺痛,他到底忘记了什么?

他伸手在那里碰了碰,睡梦中的云渺感受到痒意,钻进了他怀里。

脑海里闪过一个破碎的画面,是关于云渺的——女孩靠在他的怀里,绸缎一样的发丝落在他的胸口,现在那头长发都不见了……

他伸手在她发丝间轻轻摩挲了一下,脑海里又跳了出一帧画面——瘦骨嶙峋的女孩,仰着头靠在一把椅子上,她紧张地捏着手指,在等他给她洗头。

再往下想,却记不清了,应该还有很多很多,模模糊糊的,记忆像碎片一样交织着,他眉头紧蹙着……

睡梦中的云渺仿佛是感觉到了他的情绪一般,眼皮掀动,微微睁开眼睛,声音有些软:"睡不着吗?"

陆征瞳仁漆黑如墨,应了一声:"嗯。"

"因为什么?"

"我想记得你。"他说。

云渺的睡意稍稍淡去一些,她往他怀里靠了靠,许久才说话:"陆征,比起你记得我,我更感激你活着。你想知道的,我都可以告诉你,每一个细节，我都记得很清楚。"

陆征目光一滞，她记得，他却忘了。

这有点不公平。

半晌，陆征又问："肩膀上的伤是哪里来的？"

云渺故意略掉了其中细节，说："出了点小意外，不过，那个人已经被我们抓到了。"

云渺想，陆征忘掉了，也是好事，至少内心的痛苦少了许多。

陆征又问："你的工作很危险？"

云渺望着他的眼睛，笑了笑说："有时候会有一点，不过你总是保护我，大部分的危险都被你挡住了。"

"我？"陆征说话时，眼里有些不可置信。

"嗯，你是我们那里最厉害的刑警，你救过我很多次。"

刑警，这是陌生的字眼。

云渺握住他放在被子里的手，柔声道："陆征，遗忘的过去，我会陪你慢慢找，我们还有现在，还有未来。"

陆征将她抱得更紧了，夜晚静谧，他的心绪也跟着归于平静。

次日，雪霁天晴。

狂风止住了，天空又变成了湛蓝的镜子，视线范围内是皑皑的白雪，偶有微风拂过，树顶的雪粒扑簌着坠落下来，被光照得闪闪发亮。

积压在门口的雪，已经被铲走了，云渺裹着厚重的棉袄站在门口，说："这里真漂亮。"

陆征站在她身后，补充道："这是藏区今年的初雪。"

云渺回头看向他，笑道："之前这里没有下过雪？"

"嗯，没有。"

云渺弯腰，从地上捡起一个白色的雪球，摊开掌心，捧到了他面前，笑着说："陆征，纪念我们重逢后的第一场雪。"

她的指尖被雪冻得通红，脸蛋、耳根都有些红，眼睛亮亮的，恬静又美好。

陆征将那个雪球接过来，另一只手将她的手拉过来，贴到唇边焐了焐。

他不记得以前的事，做这些也几乎全凭本能，温热的呼吸洒在手背上，微微发痒……

云渺抬眉，看到他的眼睛里尽是虔诚的温柔。

她的手上渐渐染上了他唇边的热意，陆征在她戴着戒指的无名指上亲了一下，问："这是我帮你戴的？"

"嗯。"

"我以前是个什么样的人？"他问。

云渺想了想，说："很凶。"

陆征没想到云渺的答案是这样的，皱眉道："对你凶？"

云渺点头说："是的。"

"你就任我凶你？"

云渺挑挑眉，笑了笑，说："我当然也有反抗，你最后也都来哄我了。"

陆征伸手在她头顶揉了揉，说："嗯，反抗得好。"

这个动作，他从前总做，他以强悍示人，柔软都给了她。

云渺忽然握住了他的手，眼里泪意涌动，连带着说话的声音都软了许多："陆征，我其实是骗你的，你很温柔，是全世界最温柔的人。"

卓央从远处过来，嚷嚷道："南加，赶紧的，跟我出去铲雪，昨天的雪成灾了，过两天可是降神节，这路得赶紧清出来……"

陆征看了眼云渺，有点舍不得走。

云渺问："我能和你们一起去吗？"

卓央愣了几秒，挠了挠头，说："啊，可以是可以，不过就是有点冷，这也不是姑娘家干的活。"

云渺背着手笑着道："我不怕冷，也不是一般的姑娘。"

卓央有点拿不定主意，扫了眼陆征，说："南加……"

陆征笑了笑说："那就去吧。"

卓央有点无奈，他的意思是喊他劝劝云渺，不是让他说这个。

算了，去就去吧。

十分钟后，他们到了目的地。主干道上都是雪，雪积压得很厚实，铲雪车只能清理掉表层松散的雪，路面还有结成冰的雪，需要人用铁锹一点点地铲掉。

云渺想找铁锹来帮忙，但那些朴实的高原汉子早把铁锹拿走了，只留了一把给陆征。

云渺总不能跟陆征抢。

陆征提议道："要不跟去看看雪山？"

云渺笑了笑说："也行。"

她开车来的时候，已经看了很多雪山了，她对雪山的兴趣已经不浓了。

铲雪车轰鸣着往前，铁锹铲地的器械声很吵……

陆征穿着和他们一样的衣服，弯腰做着简单而重复的事，但云渺却始终无法将视线从他身上移开，远处白雪皑皑，山川静美，但皆不如他。

路上的雪铲得差不多了，陆征一抬头就撞见了女孩那双含笑的眼睛，雪后初霁的暖阳在她脸上映出漂亮的光影。

陆征停下手里的动作，走了过来，问："会不会无聊？"

云渺背着手，笑了笑说："还行。"

"可能还要等很久。"

"行，我不着急。"

前面的铲雪车忽然停了下来，从上面跳下来一个膀大腰圆的男人，用藏语说了一堆话，神情非常着急，卓央迎上去和他说了几句话，两人语速很快，像是在吵架一样。

陆征走过去问了原因，原来是那男人的老婆要生产了，着急要回去。

卓央面露难色："路上的雪不铲干净，明天肯定会结冰，到时候更难弄，我们这里就他会开铲雪车。"

云渺忽然站起来说："我可以试试，你让他教我怎么开就行。"

卓央苦着脸说："别闹，我们这可不是小孩子过家家。"

开铲雪车的男人已经急得要跳脚了。

一旁的陆征忽然开口道："让她试试。"

卓央嗓门很大："开什么玩笑，我们这雪铲不完，那些朝圣的人得冻死。"

陆征说："你不让她试试，怎么知道她不会？"

卓央看了看云渺，最终还是无奈地说："好吧。"

那开铲雪车的汉子一听云渺要替自己，立马领着她上了车，车上那些稀奇古怪的按钮和用法，云渺听一遍就记住了，她爬上车，调整了下座椅。

卓央脸上还是不太相信云渺能开铲雪车。

几秒钟后，那辆沉重的铲雪车忽然突突突地开走了，所到之处，厚实的雪都没了。

卓央惊讶得直叫唤："哇，哇！这姑娘这么厉害的吗？"

"嗯。"陆征也有些惊奇，但潜意识里觉得云渺还可以做出比这个更厉害的事。

云渺开着铲雪车一路向前，陆征他们跟在后面将地上残存的冰块清理干净。

中午饭也是在这冰原上吃的,饭菜的样式很简单,气温太低,吃慢了就剩冰碴了,云渺一点也不嫌弃。

陆征往她手里递了一个保温壶。

云渺晃了晃,问:"这是什么?"

"卓玛做的奶茶。"

云渺喝过一口,暖意融融,她举着杯子连连赞叹道:"这也太好喝了,卓玛要出去开店,保准大火。"

陆征只是笑。

云渺挑眉,把杯子递到他手里,说:"你也喝一点。"

陆征看着那个保温杯没动,那上面有一枚她的唇印。

云渺笑道:"哦,嫌弃我啊?那我帮你擦擦?"

说话间,她从口袋里找了纸巾出来,将杯子上的唇印擦掉了,递过来说:"喏,现在可以了,不脏了。"

太阳将女孩的眼睛照成了明亮的星星,这样的画面,穿过漆黑的记忆,和梦里那个模糊的影子重合在了一起。

陆征忽然摁住她的后脑勺,低眉过来吻住了她的唇。

云渺手里的杯子歪了一下,里面的奶茶洒了一些出去,没等她把杯子扶回来,陆征已经揽住她的腰加深了这个吻,杯子里的奶茶全部洒在了地上。

风在山路上跑,耳朵、脸颊都被冷风吹得冰凉,只有嘴唇上是热的、软的,避无可避的……

云渺的心脏不可抑制地狂跳着,许久,陆征才松开她,漆黑的眼底柔波浮动,摄人心魄。

陆征慢条斯理地回味完,笑道:"卓玛做的奶茶味道是不错,很甜。"

第二十六章·相见

这一世，我的降生，只为与你相见。

路上的积雪铲完了，时间还早，卓央一路把车子开上了主路。昨天才经历了一场暴风雪，天寒地冻，朝圣的人依然不少。

云渺看着那些在路上虔诚叩拜的人，心里涌起一种难以名状的情绪，很神圣又很干净。

"他们这是去圣殿朝圣？"云渺问。

"嗯，我们也去。"卓央随口道。

降神节要到了，他们要去给圣殿上大白。

车子停在路边，那边圣殿的工作人员也已经到了，除工作人员以外，还有成群结队提着桶自发给圣殿做美容的人。

云渺看了看，发现他们往涂料里放了牛奶、蜂蜜、藏红花还有白糖。

卓央笑着说："外面的人都说圣殿的墙是甜的，他们可没骗人。"

卓央把带来的东西倒进桶里搅拌好，丢给陆征一根绳子，说："昨天下雪耽误了，今天得涂到天黑才能回。"

陆征和云渺交代了几句，便提着桶和卓央走了，云渺待在下面等他。

很快，两人腰间各吊着一根绳子出现在了城墙外面，和高大的城墙相比，挂在上面的人显得格外渺小，就像蜘蛛似的，摇摇欲坠。

他们停留的地方太高了，云渺有点不放心，一直看着陆征的背影。

那些白色的泥浆一点点地涂在墙上，空气里有股清甜的奶香味。即便知道雨水会将那些美好的东西都冲刷殆尽，但这里的人还是愿意把最美好的祝愿涂在墙上。

太阳一点点地落到了西边，不知为什么，这里的太阳似乎比其他的地方更红、也更圆。云渺喜欢这里。

太阳落下去一大半时,陆征他们终于从城墙上下来了。落日的余晖将两人的影子拉得很长很长,暮色之下,身后的圣殿变得神秘起来。最后一缕阳光坠入西天,圣殿瞬间亮堂了起来,与此同时,人群也跟着叫了起来。

云渺抬头望着亮如白昼的圣殿,一种难以名状的情绪在胸口涌动着,神圣、感动而又美好……一生必去一次的地方,大概就是那种感觉。

很快,陆征出现在了光里,他提着桶,一步步朝她走过来,他身材高大颀长,肩膀和头发都被光照着。云渺突然想到多年前,她第一次见到陆征时的光景。那时,他也是这样裹挟着光,踩破黑暗,一步步朝她走来……

陆征大老远就看到了云渺,隔着一段距离,两人相视而笑。

等他走到近前的路灯下,云渺才看到陆征和卓央脸上沾满了白色的泥点,那是刚刚刷墙时不小心飞溅上去的。

卓央拿了袖子随便往脸上擦了擦,云渺则找了纸巾,示意陆征低头。

泥点已经干在皮肤了,很难清理干净,陆征从路旁随手抓了一把残雪,在脸上搓了搓,泥点遇水化了,云渺踮着脚帮他擦。

她的动作轻柔仔细,陆征非常配合。等云渺把手拿走,陆征才递给她一朵紫色的花——不知名字的五瓣花,花瓣鲜妍,枝叶舒展,非常漂亮。

云渺愣了愣,问:"这是哪儿来的?"

陆征笑着说:"刷墙的时候顺手摘的。"

卓央打趣道:"南加,少来,你那可不叫顺手摘,而是费了不少力气才摘到的。"

卓央看云渺一眼,继续说:"我们本来已经从绳子上下来了,他无意中看到了那朵花,坚持要重新系上绳子去采,说圣殿的花代表着吉祥平安,一定要送给你。"

云渺低眉仔细打量着手里的那朵花,忽然觉得它比世上任何一种花都要美、都要纯净。

云渺抬头,看着陆征那双被夜色染得漆黑的眼睛,说了声:"谢谢。"

夜幕降临,气温骤降,夜晚很是静谧,有僧人摇着转经筒,绕着宫殿一圈一圈地走。梵音入耳,格外空灵,有种前世今生汇聚于此的错觉。

云渺忽然想起了自己这次来藏区的原因。她来这里,不过是因为他们曾经的约定,谁知真的遇到了他。不得不承认,她是极其幸运的人。

卓央说:"我们今天可是完成了两项大工程,明天就是降神节了。"

云渺有些好奇地问："降神节是什么样的节日？"

卓央说："佛祖降临人间，信徒们从四面八方赶来见佛祖，祈求风调雨顺、吉祥如意。"

云渺问："不是信徒也可以去吗？"

卓央笑了笑，说："当然可以，你要去许愿？"

"嗯。"

"行，明天早上让南加带你过来，这里他熟。"卓央说完，重新跳上车，他一路把车开到了卓玛家门口。

云渺的车昨晚就被拉回来了，上面的积雪也已经清理干净了，重新加上了油。他们在卓玛家吃过晚饭，云渺开车去了陆征的住处，这是一间建在山边的小房子，不大，四周非常荒凉，但里面的东西还算齐全。

想到陆征过去几个月一直住在这里，云渺就没来由地一阵心疼。

陆征站在门口，还没来得及点灯，云渺忽然从身后抱住了他，说："我应该早点来这里找你的。"

那几个月，他没有一点记忆，一个人在这个陌生又荒凉的地方，那时，他过的是什么样的生活？

女孩的声音有点低，陆征转身将她揽进怀里，笑了下，问："怎么了？"

"陆征……你是因为救我才变成这样的。那天，我留了暗号给你，原本想的是你可以到那里去给我收尸，谁知道你会来得那么快。你是为了救我，才变成了现在这样，都怪我。"

这是她第一次和他说这些。陆征听着，感受到的全是她的痛苦。他被那抹情绪感染着，思绪拼命地集中到一个点上，无数根丝线被拉扯出来，汇聚缠绕，交织、错叠。各种画面在脑海里跳动着，全是一些碎掉的片段，就像打碎在阳光里的镜子。他的头疼到几乎爆炸，眼珠滚烫，后背尽是汗。

云渺感受到了他的痛苦，问："怎么了？不舒服吗？"

女孩好听的声音，将他从那场风暴中解救出来。

陆征低头在她脸颊上亲了亲，说："没事……渺渺。"

"你刚刚喊我什么？"云渺的语气有些急。

"渺渺。"

渺渺……从他消失的那天起，就再也没有人这样喊过她。

"你想起来了吗？"云渺问。

陆征摇头，说："只是想起一些记忆片段。"

235

"陆征,我想你。"这是重逢以来,她第二次说想他。

"我知道。"他回应她,眼里是柔软的光。

云渺踮起脚尖,环住他的脖子,试图吻他,但两人的身高差太大了。

陆征托着她的腿将她抱了起来,云渺用腿环住了他的腰。这么一抱,她就比他高出一截。

云渺声音软软的,捧着他的脸不确定似的问:"陆征,你到底是真实的,还是我的梦?"

他俯身过来,吻住了她的耳朵,钩住她的手指,在她耳朵里说话:"渺渺,现在真实了吗?"

温度上来了,热意汹涌,他存在于她灵魂的每一处。

许久,陆征起来,云渺紧张地握住了他的手,问:"去哪里?"

陆征俯身过来,吻了吻她的眼睛,轻声说:"马上就回来。"

黑暗里响起一阵窸窣的声音,陆征去而复返。

"渺渺。"他很轻地喊了她一声。

"嗯?"云渺坐起来,看他。

"我们来点灯。"说话间,他擦亮了手里的火柴,橘色的火光照亮了他的眼睛和他那无比熟悉的轮廓,云渺心中溢满感动。

火柴燃烧得很快,陆征重新取出一根火柴,把纸盒递到她手里,握住了她的指尖,看着她说:"我们一起点。"

"好。"

火柴在纸盒上轻轻擦过,橘色的光亮在他们的指尖闪烁着,陆征将另一只手里的酥油灯拿近。橘色的火光,从灯盏里徐徐亮了起来,明亮的烛火在他的眼里摇曳。

"经书上说,酥油灯可以将世间变为火把,使火的慧光永不受阻,智慧之心永不灭,永不迷茫于黑暗。渺渺,希望它把这些都带给你。"

云渺伸手环抱住他,哽咽道:"我的黑暗,早就被你照亮了呀。"

次日,又是一个晴天。

高原上的太阳灼热而刺眼,小屋的窗帘,根本挡不住刺眼的光芒。

云渺醒了,陆征比她醒得更早,她往他怀里靠了靠,陆征摸了摸她柔软的发丝道:"今天是降神节,我们得早起。"

"好。"

云渺以前并不信宗教,今天却成了虔诚的信徒,不为别的,只为神明庇佑了她的陆征，她想去谢一谢。

住的地方离寺庙有点远，他们没有开车，徒步走了近三个小时才到。今天这里挤满了来自各地的信徒，街上很是热闹，每一个煨桑炉前都排满了人，桑烟的味道在鼻尖弥漫萦绕，远处的天空蓝如澄镜，有种超脱凡尘的错觉。

"南加！"突然有人叫住了陆征。

两人回头，见来人是昨天那个开铲雪车的司机。

男人的脸上堆着笑，他看着陆征又看看云渺，说："没想到在这里碰到你们。"

云渺问："你老婆怎么样了？"

"生了，母子平安，来答谢佛祖。"

他说话的语气尤其虔诚，云渺莫名有些感动。这世上也不是到处都是黑暗，还有很多美好的地方。

男人从怀里掏出一条绿松石手串，递给云渺，道："我老婆让我把这个给你，本来要去找你的，遇见了正好。昨天真的太感谢了。"

云渺尚未和他道谢，男人已经转身挤到人流里去了。

四周烟雾缭绕，云渺垂眼看着手里的手串，笑道："他跑得好快，我还想去看看宝宝长什么样呢。"

陆征笑道："好，晚上去。"

云渺偏头问："下午还有事吗？"

"嗯，让卓玛帮忙约了个摄影师。"

"摄影师？"

陆征握住了她的指尖，灼灼的目光看着她的眼睛，问："渺渺，你穿婚纱来藏区是做什么的？"

云渺低头，任由泪水打湿了眼眶。

陆征抬手在她的脸上擦了擦，说："渺渺，我庆幸自己还活着，不然只留你一个人在这世上，太可怜了。"

云渺一下扑进了他怀里。

"别哭，我们一样也不会少。"陆征回抱住她，"藏族的婚礼要不要？"

"要！"

他们手牵着手往回走，离开人群的喧嚣，山间尽是深秋的宁静。远处群山匍匐，天空澄碧，未曾融化的白雪堆积在山谷深处。

云渺忽然想到什么，顿了步子，狡黠地笑了下。

"陆征……"

"怎么了？"

云渺清了清嗓子，说："问你个问题呀，你有钱办婚礼吗？"

陆征伸手捏住了她的后颈，笑道："都开始替我操心这些了？"

云渺舔了舔唇，笑着说："当然啊，我的意思是你没钱的话，我有啊。"

"不用，我有。"

云渺有点惊讶："你哪里来的钱？"他住的地方看起来好简陋。

"存的，跟卓央一起做事有工资拿的。"

"你存钱是要在这儿娶老婆的吗？"云渺故意逗他。

"吃醋了？"陆征失笑。

"我就问问。"

一想到她如果没来这里，他们可能会错过一辈子，她心里就一阵苦涩。

陆征看着远处的雪山，说："一直想不到以前的事，我就想存点钱去外面的大医院看看。过去的几个月，我总能梦到你，只是一个模糊的影子，看不清脸，头发上是细碎的雨珠，白蒙蒙的。没有记起这些以来，我是不会找别人的。"

所以这几个月里，他和卓央做了各种苦差事，钱也存了不少。

云渺闻言，眼窝骤然一热。

"你打算去哪里的医院？"

"没想好。"陆征说。

"那如果看了医生还是想不起来怎么办？"云渺又问。

"我也不知道，也许会离开这里，去外面找找。"

"如果找不到呢？"

"那就一直找。"陆征的眼睛被光照得很亮。

说来也巧，那天在Y城，他们约好了要一起去藏区，时过境迁，他们竟然都到了这里。冥冥之中，自有天定。

陆征虽然只在这里生活了几个月，但这里的人都和他结下了深厚的情谊。听闻他和云渺要举行婚礼，卓央一家都高兴坏了。

藏族的婚礼比较烦琐，云渺的父母都不在了，陆征的母亲不在了，父亲也无法参加，因而省略了许多步骤。

陆征、卓央准备结婚用的物资,卓玛带着云渺去街上买了一身新娘红裙,云渺皮肤白,红衣服穿上去格外明艳。

卓玛笑着说:"难怪南加看不上那些姑娘,云渺你太漂亮了。南加见过太阳,星星和月亮就都看不上了。"

云渺对着镜子,朝卓玛笑了笑。

云渺的头发太短了,梳不了太多发型,桌玛将红色的头绳和她的头发编成小小的麻花辫,前面戴上银制的发饰,已经很像个新娘了。

云渺说:"我看你们都把南加当亲人了,这段时间多谢你们对他的照顾。"

"南加也帮了我们很多,我们普通话不太好,跟我们订货的都是外面的人,我们说话有时候他们听不懂,都是南加替我们谈。"

云渺忽然想到了别的事,问:"救助站也是他们负责吗?"

卓玛说:"救助站是卓央的朋友在负责,那天暴风雪忙不开,卓央和南加是去帮忙的。"

云渺弯了弯唇,太巧了。

卓玛想到初次见到云渺时的情形,问她:"你和南加之前是做什么工作的?"

云渺没有回避这个问题,说:"我们都是警察。"

卓玛一听,愈发心疼地说:"神会保佑你们的善良,没有人会一直受苦受难。"

"谢谢。"云渺眼底柔光潋滟。

陆征他们的物资已经采买得差不多了,卓央的汽车后备厢塞满了各种东西,门都关不严实。

卓央老远看到卓玛就说:"姐,南加看见什么都要买,我根本拦不住,人家老板只要一说吉祥如意,他就掏钱,眼皮都不眨一下。"

"你以后结婚也会这样。"卓玛笑。

桌央撇嘴道:"我肯定比他聪明,他看起来像个傻子。"

陆征今天没有穿藏族衣服,白衣黑裤,单手插兜立在门口,阳光像金子一般落在他的肩头,短发下的眼睛明亮而锐利。

听到了卓央的吐槽,他也不反驳。

云渺看陆征这个样子,不禁一笑。

卓央的嗓门扯得老大:"云渺,你以后可得把南加的钱给看好了,他的钱太好骗了。你不知道他赚这些钱有多辛苦,起早贪黑,命都不要,结果……"

"你的话太多了。"卓玛拿了块牛肉干,塞进卓央的嘴巴,笑着说,"去帮忙搬东西去,别在这里偷懒。"

嘴里的牛肉干太硬,卓央想说话也说不了,索性闭了嘴。

陆征还在门口,隔着几步的距离,他的目光落在云渺身上,那双漆黑的眼睛里尽是柔情。

卓玛见状,连忙说:"南加,你快进来,看看你的新娘。"

陆征抬腿进来,踩过一地橘色的阳光。

卓玛找了个理由出去,把这里留给了他们两个人。

西斜的太阳落在他的脚边,风吹动着他额间的碎发,他脸上的每一处线条都恰到好处的晕染在光里,他一直都很英俊,此刻却平添了一缕柔情。

"我来看看我的新娘。"陆征的语气柔软,眉眼间带着一抹笑。

云渺转身重新面朝镜子坐好,问:"买了很多东西吗?"

"也不多。"陆征拿起桌上的耳饰品,俯身过来替她戴上。

"卓央说你挣钱不容易。"

"那你就多心疼心疼我。"陆征帮她戴完了耳饰,又垂着眼睑,指尖沿着她的耳郭,摸了摸她的短发,问,"以前是不是长头发?"

"嗯,夏天热,短发方便。"云渺故意没说那些伤心事。

藏族的婚礼,也需要新郎去新娘家接亲,因而前一天晚上,云渺住进了卓玛家。陆征在这里赖到了下半夜才肯走,云渺送他到门口,卓玛他们都已经睡了,门口静悄悄的。

天寒地冻,他迟迟不肯上车,云渺催促道:"明天早上再来。"

"那还要等好久才能见到你,舍不得。"

"没多久,就几个小时了。"云渺被他逗笑了。

"嗯,我现在的时间都是按秒算的。"

"陆征,你好黏人啊。"

陆征将她拉到怀里,亲了亲她的额头。

云渺推了推他,道:"你这样有点无赖。"

陆征揽着她的腰,低头过来,轻轻地衔住她的唇,一本正经地提议道:"要不你跟我回去,明天我再早起把你送回来?"

"亏你想得出来!"

陆征捏了捏她的指尖,带了些恳求的口吻说:"好不好?"
云渺拒绝道:"不好!"
陆征恋恋不舍地亲了亲她的唇,才一步三回头地走了。

次日一早,陆征的迎亲队伍载歌载舞地来了,卓央他们早就安排了人在村口等候,星象师牵着和云渺属性相合的母马跟着陆征过来。来参加他们婚礼的人很多,陆征隔着老远在人群里找云渺,她是新娘,非常好辨认,云渺也看到了他,四目相对,尽是温柔。漫长的等待都是值得的。

繁杂的"切马"、喝酒等程序以后,陆征终于到了云渺的面前,按照卓玛的提示,他把身上带来的彩剑插到云渺背后。

陆征的动作很轻柔,也靠得很近,云渺的心脏跟着扑通扑通地跳着。
陆征含情脉脉地看着她,说:"渺渺,从今天起,你就是我的人了。"
云渺眸光闪烁,跟着点了点头道:"好。"
陆征再把随身带来的璁玉放到她头上。
"渺渺,从今以后,我的灵魂就托付给你了。"
云渺眼中泪意涌动,又说了一遍:"好。"
陆征将她抱上马背,牵着她往外走,人群里都是欢快的歌声,他们穿着艳丽的服饰载歌载舞,去他家的路上,四周都是歌声。

到了他家门口,陆征下来,将门口铺上崭新的红色地毯,牵着云渺下来。
"渺渺,岁岁年年,承蒙照顾。"
"好。"

按照习俗,新娘进门后要在房间里等新郎,陆征帮助过的人太多了,外面帐篷里的人都在缠着他喝酒、送哈达。

云渺闲得无聊,已经把他这间小屋里的东西全部研究一遍了,过了好久,房间的门才被人掀开,风跟在他身后一起涌了进来,她赶紧在长椅里坐下。陆征穿着藏式的长袍,背后皆是光亮,他的眉眼间含着显而易见的笑,脸颊被酒精染成了绯红,身后的门被他关上了,那些光影和嘈杂也都被隔绝到了外面。

"渺渺……"他走近,在她面前坐下。
云渺抬头看着他的眼睛。
外面响起了卓央的声音:"奇怪了,南加跑哪儿去了?南加!南加!"
云渺微微抬头,陆征朝她做了一个噤声的手势。
云渺小声道:"你偷偷跑来的?"

陆征握住她的指尖在手里捏了捏，用只有他们两个人能听到的声音说："嗯，因为我太想你了。"

他说话的语气太温柔了，云渺的心脏怦怦直跳，跟中了蛊似的看着他。

陆征勾着手指，在她脸颊上轻轻擦了擦，那双眼睛黑得发亮。

"你呢，想我了没有？"他问。

"嗯，想了。"

陆征用手掌捧着她的脸，在她唇上亲了一口，低叹一声："怎么办，不想出去了。"

他这是醉了，唇上有甜甜的酒意，青稞酒的味道并不难闻。

云渺的心脏难以克制地狂跳着，她从来不知道他醉酒以后是这个样子。

陆征亲完她的唇，又吻她的手，一根手指一根手指地亲。

"陆征……"

陆征伸手按住她的后脑勺，唇瓣压过来。

房门忽然被敲响，卓央的声音很吵："南加，你是不是在里面，我都找遍了，就剩这里了。"

云渺小声道："卓央来了。"

陆征重新吻住了她的唇，云渺被他亲得满脸通红。

门外有人在说话："还没找到南加呢？"

卓央说："南加在里面。"

云渺理智回归，推了推陆征。

"等我。"他将她的头按到肩膀上揉了揉，临着要走，他又回来亲了亲她。

云渺点头。

陆征出去后，室内重归寂静，云渺的心脏扑通扑通地狂跳着，觉得自己的魂都被某个男人给勾走了。陆征再回来时，外面帐篷里的灯火已经熄了。高原上的夜晚宁静至极，世界仿佛坠在沉静的湖底。

陆征刚刚被他们灌了酒，脚步有些晃，云渺见状，过来扶他，她身上还穿着红色的嫁衣，陆征伸手摸了摸她头发上的红绳，目光柔软而温和。

"你渴不渴？"

"渴。"陆征瞳仁幽暗。

"那我去给你倒水。"

云渺转身要走，却被陆征回握住了手腕。

下一秒，他将她拉进怀里，吻住了她的唇，舌尖缠绕追逐，彼此的唇上都是濡湿的。

陆征松开她，笑着说："现在已经不渴了。"

云渺的心上一时仿佛有无数只小鹿在奔跑。

陆征捏着她柔软的下巴，指尖在她的红唇上点了点，声音沙哑："渺渺，藏族的新婚妻子要给丈夫煮奶茶。"

云渺顺着他的话往下讲："那我明天找卓玛学。"

陆征将她抱起来，笑了声："没事。"

云渺被他抱到了床上，灯光很亮，她的一袭红衣衬得肤色尤其白皙，陆征慢条斯理地解开她衣服上的盘扣，就像在拆了一件期盼许久的礼物。

藏族的婚礼整整进行了三天。第四天，陆征牵着云渺拜别了所有的朋友。陆征开车，他们一路往东，翻山越岭，一路上，车窗敞着，云渺靠在椅子里晒太阳。

"陆征，我和队里请了假，我们先不回家，去一趟首都，那里有国内顶尖的医生。"

云渺不介意他不记得以前的事，可是她知道陆征想记得。如果他真的像白纸一样回去，可能会很痛苦。

陆征点头说："好。"

那之后，云渺在首都租了个房子，他们在那边待了整整两个月，秋天过去，转了隆冬，队里很忙，每天都在催云渺归队。

陆征还是只能记得一些零碎的片段，他颅脑里的旧伤已经治好了，医生建议他们回到熟悉的环境里去，接触一些以前的事物和人，有助记忆恢复。陆征给了自己很大的压力，连续几个晚上都睡不着。

"渺渺，要是我一直记不起来怎么办？"

云渺点亮了灯，坐起来，握住了他的手，说："陆征，我们回家吧，去乡下住几天，慢慢治，治不好也没关系。我可以把我知道的都告诉你，刘宇和思妍他们也会把你们相处的点滴告诉你，除了我，还有很多人关心你。"

第二天，云渺开车，从首都返回N市，然后绕路去了眉山镇。

路过眉山车站时，陆征问："这里我是不是来过？"

云渺牵着他下车，这是眉山的老车站，现在已经废弃不用了，只剩下几个锈迹斑斑的字挂在墙上，从前的候车厅现在改成了家具城。

天太冷了，云渺在路边买了两个烤山芋，一人一个捧着焐手。

两人走了一段路，云渺忽然说："曾经有段时间，我每天会溜到车站来等你。"

"我来的次数多吗？"陆征问。

"嗯，总是来。"云渺眼里尽是柔软的光。

"我为什么不开车来？"

"我想你是为了保护我。"

陆征定定地看着那串老旧的字，脑海里闪过一个瘦小纤弱的影子，那是一个很小的女孩，他掀了掀唇道："渺渺，你以前是不是很瘦？"

云渺知道他想起了一些片段，点头说："嗯，很瘦，像骷髅一样。"

奶奶的旧房子还在，云渺领着陆征去了老房子，许久不住人，满院杂草丛生，陆征觉得这里也很熟悉。

云渺打开大门，让阳光照进去，屋子许久不住人，一脚踩进去，浮灰被搅动到了阳光里。屋子里有些暗，陈旧的气息扑面而来，他站在门槛边上，看到了一些画面，那个纤瘦的女孩穿着一身白衣跪在地上哭着说："陆征，奶奶没了……"

强烈的刺痛感穿心而过，无数声音在脑海里闪现——

"陆征，你还会再来吗？"

"这是给你的车票。"

"放心，我不会让你孤独终老的。"

"陆征，你太讨厌了。"

"我欠了他一条命。"

"陆征，以后，我可以做你的家人。"

无数画面在脑海里翻涌、冲撞着。

云渺指了指边上的长桌，说："你每次来都是在这里吃饭，我还特意和奶奶学了做菜，你太高了，腿太长，每次我坐你对面吃饭都要把脚收回来……"

陆征走进来，从身后抱住了她，在她肩膀上说话："那时候，你还不敢踢我，不敢和我唱反调。"

云渺接着他的话往下说："对，因为我怕你生气再也不来了。"

陆征哽咽着说："渺渺，你每次生气的时候都特别可爱，你一共藏过我7个剃须刀、扔过我23个打火机、抽走了6双鞋子系带，还让我迟到了8次……"

"你记起这些了吗?"

陆征将她转过来,吻住了她。

"嗯,我全部都想起来了。"

他们在眉山住了一晚,次日,返回N市。

回去的路上,云渺给何思妍打了个电话,何思妍一听陆征要回来,抱着手机一路尖叫出声。车子路过N市的地标建筑时,云渺有一种时间交错的恍惚感,那年,陆征去乡下接她回来,就是走的这条路,一路上她偷偷看了他几百回。如今,陆征竟然成了她的丈夫。

陆征忽然问:"在偷偷笑什么?"

"我在想,时间真奇妙。"把不可能变成了可能,将陌生人变成了亲人。

陆征握了握她的手,说:"是挺奇妙的,以前,我路过这里还在想,要怎么安排你这个小姑娘。"

云渺撇嘴道:"你想来想去,还是把我送回自己家了。"

"最后不是没送成吗?"

"嗯,那还不是我强烈反抗的结果。"

陆征轻咳了一声:"也不全是。"

"嗯?"云渺的眉毛动了动,有些难以置信。

"家里的小房间,我提前收拾出来了。"

"收拾给我住的?"云渺问。

"嗯,做个备选方案。"说到底,那时候,他还是有些心疼她的。

云渺径自将车子开到了老城区。

"搬到这里来住了?"陆征问。

"嗯,那边的房子退掉了。"云渺答得自然。

这里有他们的回忆,相比冷冰冰的房子,她更愿意住在这里,到了楼上,云征机器人询问她是否需要开门,陆征有些惊讶。

"小家伙也过来了?"

"嗯。"

打开门的一瞬间,云征机器人立刻识别出了陆征的脸,头上的两个感应器一闪一闪地摇动起来,电子音里带着喜悦:"主人,是爸爸,是爸爸!爸爸回来了!"

"嗯。"云渺伸手在小机器人头上摸了摸。

"代码改回来了？"陆征问。

"没有，一直都是原来的。"她只是把之前额外加进去的那串代码删掉了。

屋子里的陈设还是陆征走之前的模样，柜子打开，他的鞋子和衣服都在原来的地方，一件也没少。他"牺牲"有一年多了，这些东西云渺本可以都丢掉，但是她一样也没扔，摆放得整整齐齐的。

陆征问："留着它们做什么？"

云渺看了看他的眼睛，说："如果连这些东西都没有了，这个家里属于你的气息就全部消失了。"她舍不得。

陆征闻言有些哽咽，他伸手将她按进怀里抱住。

"渺渺，是我回来得太晚了。"

云渺环住他的后背，低低地说："不晚。"

只要活着回来就不晚。

何思妍的电话在这个时候打了过来，云渺推了推陆征，点了接听键。

"柯队，你和老大啥时候回啊，有情况，还比较棘手。"

"好，马上就来。"

"你们已经回来了？"何思妍有点惊讶。

"嗯，刚到。"

陆征听罢，在云渺的脸上捏了捏，笑着问："老婆，刚回来就着急给我安排工作啊？"

云渺踮起脚在他的脸上亲了一口，眼睛亮得似星若月，说话的声音却很甜："我不是怕陆队你无聊嘛。"

云渺进去，陆征在门口等她，队里的人见陆征回来，立马围了过来。

"天哪！我眼睛没花吧！是陆队！"

"真的是！"

"何思妍说的是真的，陆队还活着。"

"老大，飞机爆炸那天，你到底是怎么死里逃生的？"

"我赶在爆炸前跳了机。"陆征说。

"那怎么一直没有回来？"刘宇问。

"降落伞在下降途中出了些问题，没有完全打开，我没法控制方向，摔进了一辆去往藏区的卡车里，等我醒来时，大腿骨折，颅脑受伤，什么也不记得了。要不是你们柯队，我现在还在藏区。"

众人听完，唏嘘不已。

云渺已经换好衣服出来了，深蓝色的制服整齐干练，瞬间将她身上的清冷气场增强了不少。陆征轻声笑了，和他想象中一样，云渺穿警服很漂亮，很快，陆征的目光在她胸前的警号上停住，那串数字，他再熟悉不过了……

那是他的警号。

胸口仿佛被什么东西狠狠刺过，尖锐、刺痛又酸涩，记忆与现实交织重叠——

"渺渺，来做警察吗？"

"我才不要！"

他的小姑娘是因为这个才做警察的吗？众人还在你一句我一句地说着，然而陆征的世界里只剩下云渺一人，其他人都成了背景板，那些声音也都跟着消失了。

众人见云渺出来，纷纷喊她："柯队。"

云渺还没来得及打招呼，陆征已经过来，一把将她拉进怀里抱住。

云渺愣了几秒。

刘宇催着众人赶紧走。

云渺闷在他怀里问："怎么了？"

"警号。"陆征低头吻她的额头。

下一秒，云渺感觉到有滚烫的眼泪，落到了她的脸上。

"你看到了？"

"嗯……"

"我不想它封存在黑暗里，它是你的标志。"云渺的声音低低的。

陆征将她嵌在怀抱里，心疼和难过交织在胸口，无数话到唇边只剩了一句："渺渺……"

陆征的胸膛剧烈起伏着，云渺回抱住他。

"陆征，你不用伤心，因为你，我有了新的信仰。人世间不仅仅有你我之间的小爱，还有许多别的东西，它们同样闪闪发光。"云渺牵住他的手，继续说，"走吧，思妍那边还在等我们。"

陆征声音哽咽："好。"

等案子结了已经是半夜了，陆征开车，云渺坐在副驾驶座，偏头看着忽明忽暗的光一点点从陆征的脸上流淌过去。

云渺忽然想起一件事来，问他："陆征，我的警号是不是要还给你？"

"不用，我再申请一个新的。"

"可我想把这个还给你，再申请一个新的。"

陆征捏了捏她的手指，笑道："还纠结这种小事？"

云渺认真地说："那当然，这是你的标志，独一无二的标志，你回来了就该还给你。"

陆征说："可以是可以，但可能会比较麻烦。"

云渺打了个哈欠，合上了眼睛，语气里带着笑："麻烦也没有关系，它已经刻在我的婚戒上了，要陪我一生一世的。"

陆征闻言，胸口一热，一生一世，多么美好又炙热的字眼。

他降低了车速，打开暖气，坐在副驾驶座位上的女孩很快进入了梦乡。

窗外冷风萧瑟，无边落叶，纷纷落下。车子进了小区，停下，陆征绕到另一侧开门，云渺在他开门的一瞬醒了过来，她睁着水杏般的大眼睛看着他。暖风将她的脸颊吹得红扑扑的，像蜜桃一般，陆征俯身进来，彼此的呼吸近在咫尺，暖融融的。

"陆征，我可以自己走。"云渺看着他漆黑的眼睛说。

"渺渺，丈夫就是用来依靠的。"

云渺捏住了他衬衫的衣角，声音又娇又俏："以后这样的时候多着呢，总不能一直要你抱。"

陆征笑道："为什么不能？"

"老是抱，你不嫌腻吗？"云渺细白的胳膊环住他的脖子。

"反正现在没腻。"陆征在她唇瓣上亲了一口。

"以后肯定会，人家都说夫妻久了就是左手牵右手。"

"那就以后再说。"

陆征已经将她打横抱了出来，门在身后合上了。

云渺在他的脸颊上亲了亲，撒娇似的说："怎么办，陆队，我觉得我很多年都不会腻。"

"那就一直抱，反正也不重。"

楼道里的灯随着他们的说话声一盏盏被点亮，云渺的手机没电了，没法让云征过来开门，陆征将她放下来，掏出钥匙开门。

头顶的灯灭掉了，陆征咳了一下，楼道里再度亮起来，那种明暗交织的感觉，莫名牵扯出许多记忆来。

云渺想到了陆衍的事。重逢以后他们彼此都小心翼翼地保持着默契，谁也没有主动去提它，但那件事无疑是一个定时炸弹，他们早晚都要面对。

云渺伸手从身后抱住了陆征的腰，低声说："陆征，我有些话想和你说……"

陆征在他手背上拍了拍，道："太晚了，回家再说。"

云渺拉住他，坚持要说完："不行，回家以后我就不想说了，而且过了今天以后我都不会再说。"

"想说什么？"

"你爸的事。"

陆征目光一滞，应了一声："嗯。"

云渺将脸埋进他的后背，连带着声音有些闷闷的："尽管他已经受到了法律的制裁，我还是无法替我的父母原谅他。但是，我确定我爱你，很爱你……"

陆征闻言，转身将她抱进怀里，长长地吐了口气："渺渺，你可以继续恨他，他对你造成的伤害，我会用余生来弥补……"

"不，陆征，我想说的不是这个，"云渺打断他道，"他对我造成的那些伤害，你其实已经亲手弥补过了。从今天起，我们是对等的，你不欠我，也不用弥补任何事。我爱你，只因为你是你，而你爱我，也只是因为我是我。"

虽然她说得有点绕，但是陆征听懂了，他的渺渺太通透了。

陆征的喉头滚了滚，声音有些低："好。"

云渺拉起他的手，说："那开门吧，陆征，我们回家了。"

（正文完）

番外一 等待

她去看世界,他只等她的万一。

时间一晃,到了农历新年,何思妍和刘宇主动提出来值班,云渺和陆征一起休了年假。

大年三十的早上,云渺起来,发现陆征不在家,云征机器人已经把早饭做好了,屋里开着暖气,一点也不冷。

大门响了一声,云渺抬眉,见陆征从外面回来。他穿着一件黑色的圆领毛衣,肩头沾了些水珠,头发和眉毛上也沾上了雨水,衬得那双眼睛愈发透亮。

"外面下雨了?"

陆征随手在肩膀上掸了掸,说:"下雪了。"

云渺闻言立马跑去了阳台,一把推开玻璃窗,冷风瞬间灌了进来。

天灰蒙蒙的,雨夹雪,边下边化,接到手里也没有六瓣冰凌,云渺合上窗户小声嘟囔道:"这也太不像下雪了。"

陆征走过来,笑着说:"还有别的惊喜,要吗?"

"要,是什么?"

陆征牵住她的手,一路往外走,门口的地上放了一个纸箱,一只白色的小奶猫正坐在橘色的软垫上。这只猫和阿福是一个品种,也是一只异瞳猫。

云渺的脸上露出一抹柔和的笑意,她蹲下来在小猫的头上摸了摸,小猫咪立刻亲昵地往她的掌心蹭,毛茸茸的触感非常舒服。

"你一大早出门就为了它吗?"云渺问。

"嗯。"异瞳的猫不太好找,他跑了好多家宠物店。

陆征也在她边上蹲了下来。云渺撸猫，他则专心致志地看她，满眼温柔。

半晌，她偏头看他："陆征，我太喜欢你了。"

"嗯。"

"就嗯？"云渺的眉毛动了动。

陆征靠过来在云渺的额头上亲了亲，笑着说："现在可以了？"

"嗯，"云渺把小猫往他怀里送了送，"你给它起个名字。"

陆征只思考了几秒钟便说："叫雪来吧，下雪天来的我们家。"

云渺的指尖在小猫的头上点了点，说："虽然意思听起来挺随便，但是喊起来还听诗情画意的，是吧，陆雪来。"

小奶猫仿佛听懂了她的话似的，配合着"喵"了一声。

外面太冷了，雪来冻得发抖，云渺将它抱回了家，刚进门，云征机器人就跟着移动了过来。它像个好奇宝宝似的盯着纸箱里的猫咪看，头上的感应一会儿亮一下。

陆征冲了瓶牛奶递过来，云渺蹲在纸箱边上慢慢地喂猫，云征则晃着脑袋跃跃欲试道："主人我可以帮忙。"

云渺没有在小机器人的代码里添加过这个技能，毕竟最开始，云征是设计给陆征的礼物，他没有猫，也不需要养猫这项技能。

"云征，它很小，需要很温柔。"云渺说。

小机器人头上感应器立马耷拉下来，委屈巴巴的。

"让它试试。"陆征说。

"爸爸说得对，云征想试试。"说完，它立马摇头晃脑起来。

云渺有些忍俊不禁，陆征对云征也很宠溺。

最终云渺还是把手里的奶瓶递给了它，小机器人嗡嗡嗡地移过来，纸箱的位置有点低，它活动起来不是很方便，陆征将纸箱拎起来放到了一旁的椅子上。

云征试了几次，好半天才让雪来喝上了奶。

小奶猫调皮得很，不想一直喝奶，趴在软垫上抓来抓去，云征机器人自动将它抓出来的棉絮收拾干净。

雪来看云征的机械手好玩，伸了爪子过来挠着玩。小机器人被取悦了，头顶的感应器晃啊晃，格外萌。没人能逃得过小奶猫的卖萌，最厉害的居家机器人也不行。

陆征端着调好的饺子馅出来，看到地上的两个小家伙，笑道："还挺可爱。"

云渺抿了下唇，说："云征没照顾过小动物，我得重新给它加些程序。"

陆征若有所思地补充道："是得让它好好学习下，比如开发一下它带娃的技能。"

"好。"这项技能很实用。

云渺说做就做。

陆征包饺子，云渺则伏在桌上全神贯注地写代码，指尖在键盘上敲得啪啪作响。开发新技能，很多数据都要模拟、测试，并不容易。

陆征的饺子煮好了，云渺的代码还没写完，她眉毛紧皱，有点不高兴。

"很难弄？"陆征靠近她笑。

"嗯，居家机器人和育婴机器人有很多不同的地方。"云渺说。

陆征吹凉了一个饺子递到了她唇边，安抚道："不着急，晚点再慢慢弄。"

云渺咬了一口饺子，虾仁馅的饺子，味道很鲜美，她的注意力转移到了陆征的身上，笑道："陆队，厨艺有进步。"

陆征又喂了她一个饺子，云渺合上电脑，抱住了他的腰，说："陆征，我在美国那会儿，唐人区过年，也会吃饺子，那时候，我就会想你。"

陆征的目光里尽是柔软。

"你走后，我也没有在家里过年。"

"为什么？"云渺问。

"我也会忍不住想念你，非常想念。"

事实上，那几年，他都会特意赶在每年的年三十晚上替人值班。所有人都盼着团聚，他想要团聚的人却不在身边，还不如把团聚的机会留给别人。

云渺沉默了一会儿，说："如果不是因为要查我爸爸妈妈的事，我大概不会回来，说不定还会在那边嫁人。"

陆征的喉头滚了滚："如果真的那样的话，也行。你开心，我也会为你高兴。"

云渺隔着衣服咬了他一口。

"生气了？"陆征的声音低低的，带着抹笑意。

"你应该说你会生气，会把我抓回来。"

陆征将她搂进怀里，说："渺渺，我带你回来，只是单纯地想照顾你。你总有一天会长大、会离开。对于这些，我都是有心理准备的。"

说到这里，他稍微顿了顿。

"你那时太小，心智也不成熟，每天对着的人就只有我。你该去见见外面的世界、外面的人，再做决定。那样对你来说，才算是公平。"

她从来不知道，原因是这样的。

"那你会找别人吗？"

"渺渺，你觉得我为什么到三十多岁还没有女朋友呢？"

他如果想，现在孩子可能都已经上幼儿园了。

"所以呢，这几年，你是在等我吗？"

"更多的是抱着一种侥幸心理吧。"他叹了口气道。

万一呢？万一她看遍了世界回来，却还是喜欢他呢？

云渺的眼泪蹭到他的毛衣上，他深情如斯，她现在才懂。

陆征将她从怀里拉出来，吻了吻她潮湿的眼睛，说："泪点挺低，这有什么好哭的。"

"就很想哭。"

"还吃饺子吗？一会儿要凉了。"陆征笑。

"吃。"云渺从他手里接过筷子，连着吃了好几个饺子。

陆征看她吃得太急，怕她噎着，拍了拍她的背说："慢点。"

云渺又靠过来抱住他，语气温柔地说："陆征，以后每年过年，我都能陪着你了。"

晚饭之后，赵勤给陆征打了个电话，多年同窗，看陆征历经千辛万苦终于有了归属，赵勤也高兴。

"就你们俩在家过年啊？那多无聊啊，带你老婆到乡下来放烟花，我这买了几千块钱的烟花呢。"

陆征看了眼云渺，征询她的意见。

云渺点头。

陆征冲电话里的赵勤说："这就来。"

临着出门，陆征给云渺裹了一条厚厚的围巾，云渺的耳朵和脸颊都被围在了里面，只露了一双眼睛。她皱眉抗议道："陆征，我们过的是春节不是端午节，你都快把我裹成粽子了。"

陆征手指灵活地在她脑后打了个结，笑道："乡下冷，风大。"

抗议无效。

车子从城里开到乡下要四十分钟，先前的雨夹雪已经变成了鹅毛大雪，簌簌地落在车窗玻璃上,夜非常静。

车子绕过一段小路就到了赵勤家,这会儿刚过晚上八点,天已经黑了,路上雪花飘飘,门口玩仙女棒的小孩四处扎着堆。

"都等你们好半天了。"说话间,赵勤从房间里面出来接陆征和云渺。

"下雪天,路不好走,车子难开。"

赵勤看了眼云渺,笑道:"柯队,这么怕冷啊?"

云渺还没说话,陆征已经随便编了个理由,说:"她耳朵上长冻疮了,医生让裹着。"

"原来是冻疮啊。"

赵勤的老婆也出来了,她手里还牵了个两三岁的小娃娃,粉粉嫩嫩的小姑娘,穿着小老虎的长绒棉服。

云渺忍不住蹲下来逗她玩,小姑娘一逗就咯咯咯地笑,格外可爱。

陆征的视线落在云渺身上,她捏着声音和小朋友说话的样子透着一股小姑娘的娇俏。

赵勤给陆征递了支烟往外走,忽然扭头过来说:"我家小二马上就会打酱油了,你们打算啥时候要孩子?"

"现在不着急。"他有意避孕,不然云渺现在也怀孕了。

赵勤咬着烟,咔嚓一下点上,笑出了声:"嚯,你还不着急啊?老男人。"

陆征看着纷纷坠落的雪,说:"娶老婆又不是为了生孩子。"

赵勤抿了口烟,道:"嗯,你这话倒是在理,看不出来你这么喜欢她。"

"那怎么办,已经在年龄上占了她便宜,总不能还欺负她。"

赵勤喷了一声,笑道:"还挺甜,你说得我都感动了。"

"我对你不感兴趣。"说完,陆征也在笑。

赵勤插着腰,骂道:"滚,我就是打个比方好吧。"

陆征问:"烟花呢?"

赵勤夹着烟,随手指了指,说:"在那儿呢,自己拿。"

陆征选好了烟花,转身朝里面的云渺招了招手,云渺抱着宝宝出来,瓷白的脸上尽是甜甜的笑意。

他看得有些呆了。

赵勤看破但不说破,他丢掉烟,把女儿从云渺怀里接过来,笑着说:"姨姨要放烟花,爸爸抱。"

小家伙还想着云渺,咿咿呀呀地讲着话。

陆征往云渺手里递了一支烟花，说："放烟花去。"

天已经彻底黑了，绚烂的烟花从指尖冲出去，砰的一声，在天空炸开成无数碎金，云渺的眼睛也被烟花染得亮晶晶的，仿若无垠的星河坠进了她的眼睛。

陆征钩住了她的指尖，云渺转身，两人相视而笑。

赵勤家的烟花太多了，根本放不完。

赵勤老婆煮了酒酿汤圆，给云渺递了一碗，甜甜的芝麻馅，香甜可口。

回去的路上，积雪又深了一些，铲雪车来来回回地开着，交警在加班，车载广播里全是庆祝新年的歌曲。

云渺忽然说："陆征，我们是不是可以生一个宝宝了？"

陆征伸手在她鼻尖上刮了一下，说："不着急，再等几年。"

云渺支着脑袋，声音低低地说："可是我想要一个，好可爱。"

陆征想到她刚刚抱着孩子的样子，心上的某处莫名变得柔软，也不是不行，大不了他带。

"嗯。"

"你同意了？"云渺问。

"本来想让你多玩几年的。"

自打萌生了要生宝宝的想法后，云渺隔三岔五就有意无意地撩一下陆征。

时间一晃，到了四月，云渺还是没怀孕。

云渺从卫生间出来，神情蔫蔫的。

"又是一道杠？"陆征见状，笑了。

云渺白了他一眼，嗔道："你还笑。"

陆征捧着她的脸亲了亲，笑着说："你不是着急吗？"

"其实，也没那么着急。"云渺的脸颊红成了熟透的柿子。

陆征把手插进口袋，笑道："嗯，是我着急。"

"陆征，我听说这个……可能和心情有关，要不我们换个地方放松一下心情？"

"也行。"陆征拿了顶鸭舌帽扣在她的头上。

云渺有些惊讶，他竟然同意了！

陆征一手提了车钥匙，一手牵着云渺，顺带叮嘱云征机器人今天不用做晚饭。

云渺掀了帽子，惊讶地看着他，说："今晚不回来？"

"嗯。"

云渺转身说："那我去找一下身份证。"

陆征拉着她的胳膊，笑道："不用，不住酒店。"

"不住酒店，那住哪儿？"

陆征随口道："我车上有帐篷，去西山露营，今晚有今年最大的圆月。"

"安排得还挺到位。"云渺笑。

今天队里倒也不太忙，事情处理完不过晚上七点。

陆征一路驱车到了西山，这里从山脚到山顶种的都是竹子，这会儿天色已晚，看不到竹子原本的翠色，只能看到大片漆黑的树影。

春夜寂静，温度适宜，山风又轻又软，竹叶被风卷得沙沙作响，空气里有股叫不上名字的花香。

月亮就在头顶，车子一路往山上开，月亮就在头顶的树影里来往穿梭，一直到了山顶，才终于看清它的全貌，硕大一轮，大而圆，像银盘似的，照亮了一片天际。和太阳的那种炽热不同，月光的温度偏冷，洒在地上如霜似雪。

山顶不仅有月亮，还有整座城市的灯火。风景虽然美，但来这里的人却很少，就像一个秘密基地。

陆征找了个平坦的地方架起了帐篷，他将随身带来的手电筒打开，放进去。藏青色的帐篷顿时亮了起来，就像一个会发光的小房子。

他来这里之前有准备过，零食、饮料装了满满一大袋。

"渺渺，有果酒，度数不高，要吗？"

"好呀。"

两人一人开了一瓶果酒，并排坐在帐篷门口看月亮。

"这儿真好，你怎么找到这里的？"云渺说。

"上高中那会儿和同学一起来过。"

"也是来露营的？"云渺侧过头问。

"是来捉蝉蛹的，结果蝉蛹没捉到，最后误打误撞地到了这里。"

云渺还是第一次听陆征说小时候的事，她的好奇心被勾了起来，问："然后，你就在这里看到了月亮？"

陆征伸手将她揽到怀里，笑道："嗯，那是第一次。后来，抓捕嫌疑人时，我又到了这里，那天正好是八月十五，月亮非常漂亮，他们说这种月亮就适合小情侣来看……"

"那是什么时候的事？"

"很久以前。"

云渺又问："那时候我在吗？"

"不在了。"

有些事就是这样的，有机会做时，犹豫不决，等到下定决心时，已经没有机会了。

云渺朝他举了举手里的酒瓶，说："陆征，纪念我们的第一个月亮。"

陆征笑着应了一声："好。"

山风舒爽，一切都是静谧的，水蜜桃味的果酒格外清甜。

云渺喝过自己的，又想尝尝陆征手里的荔枝味果酒，正要到他手里拿，却见他将两个酒瓶都拿走了。

"会醉。"他说。

云渺拉住他的袖子，撒娇似的说："别那么小气，我就尝一口。"

月光落在她的眼角眉梢，女孩的眼睛乌润晶莹，他忽然倾身过来吻住了她，蜜桃和荔枝的甜味在唇齿间游移，陆征的大手环住了她纤细的腰，轻而易举地加深了这个吻。

云渺只觉得晕乎乎的，只剩舌尖的甜腻与柔软。

半晌，他终于肯松开她。云渺处于一种大脑缺氧的状态，脸上是酒精染成的酡红，陆征只看了她一眼，就又重新吻住了她。

五月的某天，云渺惊喜地发现自己怀孕了。

云渺的肚子一天比一天大，警队里依旧很忙。云渺的大部分工作都由陆征接管了，她只做 AI 方向的技术追踪，即便不去现场，她也在以不同的方式辅助队里破案。

次年二月，陆沉小朋友出生了。

陆小朋友没挑好日子，那天陆征正追着线索在外地抓捕嫌疑人。

原本云渺的预产期还有一段时间，可那天羊水提前破了。

何思妍一行人都跟着陆征去了外地，云渺没经历过这种事，裤子忽然湿了一大片，她意识到不对劲，立刻打了急救电话。

等陆征火急火燎地赶到医院时，陆沉小朋友已经安静地躺在妈妈的怀里睡觉了。

云渺穿着宽大的病号服，整个人看起来有些虚弱，但她见到陆征的一刻，眼睛里的光立马亮了起来。

陆征走过来，一把抱住她，喉头滚动，他错过了她最难熬的时刻。

主治医生本来要好好数落下这个不称职的丈夫，云渺却先他一步开口问："凶手抓到了吗？"

"已经在审讯室了。"

云渺笑道："那就好。"

陆征吻了吻她的额头，满是心疼地问："是不是很痛？"

云渺说："有点痛，但生得很快，没有痛很久。"

边上的主治医师，忍不住说："你那不叫生得很快，叫急产，弄不好母子两个都有生命危险的。"

陆征闻言，眼睛顿时红了。他的情绪管理能力向来很强，像这样失控的时候很少。

云渺的各项指标都很健康，那个主治医生很快出去了。

陆征的眼睛依旧红着，云渺握了握他的手，安慰道："已经没事啦，你要不要看看宝宝？"

云渺微微侧身，将病号服往下拉了拉，一个又白又小的宝宝出现在了视野里。

小家伙在睡觉，他紧紧地握着拳头，手指细而小，被羊水泡得有些发白。

陆征探了指尖轻轻地碰了碰他的小手，小家伙仿佛是感应到了他似的，徐徐地睁开了眼睛。他乌润润的眼珠，纯洁、干净，太像云渺了，这在很大程度上赢得了陆征的好感。

陆征语气柔软："你在看爸爸吗？"

小家伙回应他的是一阵大哭。

陆征有点手足无措。

云渺笑着说："宝宝饿了。"

陆征问："现在要怎么办？"

云渺耳根有点红，轻咳一声："你把帘子拉一下。"

陆征照着做了，回头看，云渺红着脸说："你要不……也出去一下？"

他出去，又很快进来，云渺吓了一跳。

陆征舔了舔唇道："渺渺，我想我应该是可以合法看的吧？"

因为出生时弄得人手忙脚乱，陆沉小朋友收获了一个小名——杧果。

小柞果虽然出生没选好日子，但其他的都特别会选，比如相貌，他几乎是完全复刻了父母长相中的优点。

云渺对云征机器人进行了改良，云渺和陆征没空的时候，云征就会全程照顾宝宝。小柞果也因此迷上了机器人，他自打会爬开始，就整天找云征玩。小机器人身上有一个绿色的按钮，只要按下去，云征就成了早教机器人，会唱歌、会讲故事，还会跳舞。

小柞果的学习能力超强，咿呀学语的时候就跟着云征背了一堆古诗。

两岁之前，小柞果简直就是云征机器人的跟屁虫，云征扫地，他爬过去帮它抓垃圾；云征洗衣服，他跟过去看着滚筒洗衣机傻笑；云征清理猫砂，他跟过去抓小猫的尾巴。

两岁之后的某一天，小柞果忽然不跟着云征机器人了，他更好奇小机器人的身体构造。云征给他递牛奶时，小柞果就会伸手抓它头上的传感器玩。

这个时候陆征如果恰巧经过，小机器人就会告状："爸爸，他捏我！"

陆征往往会把儿子直接拎走，但过不了多久，小家伙又晃晃悠悠地来了。

陆沉虽然小，但已经掌握了一些基本规律，比如，他把东西弄掉在地上，机器人就会来捡。每次他被陆征拎走后，跑回来的第一件事就是爬上沙发，把那些玩具全部撒到地上。

云征机器人来收拾东西时，他又开始捏它的传感器玩。

云渺也发现了，自家儿子会想方设法地欺负小机器人。因为这个，陆征也教育他过很多次，但是收效甚微。云渺索性把小机器人的感应器装进了脑袋里。

这时候，小柞果又开始尝试新的玩法，他会在小机器人做饭时，忽然给它强制调整成早教模式，于是小机器人在厨房里跳着舞，把鸡蛋全都打碎在地上。

小柞果被妈妈拎到门口去罚站，他光着小脚丫站在门口眼泪汪汪。

云征机器人看他被罚先是高兴，没过多久又开始替他求情。最后，云征还会放动画片哄他开心。

稍微大一点的时候，小柞果已经弄熟了云征机器人身上的全部按钮。如果云渺不在，云征机器人根本不是他的对手。

和云渺小时候一样，小柞果也喜欢拆各种机器，上幼儿园的第一天，他就拆掉了老师用来做装饰的闹钟。陆征只好买了东西去幼儿园给老师道歉。

第二天,他又拆掉了教室里的电视遥控器,他年龄小,只会拆不会装。

云渺去接他的时候,他气鼓鼓地说:"妈妈,我不想上幼儿园了。"

"为什么?"

"老师说我是坏孩子。"

云渺绕道去给他买了一堆小型机械,然后递了把螺丝刀给他,说:"拆吧。"

云渺等他拆完了,再让他一个个看,有时,她会告诉小杋果那些零件是做什么的,有时不会。每一台机器里,都有五颜六色的宝藏,小杋果对那些用线串联起来的小零件尤其着迷。

云渺向他展示自己的本领,那些拆成一块块的小零件,被她麻利地装了回去。

坏掉的闹钟重新转动起来,散架的路由器又重新闪着光。

太神奇了!

云渺在他的额头上摸了摸,说:"你只要原封不动地装回去,就没有人会怪你。"

那时候小杋果不过四岁,对云渺的话似懂非懂。

云渺开始教他怎么组装小型的机械,虽然他小,但是稍微教一教就会了。

从那天起,家里只要是能看得见、摸得着的小电器都被他拆过一遍,他会尝试把它们组装回去,遇到组装不了的地方,他就会去找云渺帮忙。渐渐地,玩具都积了灰。

家里所有可以拆的都拆了一遍,只有一样机器,小杋果没碰过,那就是云征机器人。

它太让他好奇了!它不是闹钟,不是遥控器,不是别的,而是他们的集合体。

这天,云渺和陆征不在家,小杋果把云征机器人的电源键关掉,将它放倒在地上,一块一块地拆它的零件,脚、腿、肚子、脑袋,几千个零件和芯片,全部散落在了地上。

这些零件太多了,也太复杂了,这远超过了他的组装能力。

陆征从外面回来拿东西,看到自家儿子把"女儿"拆成了一堆碎片,差点把儿子"丢"到垃圾桶里。

小柚果自己也知道犯了错，缩到了墙边站着。

"陆沉，说说，你想怎么揍？"

"爸爸，我什么揍都不想要……"

自家儿子说话声音奶声奶气的，带着几分撒娇的口吻，他这个样子和云渺太像了，陆征想揍又舍不得。

不久，云渺也回家了。

小柚果看到她，眼睛一亮，立马开始恶人先告状："妈妈，爸爸要打我！"

云渺扫了眼满地的云征机器人碎片就明白了事情的始末。

云渺蹲下来，平视他的眼睛说："陆沉，云征是姐姐，是我们的家人。你在拆它之前，有没有想过，如果组装不回去，你就永远见不到它了。"

小柚果一听，立刻瘪了嘴，哭了。

"妈妈，对不起。"

一大堆零件，要装回去是非常不容易的，云渺找到云征的主电路板，将它连通了声音控制器和外接音响。

云渺稍微操作后，云征机器人就又可以说话了。

小机器人接上电源后的第一句话就是："爸爸，柚果又欺负我了！嘤嘤嘤！我现在一点也不好看了。"

云渺把自家儿子叫了过来，说："陆沉，你自己和云征道歉。"

小柚果吸着鼻子地哭了好半天，终于说了一句："对不起，姐姐。"

云渺没有骂他，而是说："做事要负责任，在云征拼装回去之前，你得自己刷自己的脏鞋子，洗自己的臭袜子，还有取消晚上的水果时间。"

小柚果耷拉着脑袋，低声说："知道了，妈妈。"

云渺把云征机器人的安装图纸打印出来，一块一块地和他讲解。

小柚果花了整整53天的时间，才把云征机器人组装回去。

在一块一块拼接云征的过程中，他对云征机器人的喜爱也变得越发强烈了。云征在小柚果眼里不再是一个冷冰冰的机器，它成了他真正的家人。

幼儿园的第一个暑假来临，云征机器人已经管不住小柚果了。

陆征直接把儿子拎去了队里，小家伙一点儿也不怕生。因为长得好看，他轻轻松松捕获了一堆女警察的芳心，说是团宠，一点也不为过。

云渺和陆征把他教得很好，他有礼貌懂事，又讨人喜欢。

这天，又是一场大雨过后，值班的警员接到了群众报警，陆征和云渺兵分两路去现场，办公室里就留了一名警察值班。

临走前，陆征朝自家儿子招了招手。

小杬果立马到了面前。

小杬果突然问："爸爸，你为什么要当警察？"

陆征说："最开始的时候是为了理想。"

"那后来呢？"

"后来……"陆征沉思了片刻，说："后来的原因已经不重要了，做了警察，就是职责所在。"

小杬果鼓了鼓腮帮子，小声嘟囔："妈妈说的也很难懂。"

陆征闻言，蹲下来握了握儿子的胳膊，问："你问过妈妈这个问题？"

"问过呀。"

"她怎么说？"

小杬果思索了一会儿，说："她说偶然的一点光亮，虽然不够照亮全局，却能刺穿黑暗。"

陆征眼窝骤然发热，这是几年前，他和她说过的话，云渺一直记到了现在。

不知谁喊了句"柯队"，陆征站起来，转身，看云渺从远处走过来，她穿着淡蓝色的警服，黑色的警帽下是一张干净漂亮的脸。

他的渺渺早成了一束真正的光。

番外二·解药

她是唯一的解药。

我遇见渺渺的那天，N市起了一场很浓的雾，能见度不到五米，警车的大灯开着只能照到前面一小片路。

如果在我漫长的人生里，选择最讨厌的一天，我会选它，因为我的女孩在那天失去了双亲，坠入了黑暗；如果选最幸运的一天，我也会选它，因为在那天，我遇见了她。

无论时隔多久，我都记得那个画面——纤瘦的女孩枯坐在黑暗中，一动不动，我喊了她一声，她抬头，一双大眼呆愣愣地看着我。当我告诉她我是警察时，她的眼珠终于动了动，仿佛陶瓷做的娃娃忽然有了生命。

很难找到一个具体的词语来形容我那一刻的感觉，心疼、怜悯都有，却又不止这些。但我非常明确地知道，我要保护她。

我背着她往回走，天已经亮了，雾还没散尽。重见天光的一刻，她趴在我背上哭了，整个过程隐忍而沉默，只有鼻子很轻的吸气声。

"渺渺……"我停下脚步，试着喊了她的名字。

"嗯。"她极力忍住哭泣，应了一声。

"哭出声音来，这里没人会笑话你。"我说。

那一瞬间，她的眼泪落在我的脖子里，滚烫又潮湿。

呜呜呜的哭声消散在风中，悲痛而摧人心肝。

我想保护她，却没能一直保护她……

回程的路上，我中了两枪，虽然不致命，但也让我在医院里躺了近两个月。出院那天，同事告诉我，小姑娘竟然也住院了。

我到底去得迟了些，她瘦得如同皮包骨，只有脸上的一双眼睛大得惊人。

我哄她吃了饭，打算接她出院，替她收拾东西的时候，我发现了不对劲——对面楼上有个人一直盯着这里，那不是我们的人，他穿着黑衣服，戴着黑色的帽子。

只可能是红蛇。

小姑娘的危险还没有摆脱，我使了些小伎俩骗过了他们。

N市不能再待下去了，我将她送去了乡下的奶奶家。我们下午出发，大车转小车，傍晚才到眉山镇。小姑娘沉默了一路，见到奶奶的时候，她没有哭，还说以后会替爸爸妈妈照顾奶奶，懂事得令人动容。

晚饭后，我要走，她忽然从小院子里追了出来。

乡下没有路灯，但是那天有月亮。月光落在她干净苍白的脸上，她的一双眼睛亮得像星星一样。

"你还没有告诉我你叫什么名字。"

"陆征。"我说。

她仰头看了我一会儿，问："那……陆征，我以后还能见到你吗？"

我不知道该怎么回答这个问题。我只是一个警察，已经做完了我应该做的所有事，她也已经平安了，我们大概是不会再见面了。

见我迟迟没有回答，她垂着脑袋，声音低低地说："我知道我们永远不会再见面了……"

那一刻，我的心就像被什么东西扎了一下，又麻又涩。我也不知道我自己怎么了，竟伸手在她头顶揉了揉，说："谁说的？我会来看你的。"

她抬头，有些不可置信地看着我，问："你真的会再来？"

我笑着回答："会，但前提是你要好好吃饭，下次见面，不能再这么瘦。"

"好，我会好好吃饭的。"说完，她笑了。

那是我第一次见到渺渺笑，眉眼弯弯，娇俏可爱，很好看。

我看看时间，得走了。

"你等我一下。"小姑娘说完，麻溜地冲回了院子里。

再出来时，她往我手里塞了一张五十块钱的纸币，嘱咐我："给你，这是下次来这里的车票钱。"

我看了看那张绿色的纸币，有些忍俊不禁。这下，我想不来都不行了。

那之后，我又有一个月没再见到渺渺。

红蛇案还没有处理完，所有的线索都断了，我是那场行动里唯一活下来的警员。当年队里一下子牺牲了那么多警员，省厅对这个案子异常重视，我被叫去录证词，一遍又一遍……

那段时间很难熬，我每天都要到凌晨才能回家。

"你觉得红蛇为什么没有杀你？"这是他们问得最多的问题。

为什么不杀我？我也不知道该怎么回答这个问题。

红蛇朝我开枪时，完全可以永绝后患，但他们却没有。我的确中了两枪，但都不是要害部位，这一切看起来就像是他们故意放了我。明眼人都能看出来，那次行动是有内鬼的，唯一幸存的我，嫌疑最大。

我被暂时性地看管起来，我的所有资料也都被翻了出来，我曾经的老师、同学、身边的所有朋友都被喊去问话……那时候，我甚至消极地想，我要是被红蛇杀了该有多好。

第二天早上，我照例又被喊去问话，赵勤开着警车来接我，他看了我一眼，皱着眉说："陆征，回去换身干净衣服再走吧，你这个样子，我都快认不出来了。"

我去换了件外套，换的正是那天我送渺渺去乡下时穿的那件夹克。

那张绿色的五十元纸币，在我掏口袋的时候掉了出来，我弯腰将它捡了起来，屋子里光线很亮，我这才发现那张纸币后面有一行用铅笔写的字：

陆征，你说话要算话哦。

小姑娘的字，漂亮又工整。

是的，我已经答应过她好几件事了，不能说话不算话。

漫长的笔录，终于在第三十四天终止了。我请了两天假，拿着那五十块钱买了去眉山的车票。

我去得有些早，渺渺要上学，我便找了个小店坐下来等。太阳西斜时，一群学生推着自行车，叽叽喳喳地从学校里涌出来。

很奇怪，人很多，我却一眼看到了她，她穿着白色的毛绒外套，可爱的娃娃领上坠着两个兔子耳朵，头发高高地绑成了马尾辫，脸蛋长了一些肉，终于不再像一个小骷髅了。

不一会儿，渺渺也看到了我。她扭头匆匆和同学告过别，推着车朝我走来，然后语气轻快地喊了声："陆征"。

一路上，她和我讲了很多事，包括她怎么靠吃饭长了十斤肉，怎么考试甩了年级第二名二十分，怎么小心翼翼地爬到房顶救了一窝小燕子……

她说话的语气轻快，连带着我的心情也跟着轻松了许多。

说完，她忽然问："你最近怎么样？"

"还不错。"我说。

已经是深秋了，沿途尽是萧索枯败的树木，太阳下山，冷意侵袭，呼出的气都变成了白雾，月亮却很亮。

这次我也是在晚饭后走的，渺渺来送我，顺便塞给我一个玻璃罐。

"这是什么？"我好奇地问。

小姑娘卖关子似的背着手说："你摇一摇就知道了。"

我依言晃了晃那个玻璃罐，里面藏着的灯忽然亮了，玻璃罐里装着是一只只千纸鹤，不过是用不同颜色的纸币折出来的，一元的、伍元的、十元的都有。玻璃罐里灯光闪烁，她的眼睛也被照得亮晶晶的。

"又是给我买车票的？"我问。

"不是。这是给你的圣诞节礼物，当然啦，你也可以花掉。"

"渺渺，我有钱。"

"那就存着，反正这里面也没多少钱。"

那天，她一直把我送到了站台那里，秋风萧瑟，来往车灯照亮了她的眼睛。

"陆征，你还会再来吗？"她忽然问。

我给不出一个答案，我好像没有再来的理由。

她见我没回答，忽然吸了口气，挤出一个笑容，继续说："如果不来也没关系，记得把这些钱花掉，祝你每次出警都平安。"

我也不知道自己怎么了。回去的路上，我时不时地晃一晃那个玻璃罐，那些灯亮起来又灭掉，精致小巧的千纸鹤在里面起起落落。小姑娘折这些千纸鹤应该费了不少时间，即便是以后不来这里，我也舍不得花掉它们。

圣诞节那天，N市下了那年冬天的第一场雪。南边片区出了个小案子，那家的女主人为骗丈夫回家，自导自演了一桩入室抢劫案。

案子结束时才下午四点，赵勤靠在车边点了支烟，说："我们中国人啥时候开始流行过洋节了？哎，可能是我孤家寡人惯了，见别人有人记挂，自己没有，就有点羡慕。"

有人记挂……不知怎么的，我想到了那瓶会发光的千纸鹤，和那双被灯光点亮的眼睛，小姑娘送了我圣诞礼物，我也得回赠她一份。

"赵勤，借你的车出去一趟。"我忽然开口道。

他有些惊讶地问："现在？"

"嗯,去见个朋友。"我说。

他挑了下眉,笑了下,问:"男的女的?"

"女的,小姑娘,小妹妹。"

雪越下越大,到眉山时,天已经黑透了。小院的灯亮着,我把车子停在门口,下去敲门。不一会儿,渺渺披着棉袄出来开门。

纷飞的雪花落在她眼睫上、头发上,她站在门廊下掸掉了身上的雪粒,眼睛干净而且清澈。

见来人是我,她有些意外。

"陆征?你怎么在这里?"

我朝她扬了扬手里的纸盒,说:"来做圣诞老人。"

云渺低头,弯腰站在那里,她边握着钥匙往那锁孔里插边和我说:"那你可以选个不下雪的日子来,今天可是暴风雪天。"

我故意叹了口气:"没办法,圣诞老人都是下雪天送礼物,这是工作。"

云渺终于把门打开了,笑着问我:"请问,圣诞老人吃晚饭了吗?"

"还没。"我搓了搓冻僵的手跟着她进去。

云渺走在前面,洁白的雪地里落了一长串小巧可爱的脚印。

院子里的积雪很深,几乎和外面一样厚了,这些雪如果不及清理,很容易摔跤。我找了把铁锹,帮忙铲雪。

渺渺已经进了厨房。隔着窗户,她跟我说:"陆征,奶奶到邻居家玩去了,我煮面给你吃,行吗?"

"好。"我随口答道。

等院子里的积雪清扫干净,云渺的面也做好了,红木桌上放着一个白色的大碗,热气腾腾,卖相并不怎么样,也没什么香味。

我提了筷子坐下,渺渺就撑着脑袋坐在对面全神贯注地看着我。

那是她第一次下厨,她似乎也对自己的厨艺不满意,舔了舔唇瓣说:"陆征,等你下次来,我做别的给你吃。"

"好。"清汤寡水的面条,尝不出什么味道,但我不觉得讨厌,相反,我开始有些期待她口中的下一次。

我问她:"渺渺,下次想要圣诞老人送什么礼物?"

她想了想说:"小熊饼干。"

只是,我们约定的"下次见面",过了四个多月才真正实现。

十二月底，我接到任务去了边境。那个犯罪团伙比我们想象得狡猾，起初我以为那些人是红蛇组织里的，交锋后才发现不是。

热带雨林里什么都有，那帮人熟悉地形、熟悉当地的风土人情，我们的抓捕工作进展缓慢，等完成任务回来，已经是次年的四月初了。

队里给我们放了几天假，我家也没回，直接去了眉山。

渺渺在眉山待了三年，那三年里，我先后往返眉山近六十趟。

最后一次去眉山，是为了给云渺的奶奶料理后事。那天，大雨滂沱，小姑娘披麻戴孝在灵堂里跪了一天一夜，就像一张随时会飘走的白纸。

送葬那天，她嗓子哭哑了，眼睛也空洞洞的，她对我说："陆征，我在这个世界上，再也没有亲人了。"

我胸口没来由一阵刺痛，我和她都是孤独的人，是被流放天际的积雨云。

后来，渺渺跟我回了N市，也住到了我家里。

她聪明、独立懂事，却又非常有个性。小姑娘的学习完全不用人操心，生活却又让人操碎了心。

我如果和她说什么事最好不要做，她一定会去试试，哪怕只是为了气一气我。比如我和她说，不要喝可乐，第二天她一定会把喝完的可乐瓶整整齐齐地放在最显眼的地方给我看……

但她也很有分寸、很可爱、很俏皮。她会在我生气之后把可乐瓶剪成养花的水杯，乖巧地摆上绿萝……

只可惜，我可以用上百个词来夸她，却不能光明正大地回应她的喜欢。

渺渺向我告白那天的每一个细节，我都记得很清楚。

那天正好是5月20日。

白天下了一场暴雨，晚上的风很轻柔，队里有案子，我到家时已经快十二点了。

渺渺平常休息得比较早，我进门时尽量放轻了步子，刚换好鞋子，渺渺就从房间里出来了。

"陆征，你今天回来得好晚啊。"她似乎是精心打扮过，穿着一条崭新的连衣裙，她很适合穿那种水蓝色的衣服，皮肤白白的，发着光，就像倒映在海里的月亮。

我把换下来的鞋子放到架子上，解释道："有案子。"

她背着手，弯了弯唇，说："哦，我还以为你跟女朋友约会去了。"

"怎么还没睡？"

"在等你啊。"说完，她又睁着乌润润的眼睛认真地看着我说，"你真的没有女朋友吗？"

"没有。"

我刚说完就看到她笑了。渺渺很少在我面前掩藏自己的情绪，我没有女朋友这件事，让她很高兴。

晚饭没吃，我去厨房把带回来的饭菜丢进微波炉里加热。

渺渺跟进来，欲言又止。

我打量了她一眼，问："有事？"

她指尖捏着纱裙，有些紧张，又像在酝酿点别的，半晌才说："有。"

"说说？"

云渺没有说话，脸颊上晕着一层淡粉色的光。

我抬手拧了微波炉上的开关，她忽然开口道："陆征，我喜欢你。"

我转身对上那双乌润的眼睛，因为羞涩，那双眼睛里闪着晶莹的亮光。

那一瞬间，好像有一片很轻的羽毛落在了我的心尖上。

见我不说话，她又问了句："你呢，你喜不喜欢我？"

喜欢？在那之前，我从未思考过这个问题。

微波炉忽然"叮"的一声，我的理智也随之回归现实。渺渺虽然已经成年，但到底还小，我答应奶奶要照顾她，也需要对她负责任。

我转身拉开微波炉的门，故意说："半夜不睡觉，就为了出来逗我？"

"陆征，我没有逗你，我是认认真真地和你说。我喜欢你，很喜欢……"她有些着急，语速很快。

我打断她道："柯云渺，你才多大，见过几个人，知道什么是喜欢？"

我已经尽量让自己的语气温柔了，却还是看到她眼底的光一点点熄灭，变成薄薄的水雾。

她隔着那层水雾盯着我看，半晌又问："所以，你是嫌弃我小？我已经满十八岁了。"

她一下拽住了我衣服，强调道："陆征，我还会长大的。"

我的喉头有些苦意，但我还是放冷了语气："那就长大再说。"

她低低地应了一声"哦"，松开我往房间走。

我看到她拿手背抹了抹眼睛。她哭了，是因为我。

我以为我已经把话说清楚了，谁知小姑娘隔天又变着花地向我展现她

"大人"的一面,她学别人穿高跟鞋,学别人打扮。她的心思我都懂,但我不能回应,只能凶她。

"陆征,你太讨厌了。"小姑娘每次生气都会对我说这句话。

我确实很讨厌,一遍又一遍地伤她的心。

那之后不久,暑假来了,渺渺不用去学校,我队里也不忙,我们几乎朝夕相对。

N 市的夏天,沉闷而炎热,那天傍晚忽然下了场暴雨。

渺渺每天的编程课,会在下午五点结束,但是那天都六点了,她还没有到家。

我给她打了电话,听到她在电话那端小声抱怨:"堵路上了,公交车五分钟走两米……"

她上课的地方我知道,步行过去一两千米,公交车只有两站路。

"带伞了吗?"我问。

"没带。"

"下车,我去接你。"

"别了,你来肯定也堵在路上。"她语气蔫蔫的。

"不开车,我走路去。"我说。

"真的?"她笑了,还没等我回答,她已经在和别人说话了,"师傅,麻烦开个门,我要下车!"

我到的时候,小姑娘正坐在站台的长凳上啃烧饼。烧饼看起来并不美味,她嚼两口再看看手里的袋子,眉毛都蹙了起来。

我没来由地笑出了声,也正是那时,她看到了我,朝我挥手说:"陆征,你再晚点来,我可就不等你了。"

"怎么了?"

"刚刚路上忽然不堵车了,24 路公交车连续过去了三辆,我差点上去扔硬币。"

我被她的语气逗笑了,问:"那怎么没去?"

她朝我举了举手里的烧饼,道:"喏,零钱都买这个了。一个烧饼卖十五块,还什么馅都没有,又硬又难吃。"

我把她肩上的包接了过去。

"走吧,去买别的吃。"

"我要去永安巷吃小鱼锅贴、辣炒年糕和糖炒板栗。"她从那长凳上跳下来,光洁的小腿肚被光照得亮亮的,透明的伞嘭的一下被撑开,细小的雨珠飞落出去,声音清脆又好听。

"行。"

"哦,还有臭豆腐。"她笑着补充道。

"那要不还是别去了?"

她戏谑地笑道:"行吧,今天不吃臭豆腐,照顾一下你。"

从那个站牌到永安巷,要走很长的一段路。那一路都是民国时期的公馆,白墙黛瓦。沿墙种着各种暗绿色的植物,挂了果的枇杷从里面探出来,坠着晶莹的水珠,空气里充斥着栀子花的清甜味。

天光微暗,雨丝飞落,水里倒映着各色的光。路上的行人不多,很安静,静到可以清楚地听到她嗒嗒的脚步声。

渺渺心情不错,哼了一首歌。

我和她并排走着,心里被莫名的宁静与满足充斥着。

到了一处红灯,渺渺忽然放低了声音开口:"好希望刚刚的那段路再长一点,那样我就可以假装你也喜欢我了。"

我们站的地方是主干道的路口,无数辆车赶着绿灯飞驰而过,鸣笛声、引擎声不绝入耳,我假装没有听清她的话,问:"什么?"

她扭头说:"我说,我要请你吃全城最臭的臭豆腐。"

"那你不如直接和我绝交。"

"有那么夸张吗?"她笑得张扬。

"有。"我说。

我们在永安巷逛了很久,回去时雨已经停了,地上还是湿漉漉的,模模糊糊地倒映着五彩斑斓的霓虹灯。

路上已经不堵了,这里也有直达回家的地铁。

"坐车回,还是走路回?"云渺转身征询我的意见。

"走走吧,今天吃太多了。"我说。

我看到她笑了,因为我说了她想要的答案。

小姑娘的快乐,来得这样简单。只可惜,我能给她的回应,实在太过有限……

快到家时,遇到了一个很大的水坑,整个路面都被淹了,只有围墙边上的水浅一些。渺渺贴着墙根上颤颤巍巍地走，成了一只活脱脱的小壁虎。

忽然，一辆私家车横冲直撞地开过来，车轮卷起了大片水花，等反应过来，我们俩的头发和衣服上已经都是水了。

"这个人也太没素质了！"渺渺气鼓鼓地说话，把头发拨到一边挤水。

这晚，我做了一个梦，梦见了渺渺。

第二天一大早，渺渺还没起床，屋子里静悄悄的，我没在家里停留，拿起钥匙去了队里。

赵勤正在整理东西，见了我就开始诉苦："哎，我好不容易找个女朋友，这下被拉去西南待三个月，分开那么久，我都怕我们的感情会淡……"

"别收了，我替你去。"我忽然说。

他站起来，笑道："行啊，兄弟，够义气。"

去西南出任务是临时决定，临走前我只给渺渺打了个电话。她以为我去出了什么秘密任务，也没多问。她不知道，我只是为了躲开她，好让彼此之间保持更适当的距离。

也是在那年，渺渺先后拿了几个国家级的机器人比赛奖项，有几所国外的学校对她有兴趣，联系了学校，班主任将她的资料递交了过去。因为这件事，班主任还专门让渺渺申请了一个邮箱，没过多久，她的邮箱就收到了一所名校的录取通知书。但是，被录取的事，她一个字都没告诉我。

三月下旬的某天，她的班主任忽然打电话给我，说学校发了 offer（录取通知书）给云渺，云渺一直没有回邮件确认，学校发邮件在问。

我这才知道渺渺被名校破格录取了，学校还给了她全额奖学金，而她为什么迟迟不肯确认，我大致也能猜得到原因。

那天晚上，我敲响了小姑娘的门。

渺渺正戴着耳机伏在桌上组装电路板，各种零件撒了满桌，脸被光照得亮亮的。见我来，她摘掉耳机看了我一眼，随即笑着问："找我有事呀？"

"去登录邮件，给学校回复邮件，接受学校的录取通知书，机器人晚点再弄。"

她只停了几秒，又继续低头拧螺丝。

"我不去。"

"为什么不去？"

她头也不抬，继续说："不为什么，我就是不想去。"

"那所学校的综合实力很强，在那里，你的天赋可以成倍放大。"

她掀了下眼皮，很淡地应了声"哦。"

我拿掉她手里的电路板，指节在桌上敲了敲，说："现在去回邮件，一会儿再弄。"

"我说了，我不去！"她不高兴，声音也很大。

"是因为我吗？"

她没说话，攥紧了拳头。

"渺渺，你如果因为我放弃去国外读书的机会，那真的太不值得了，去那里读书，你会见到更多更加优秀的人……"

她忽然站起来看向我，一字一句地说："陆征，别以为我不知道你在想什么，你就是想趁机把我送得远远的！我就这么让你讨厌吗？"

小姑娘的眼睛里有伤心还有愠怒，通红一片。我的心也没来由紧了紧，安慰道："渺渺，我不讨厌你，也会等你回来……"

她抹着眼泪，使劲把我往外推，桌上的零件撒了一地。

"骗子，大骗子，陆征是大骗子。"她大声地控诉着。

第二天，她的班主任又给我打了电话，确认录取通知书的时间只剩下最后两天了，再不回邮件，接受 offer，学校那边就会视为自动放弃 offer。

虽然那是她的人生，可我不想她因为我留下缺憾。渺渺那么优秀，她值得更光明灿烂的未来，即便她的未来里没有我。

所以，我不顾她的反对，打开电脑，登录了她的邮箱，给学校回复了邮件，确认接受 offer。小姑娘的邮箱密码很好猜，是我的名字加上生日。

就这样，她被我送到了国外。

时隔多年，我怎么也忘不了分别那天的天空，云层很厚，天灰蒙蒙的，雨点像断线的珠子似的往下砸。飞机划过天际，一点点消失在我的视线里。

我知道我该替渺渺高兴，可我根本高兴不起来，心脏就像吸满了水的海绵，沉甸甸的。

那天我忙到半夜才回家，推开门，一种前所未有的陌生感扑面而来，这是我的家，却又好像不是。渺渺房间的门开着，灯却暗着，房间黑黢黢的。我点亮了灯，入眼是空荡荡的桌案，那个伏在桌上的女孩不见了，只剩下散落一桌的零件。

我在桌边坐了一会儿，一股冷寂感在胸口充斥。

在那之前，我根本不懂孤独是什么，直到她离开。

那天之后，渺渺切断了我们之间的所有联系。我的渺渺，来时坦诚，去时干脆。

体验过阳光满室时的温暖，再经历阴雨绵绵时的冰冷就格外难挨。渺渺走后的很长一段时间，我都不愿意回家，仿佛只有在那些案子里熬着，我才算活着。在外人看来我就是一个不折不扣的工作狂。

时间一晃，到了第二年冬天。

市一中邀请队里的警员去给他们做安全知识讲座，接待我们的负责人正是渺渺从前的班主任，一起吃饭时，那位老师忽然谈到了云渺。

"陆队，你当初送柯云渺出去留学真是明智之举。她在美国拿了全额奖学金，还开发了一款顶尖的仿真机器人……"

渺渺走后这么久，我还是第一次听到有人谈起她，那一刻，我的心忽然狂跳起来。

"你怎么知道的？"我问。

那位老师低头在手机里找了找，从某个公众号里翻出来一篇科技报道来。文章内容很短，主要介绍的是仿真机器人，结尾的地方放了一张云渺和机器人的合照。小姑娘穿着曳地的长裙，轮廓没有变，头发长到了耳畔，冷白的皮肤，眼睛很亮，只气质比从前冷冽了些。

我的渺渺，成了真正的月亮。

我想去见她。

几天后，我终于到了她所在的城市，北美的气候和N市颇为相近，时值隆冬，雪后初霁，入眼皆是银白。我在俄大的校园里走了一圈，根本不知道要去哪里找渺渺。还好她的专业是我填的，我问了沿途的学生，找到了一栋大楼。

太阳西斜，那栋楼就笼罩在金色的光晕里，学校的人工智能实验室是不给外人进去的，实名登记也不行。渺渺做的机器人太厉害，我稍稍问了几句，便发现这里的工作人员都认识她。

"你要找她吗？我帮你问问。"那人用英语说。

几分钟后，她们告诉我渺渺出去培训了，不在这里，她们给了我一个地址。

我用英语问："能告诉我她的联系方式吗？"

可对方的回答是："抱歉，先生，这属于个人隐私，我们也不知道。"

我立刻出发去了那个地址，从学校过去，整整四个小时，到那边已经是晚上了。那是一家机器人生产企业，这会儿还亮着灯。

我报了云渺的名字，那个美国人查了半天也不知道她到底在哪里。

"我可以进去找吗？"

他打了个哈欠，用英语对我说："只允许待半个小时。"

天早就黑透了，路上只有几盏不太明亮的路灯，我一路踩着雪进了里面。

进门后，我就看到了那天照片上的机器人，它嗡嗡嗡地移动到了里面的一个房间。

渺渺就在这里！我敲了敲门，小机器人过来开了门。这是一个小型的工作室，里面没人，我打算去别的地方继续找。

就在这时，连通着这里的另一扇门打开了，走进来两个女孩子，其中一个是渺渺，另一个是个美国女孩。两人边走边聊，渺渺身后也有一个小机器人，它和别的机器人稍微有点不一样，更精致一些。

那个美国女孩举着一张照片，夸张地用英语问渺渺："快告诉我这个帅哥到底是谁？是你男朋友吗？你藏在编程书里，被我发现了。"

渺渺语气淡淡地说："这个啊，太难追，没追到。"

"你确定你认真追了？"那个美国女孩惊叫了好几声。

渺渺拿过那张照片看了看说："也许真是我不够努力。"

"那就努力追啊。"那美国姑娘的声音格外大。

渺渺笑着应道："嗯，好。"

我站的位置和她们隔着一道半开放的墙，原本是看不到渺渺的，但是角落里有一面金属反光镜，正好照到了她的脸。

渺渺低头看手里的那张照片时，眉眼间尽是温柔的笑意。她有了喜欢的人了，而那个人不是我。

"走吧，回去休息。"那个美国女孩忽然提议道。

渺渺点头，跟着她出去了，那个小机器人也走了。房间里重新恢复安静，我在里面待了一会儿，像是被人兜头浇了一盆凉水，嘴里苦意蔓延。

渺渺过得很好，我不该再打扰她。这样的结果，我早该预料到的，她值得更好的。

我往后退了退，撞到了前面的一块白板，架子上的白板笔落到了地上，我捡起来，在那白板上写了一行字：

275

我的小鹰，勇敢遨游天际，不要回头，祝你前程似锦。

陆征离开之后不久，云渺发现自己的手套没拿，重新和那个美国女孩返回了实验室。她发现了陆征留下的那行字，心里没来由一紧，这个笔迹她太熟悉了……

不过，她很快否定了这个猜测。这是在国外的乡下，偏僻闭塞的小镇，骄傲如陆征，怎么可能来这里？

那个美国女孩好奇地问："这是谁写的啊？"

云渺摇了摇头说："不知道。"

"主人，需要我帮忙查询吗？"旁边的云征机器人忽然开口问。

云征机器人可以控制这里的全部摄像头，只要一两分钟时间就能查到写字的人是谁。

云渺说："不用了。"

留给她一点遐想的空间吧。

"这句中文是什么意思？"那个美国女孩问。

"一种祝福。"云渺答。

"祝福？就像新年快乐，万事如意？"

云渺笑道："对。"

愿君前程似锦，愿君万事如意。

（全文完）